ATIREM DIRETO NO MEU CORAÇÃO

ILZE SCAMPARINI

ATIREM DIRETO NO MEU CORAÇÃO

Romance livremente
inspirado em fatos reais

RIO DE JANEIRO, 2021

Copyright © 2021 por Ilze Scamparini

Todos os direitos desta publicação são reservados à Casa dos Livros Editora LTDA. Nenhuma parte desta obra pode ser apropriada e estocada em sistema de banco de dados ou processo similar, em qualquer forma ou meio, seja eletrônico, de fotocópia, gravação etc., sem a permissão dos detentores do copyright.

Diretora editorial: *Raquel Cozer*
Coordenadora editorial: *Malu Poleti*
Editora: *Diana Szylit*
Assistência editorial: *Mariana Gomes*
Copidesque: *Carolina Candido*
Revisão: *Mel Ribeiro e Daniela Georgeto*
Capa: *Anderson Junqueira*
Projeto gráfico e diagramação: *Mayara Menezes*
Imagens da capa: *Mike Ver Sprill/Shutterstock.com (paisagem e cavalos da quarta capa) e Janice Chen/Shutterstock.com (cavalos da capa)*

Dados Internacionais de Catalogação na Publicação (CIP)
Angélica Ilacqua CRB-8/7057

S293a
　　Scamparini, Ilze
　　　　Atirem direto no meu coração / Ilze Scamparini. — Rio de Janeiro: HarperCollins, 2021.
　　304 p.

　　ISBN 978-65-5511-218-4

　　1. Ficção brasileira 2. Kosovo (Sérvia) – História – Guerra civil, 1998-1999 – Ficção I. Título II.

21-3947
　　　　　　　　　　　　　　　　CDD B869.3
　　　　　　　　　　　　　　　　CDU 82-3(81)

Embora baseada em fatos reais, esta é uma obra de ficção.
Os personagens, fatos e situações aqui retratados não correspondem a personagens, fatos e situações da realidade.

Os pontos de vista desta obra são de responsabilidade de seus autores, não refletindo necessariamente a posição da HarperCollins Brasil, da HarperCollins Publishers ou de sua equipe editorial.

Rua da Quitanda, 86, sala 218 — Centro
Rio de Janeiro, RJ — CEP 20091-005
Tel.: (21) 3175-1030
www.harpercollins.com.br

Ao meu irmão,
Mário Henrique Scamparini

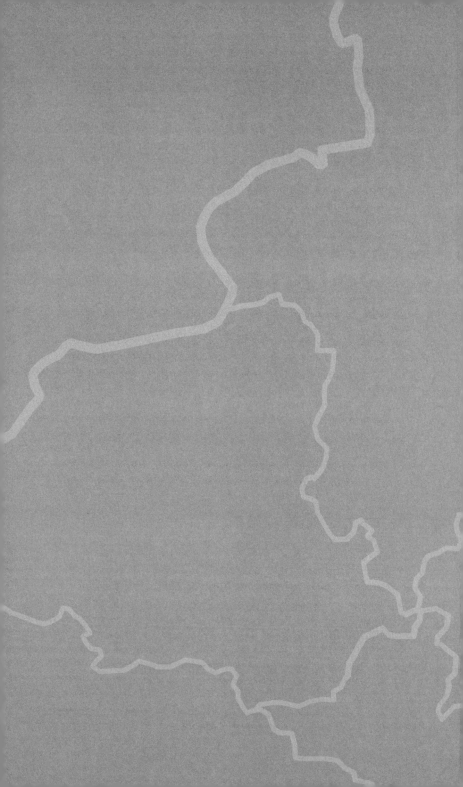

I

No DIA EM que Yana Milinić resolveu ir pra guerra, já tinha tomado a decisão irrevogável de morrer. Uma alegria imprevista passou a dominá-la. Precisava preparar tudo com pressa. Havia pouco tempo para organizar o que viria depois. O seu cadáver deveria ser entregue somente à sua mãe, que há trinta anos não vivia mais na Sérvia, desde o dia em que fugiu para a Dinamarca, abandonando Yana e as duas irmãs menores.

Imaginou o modelo da farda. Nada que limitasse o movimento dos braços, porque ela, Yana Milinić, iria para a guerra também para atirar. Pretendia chegar bonita à sua mãe. A calça e a camisa não podiam ser muito largas para não imitar um corpo de homem. Seria oportuno manter os traços de feminilidade. Até o fim.

Parecia uma noite agradável de começo de primavera, banal como tantas outras que havia desperdiçado, e tudo levava a crer que estivesse refletindo sobre o fracasso do seu segundo casamento quando, de repente, tomou a decisão de morrer em combate. Não podia acreditar que aquela ideia tivesse vindo de forma tão espontânea. Deitada numa cama de massagem, ansiosa para dilatar os poros do rosto — porque Yana não era do tipo que não se cuidava, ao contrário, pensava continuamente em limpeza —, ali na esteticista, às oito da noite, encontrava a solução para uma vida inteira. E vinha da voz sombria de Slobodan Milošević.

Na TV do salão de beleza, em edição extraordinária, o presidente da Sérvia anunciava que o país estava na iminência de sofrer ataques aéreos não autorizados pelas Nações Unidas. A notícia representou uma lufada de oxigênio. Yana sentiu de novo a vida palpitar dentro dela.

Não possuía um temperamento violento ou malvado. Sempre e tão somente, toda a sua raiva apontava contra si mesma. Aquela, no entanto, podia ser a sua ocasião de sair gloriosamente de cena. Encontrar um modo para acabar com tudo teria sido um ato relativamente simples para qualquer um. Bastava um tiro bem dado ou um punhado de comprimidos antes de um banho quente. Mas não para Yana Milinić. Aos cristãos ortodoxos não é permitido acabar com a própria vida.

Mantinha os olhos úmidos fixos na tela enquanto sentia o vapor inundar a sua pele. Um rito com o significado profundo de purificação, como se a água simbolizasse o perdão. Por cada coisa, vivida ou não. Embora a vida não a agradasse tanto, continuava a satisfazer com frequência a sua exigência obsessiva de higiene e a sua necessidade infantil de contato físico.

Natlija, a esteticista, cuidava dela sem pedir outra compensação que não fosse a amizade. Com a Sérvia ainda sob embargo, a crise econômica se materializava em uma inflação irrefreável. Nos supermercados, os preços aumentavam diariamente. À tarde, o aposentado já não conseguia mais pagar pelas mesmas coisas que poderia ter comprado de manhã. Assim, as clientes do salão de beleza foram desaparecendo. E a moeda sérvia, o dinaro, foi sendo devorada pelo marco alemão com a potência das bombas que em poucos minutos cairiam sobre a cidade.

Na moldura da pequena tela, o presidente Milošević seguia o seu discurso. A esteticista o acompanhava como se estivesse assistindo a um filme, e não a uma declaração de guerra. Mas, para aqueles que a conheciam, era evidente que tinha ficado paralisada. Dezesseis anos antes, em uma das revoltas dos albaneses pela independência do Kosovo, que pertencia ao território sérvio, parte da sua família tinha sido brutalmente assassinada pelos guerrilheiros. Com muito esforço, Yana conseguiu fazê-la desistir da ideia de vingança, usando um argumento no qual talvez nem ela mesma acreditasse:

— Nos Bálcãs, todos são culpados.

Difícil dizer quantos minutos se passaram desde a primeira explosão. Yana nunca foi muito precisa com as lembranças. Despediu-se da amiga e vagou por dois quarteirões sob um vento forte que frequentemente provocava nela uma desordem interior insuportável.

O som assustador da sirene, muda desde 1945, a fez acelerar o passo. Engarrafadas no trânsito confuso, muitas pessoas ainda não sabiam que os países da Otan estavam prestes a bombardear a Sérvia. Mas as outras, as que tinham entendido, corriam freneticamente em busca de um abrigo subterrâneo.

Yana não se refugiou em um porão para salvar a sua pele. Instintivamente, ofereceu a cabeça ao inimigo diretamente do sétimo andar do seu minúsculo apartamento, a 80 quilômetros de Belgrado.

Foi então que tudo começou.

O barulho ensurdecedor se assemelhava ao zumbido insistente de um pernilongo, com uma frequência multiplicada por mil. Devia ser o primeiro avião, provavelmente seguido por outros. Yana tentou descobrir quantos eram, mas um estrondo repentino a distraiu. O céu, cor de laranja como em uma cena apocalíptica, fez a sua dor de estômago aumentar. Sem dinheiro para um sanduíche sequer, fazia muitas horas que não comia. Abastecia a despensa somente por meio da troca. Costurando e remendando roupas antigas de família, obtinha arroz, batata, ovos e pimentão. Um casaco velho da avó, virado do avesso, se transformava em uma jaqueta curta. A parte boa de um lençol esgarçado no centro fornecia material para uma saia da moda.

A TV mostrava Belgrado em chamas. Pareciam fogos de artifício, mas as câmeras nervosas dos cinegrafistas, que documentavam amendrontados os mísseis caindo do céu, concebiam imagens arrepiantes da realidade.

— Malditos! — Yana gritou para a tela.

Aquela cidade generosa e aberta que ela conheceu, que tinha acolhido magnanimamente os cidadãos de todas as outras repúblicas, a capital daquela que foi a Iugoslávia de Tito, não podia sofrer tamanha humilhação.

Seu ressentimento aumentou quando a voz abalada do repórter informou que era a primeira vez, desde o fim da Segunda Guerra Mundial, que um país europeu era atacado pelos estados membros do Tratado do Atlântico Norte, pacto assinado quase cinquenta anos antes para proteger a Europa Ocidental da União Soviética. Quase seiscentos milhões de pessoas entravam em guerra contra um pequeno país de dez milhões de almas. Yana observou estarrecida os prédios inteiros que começavam a ser destruídos, sem entender o motivo daquele ataque brutal. O conflito que explodia, no entanto, também lhe dava uma sensação macabra de prazer. Finalmente, poderia colocar o seu plano suicida em ação.

Jogada no sofá, imóvel, acompanhando ao mesmo tempo os bombardeios pela janela e pelo aparelho de TV, não conseguia afastar o pensamento do marido, Miša. Onde estaria, e com quem?

A relação entre eles tinha se deteriorado desde que o suboficial da reserva transmitiu a ela uma doença sexual que lhe provocou danos nos rins. Yana o expulsou de casa e jurou nunca mais encontrá-lo. Naquela noite, porém, em meio às bombas, o telefone tocou. Yana sabia que era Miša, mas nem podia imaginar a notícia entusiasmante que ele daria. Estava em plena zona de guerra, com balas que estouravam ao seu redor. Exatamente para onde ela queria ir.

Uma nova explosão sacudiu a janela e iluminou a pequena sala. Atraída por flashes intensos que quase a cegavam, olhou incrédula para a esfera suspensa acima dos edifícios. Uma bola de fogo que se movia distante, lenta e punitiva, tão espetacular que parecia que um novo universo estava sendo criado a partir da extinção de outro. Então, a luz elétrica se apagou em quase toda a cidade.

* * *

No dia seguinte, Yana decidiu seguir aquele destino que supunha seu. Partiu ao amanhecer, como todas as coisas que ganham vida.

Flores de vários tons de rosa surgiam espontaneamente ao longo da estrada que levava à caserna militar, distante o suficiente para que ela gastasse os seus últimos centavos no ônibus. Os pássaros do verão, que tinham chegado mais cedo do que de costume, ainda dormiam, assustados com a prepotência dos caças-bombardeiros que, durante a noite, de uma camada mais alta do céu, tinham atingido quarenta alvos militares e algumas infraestruturas da Sérvia e do Kosovo. O rádio falava em danos enormes, rodovias interrompidas, vítimas civis impossíveis de quantificar.

Na estrada provincial meio vazia, passageiros silenciosos, com o desamparo estampado em seus rostos, viajavam para tentar chegar até seus parentes. Ignorando os pontos de parada, o motorista os deixava mais próximos de casa. Os homens de mais de dezoito anos tinham desaparecido rapidamente da vista, bem como o café e o cigarro, sempre as primeiras vítimas do aumento abusivo de preços.

Uma mistura de fatalismo, rancor e imprudência encorajava Yana Milinić a chegar ao ponto final daquele ônibus. A sua trajetória para a guerra tinha começado muito cedo, quando era ainda criança. Pareceu-lhe coerente encontrar-se, agora, próxima de se render a uma sorte já determinada. Mas quem, na Sérvia, teria dado ouvidos a uma civil de trinta e sete anos que queria ir para a guerra?

— Seu lugar não é no Kosovo — decretou o major de plantão.

— Eu sei para onde quero ir e por quê — insistiu Yana.

— Não podemos te dar o registro militar, sinto muito.

Se Yana queria morrer na linha de frente, seria necessário um bom padrinho. Sem um documento militar, o campo de batalha estaria permanentemente banido pra ela. Naquele momento, lembrou-se da sua modesta experiência no quartel, como lavadora de pratos. Quatro anos tinham se passado desde então, mas a simpatia que ela despertou, indiscriminadamente, entre os soldados comuns e os mais altos representantes do Comando poderia servir para mandá-la ao Kosovo. Quando entrava na cozinha, Yana se esquecia das suas desventuras pessoais e conseguia se divertir com cada um deles.

Não foi preciso esperar muito tempo. No fim da tarde daquele mesmo dia, Yana Milinić tornou-se voluntária em um dos grupos ligados aos batalhões de infantaria do Exército sérvio. Uma soldada de milícia.

Revendo o formulário, lamentou que a sua caligrafia não tivesse honrado todos os anos de poemas copiados à mão. Mas ali, naquele instante, todos os meses inaceitáveis, os anos intoleráveis da sua vida se dissiparam para sempre, e ela sentiu uma emoção prazerosa fundir-se a uma discreta vertigem. Encostou-se na grande janela que dava para o pátio, imaginando o seu corpo afundar no escritório do batalhão como se tivesse sido sugado pela gravidade. Respirou profundamente e olhou para a cidade, ao norte de Belgrado, com os seus palácios austro-húngaros e quartéis de concreto. Mesmo que ela não pudesse explicar as razões, a arquitetura comunista a fascinava. O Danúbio, que às vezes emitia reflexos verdes, em um país sem saída para o mar, tornava-se, para ela, um símbolo vital. Mas a água daquele rio a trouxe de volta dos seus devaneios.

— Meu Deus, não vai ter sabonete!

Ao escolher lutar no Kosovo, não considerou os efeitos colaterais, como a possibilidade de ficar sem um bom sabonete. Para quem lavava as mãos compulsivamente, isso podia ser ainda pior do que a morte.

Yana refletiu sobre como a guerra desertifica as almas, deixando-as tão vazias quanto as prateleiras de supermercados em uma cidade sob ataque. Conhecia bem as consequências de um conflito, mesmo para um pequeno centro. Alguns anos antes, quando os seus dias lhe pareciam menos hostis, cruzou o rio Drina para levar diesel e cigarros a um namorado da Bósnia. Colocou até anúncio em jornal tentando descobrir se estava vivo. Chamava-se Jare, o único que soube romper o muro do seu coração.

No fundo, pensou, existem outros motivos para enfrentar as bombas além do dinheiro e do sadismo. Para ela, tratava-se de aproveitar a chance de encerrar decorosamente uma vida que não valia a pena ser vivida. Desde os catorze anos de idade que queria desaparecer, quando não tinha sido capaz de defender os limites frágeis de seu corpo. Agora que havia uma oportunidade, decidiu proteger as fronteiras de seu país, ameaçado pelo independentismo kosovar.

— Eu sou sérvia!

Certamente não era uma identificação confortável, porque, na sua visão dos fatos, que às vezes era real, às vezes idealizada demais, a sua nação também havia sido repetidamente brutalizada. Sentia admiração e amargura pela antiga história de seu povo. E o Kosovo, por quem agora iria combater, pertencia à Sérvia. Yana sentia-o como parte da sua identidade, da sua família, de toda a história que a precedeu. Cinco séculos antes, aquela região havia se transformado, para os sérvios, no símbolo da resistência aos conquistadores otomanos. Em toda a sua existência, Yana não se considerou importante para nada nem ninguém. Quem sabe morta podia valer alguma coisa.

* * *

Em uma fria manhã de março, Yana partiu com a mochila militar, que pesava sobre ela como o céu cinza-chumbo sobre o seu ânimo. O uniforme camuflado marcava levemente a sua cintura, sem ocultar completamente as curvas, valorizando seu corpo alongado. Um boné cobria os cabelos loiro-escuros, reunidos em uma trança que passava da sétima vértebra cervical. Tinha resistido à tentação de cortá-los para se impor como mulher naquele espaço historicamente masculino. O casaco seria útil à noite, quando a temperatura caísse para cinco graus centígrados. Aos voluntários, não era permitido usar coletes à prova de bala ou sacos de dormir. Yana dormiria no chão, talvez em um colchão de palha, como era justo para uma soldada de milícia.

O estoque de cigarros seria suficiente, pensou. Também o de absorventes. Não previa uma longa temporada de guerra, pelo menos não para ela.

Uma fila de tanques avançava na mesma direção do ônibus em que viajava. O motorista tentou aumentar a velocidade, temendo a incursão dos caças que haviam começado a bombardear também de manhã. Os aviões produziam estrondos terríveis, assustadores, mesmo quando voavam mais alto por causa do tempo fechado.

O ônibus acelerou e Yana voltou o seu olhar para a plantação de milho que surgia escura, sombria, bem diferente daquelas dos campos onde tinha nascido. Conhecia bem a cor das espigas e suas nuances, o amarelo brilhante da primeira colheita, o ouro pálido do fim da estação. Imagens familiares, reconfortantes, como a dos avós que a protegiam da violência do pai e que a consolavam depois do abandono da mãe. Como Ilìria, a amiga muçulmana, mais importante pra ela do que as duas irmãs, a única que conheceu o seu segredo.

Fechou os olhos procurando o perfume dos doces árabes de depois da escola. Foi o cheiro das ovelhas, no entanto, que lhe veio à memória. Podia sentir ainda no nariz, nas mãos e nos cabelos o aroma das vinte ovelhas que levava para pastar a dois quilômetros de casa. O mesmo número de homens do grupo de milicianos ao qual em breve se integraria, quem sabe por quanto tempo. A comparação a comoveu. A proximidade com os animais tinha sido a única ternura da sua vida e sua única recompensa. Mesmo quando, desolada, segurava os porcos pelas patas enquanto o avô os esfaqueava com discrição. Assim, unida ao animal, percebia o sentimento de proteção do velho homem para com ela.

Só Deus, Nossa Senhora e São Jorge, conselheiros da família há gerações, conheciam a verdadeira intenção de Yana Milinić. E ela nunca deixaria esta vida sem a extrema bênção deles.

Limpou os óculos de gradação leve, sentiu o motor desacelerar e a dor dentro dela diminuir, até tornar-se quase imperceptível. Enquanto o ônibus a levava ao seu previsível fim, nada mais importava. Apoiou a cabeça na janela e adormeceu olhando para a placa que indicava a saída para Belgrado.

* * *

O estardalhaço de um carro blindado que tentava ultrapassar o ônibus despertou Yana Milinić. De Belgrado em diante, até Bujanovac, veria poucos tanques ao longo da rodovia. A sua área de operações seria coberta apenas pela infantaria, simples soldados que se movem a pé. Isso ela sabia. Mas as tarefas concretas de uma soldada de milícia permaneciam desconhecidas.

Tinha consciência de ter que controlar a sua excitação, e de nunca deixar o seu verdadeiro propósito ser descoberto. Um aspirante a suicida poria em risco todo o grupo e comprometeria o resultado das ações. Não ela, responsável e rigorosa no respeito dos seus deveres, disse a si mesma.

Miša a esperava, com um amigo, na rodoviária de Bujanovac, cidade sérvia que fazia fronteira com o Kosovo e a Macedônia. Eles não tinham se visto mais desde a separação. Agora, ele era o líder do grupo de milicianos, um detalhe que ela não podia subestimar. Os padrinhos do quartel tinham servido também para isso. Seria ele a se certificar de que o seu corpo fosse devolvido, intacto, à mãe. E, somente para isso, ainda confiava nele.

Miša a apresentou a Louban, um soldado de rosto duro e cínico que lhe causou antipatia logo à primeira vista. Yana tinha se afastado do marido também pelas relações muito próximas que ele estabelecia com os amigos.

— Como está a situação em pátria? — perguntou Miša.

— Bombardearam algumas posições de SAN — respondeu Yana, referindo-se aos mísseis terra-ar.

Na noite anterior, enquanto fazia a mala, ouviu no rádio que as forças da Otan tinham a intenção de destruir os mísseis de defesa do espaço aéreo sérvio. Embora esses mísseis de fabricação russa fossem considerados obsoletos, os aliados da Otan não queriam se arriscar demais.

— Aqui também atacaram, principalmente alguns aeroportos do Kosovo, mas não desse lado — explicou Miša.

Aquela voz e aquele olhar falsamente amigáveis já não tinham a capacidade de provocar emoção alguma em Yana. O constrangimento na curta viagem até o Kosovo antecipou como seria o relacionamento entre eles e com os novos companheiros durante os ataques aéreos.

Quando chegaram em solo kosovar, o horizonte montanhoso a levou a refletir por que estava buscando a morte enquanto os outros faziam de tudo para se manter em vida.

Foi levada diretamente ao comandante para uma breve conversa que se revelaria decisiva. Goran logo se tornaria um admirador de uma das poucas mulheres entre todos os milicianos. Embora vinculada ao batalhão, a pequena equipe de paramilitares atuaria com total autonomia, como um departamento especial destinatário das missões mais perigosas. Mas disso Yana ainda não sabia.

— Bom dia, comandante!

— Bom dia. O que você quer beber?

— Uma vodca.

— Ótimo — disse o comandante.

— Porque não dá para sentir o cheiro — Yana justificou-se sem constrangimento.

Surpreendeu-se com a própria resposta. Bebia com moderação e, acima de tudo, nunca durante o dia.

— Nome e sobrenome!

— Yana Milinić.

Goran se levantou com curiosidade e a cumprimentou com um aperto de mão. O assistente encheu um copo para a voluntária, colocando-o sobre a mesa.

— Você sabe que estamos em guerra?

— Sim, comandante.

— Então por que você está aqui?

— Para fazer a guerra, comandante.

— Você gosta da guerra?

— Gosto do meu país.

A resposta direta de Yana agradou o comandante Goran.

— Posso contar com você?

— Sim, senhor. Sob seu comando!

Yana bebeu um gole da vodca, deixando mais da metade do conteúdo, perspicaz o bastante para entender que estava sendo testada.

Depois de fornecer o endereço da mãe a um oficial, Yana, nervosa e emocionada, recebeu suas armas.

O mítico Mauser 48/63, quatro quilos de madeira e metal, um fuzil semiautomático capaz de atingir o alvo a até quatrocentos metros de distância. Ela sabia que, depois da primeira bala, as outras trinta partiam sozinhas. No lado esquerdo da arma, escrito em alfabeto cirílico, a inscrição República Federal da Iugoslávia a encheu de orgulho.

Para o combate corpo a corpo, ganhou um 7.62. Em vez de sete balas, teria deixado apenas seis no carregador. Seu pai a havia ensinado, quando ainda era menina, que uma bala a menos no dispositivo melhora a pressão interna da pistola. A aspirante a guerreira não ia para o front sem uma certa intimidade com as armas de fogo. Nos cursos de treinamento militar, indispensáveis na formação da então República Socialista, tinha sido selecionada entre os melhores atiradores do polígono.

O contato com o longo punhal, entregue pelo oficial encarregado, confirmou a sua certeza de poder subjugar o inimigo.

Mas não seriam essas as suas verdadeiras armas de combate.

* * *

Chegou à sua nova casa com o entusiasmo de quem se preparava para uma viagem. O nome de seu grupo de milícia, Raposa Vermelha, a divertia. Agora, ela também se tornava uma das Raposas e seria respeitada.

Nunca tinha entrado em uma residência tão grande e bonita. O Repouso, como os soldados a chamavam, pareceu-lhe uma luxuosa casa de campo recém-construída, de dois andares, quase no topo de uma colina cercada por um bosque. Dava a ilusão de um lugar seguro e de difícil acesso. Mas o gramado do lado direito tinha apenas a aparência de ser inofensivo. Dentro do solo, invisíveis, minas terrestres protegiam o grupo de voluntários. Se os inimigos chegassem daquele lado, os seus corpos iriam explodir. O mesmo aconteceria com os milicianos que se esquecessem das minas e passassem por ali.

Ao entrar, porém, Yana notou que as paredes ainda conservavam o cheiro de tinta fresca, que a escada interna de concreto não estava acabada e que não havia torneiras no banheiro. Essa visão soturna quase a congelou. Experimentou uma tontura e um arrepio na espinha repentinos.

— Não tem água? — perguntou, em um claro ataque de pânico.

— Claro que não! — Miša respondeu com maldade. Ao vê-la empalidecer, explicou:

— Lá fora tem os tanques de água dos tratores, você pega o que precisar.

Além do marido, ninguém podia desconfiar de quanta água ela precisaria. Tentou recuperar a calma. Não queria ser acusada de desperdiçar o precioso conteúdo das cisternas. O único banheiro que funcionava ficava do lado de fora. Não seria tão árduo para ela, acostumada desde criança à vida na roça. Correu ansiosa para os tratores e só se tranquilizou depois de confirmar que os reservatórios estavam cheios de água.

O problema mais sério a ser enfrentado era o lugar em que dormiriam. Os vinte milicianos tinham que se dividir em três quartos, um no térreo e dois no primeiro andar, em camas de solteiro ou colchões no chão. Para Yana, restou o marido entre os companheiros de quarto, e era muito provável que acabasse aceitando o colchão ao lado dele.

Com o olhar penetrante de um lobo e um sorriso de circunstância suavizado com um pouco de timidez, Yana apertou a mão de cada um dos voluntários. Começava a sua grande aventura com a imensa desvantagem de ser mulher, mas com o benefício de ainda ser, oficialmente, a mulher do chefe.

Sobre a mesa encontrou três garrafas de *slivovica*, a cachaça deles, o que não a surpreendeu. Na Sérvia, o café da manhã era sempre acompanhado por um copinho do destilado.

Miša revelou alguns detalhes da operação Kosovo: dois dias antes, tinham mandado embora os proprietários daquela casa. Explicou que aquela não era a única família de etnia albanesa "convidada" a desaparecer da região. Com o anúncio do ataque aéreo contra a Sérvia e o Kosovo, o exército de Milošević começou a expulsar com violência toda a população de origem albanesa, reconhecida como kosovar. Milhares de pessoas que, durante séculos, tiveram raízes naquela região — e os de etnia albanesa constituíam a grande maioria — foram forçadas a fugir através das fronteiras com a Albânia e a Macedônia sob a ameaça das armas sérvias. Seus documentos foram confiscados para que nunca mais voltassem. Muitos foram trucidados, mas isso Yana ainda não sabia.

Sentou-se no sofá da sala de estar do Repouso com o controle remoto da TV na mão.

— Funciona só duas horas por dia por causa da falta de eletricidade — informou Vladan, o mais jovem dos milicianos.

Longas filas de refugiados, com crianças e velhos enfraquecidos pelo frio, começaram a aparecer nos canais locais e também nos estrangeiros. Yana ficou impressionada com as imagens dos kosovares fugindo em massa para as montanhas ainda brancas, em exaustivas caminhadas sobre a neve. Nem podia pensar na violência perpetrada por seus compatriotas, senão teria que deixar o Kosovo e desistir dos seus planos. Preferiu acreditar que agiam em legítima defesa.

As TVs europeias e americanas, pensou com raiva, não explicavam que aquela enorme massa de refugiados talvez estivesse fugindo não só dos sérvios, mas também dos bombardeios. Para não se envolver emotivamente, afastou-se do aparelho fazendo um comentário com o qual todos concordaram:

— As bombas da Otan estão fazendo a maior parte da limpeza étnica!

O que Yana não sabia é que a expulsão dos kosovares fazia parte de uma estratégia do governo de Belgrado para criar o caos na região e encurralar a Otan.

Na noite seguinte, enquanto os milicianos jantavam, uma notícia clamorosa anunciou uma importante e inesperada vítima da guerra aérea. Não muito longe de Belgrado, a defesa aérea sérvia havia derrubado o grande mito da tecnologia americana: um F-117, a primeira aeronave invisível aos radares. O piloto se salvou ao saltar de paraquedas, mas, para os Estados Unidos, tratava--se de uma perda irreparável.

Na sala do Repouso, as comemorações duraram até tarde. Era o fim da credibilidade do F-117, que nunca deveria ter sido detectado por nenhum radar. Todos riram quando o rádio a bateria informou que, em um monumento da capital sérvia, havia sido pendurado um cartaz que dizia: desculpem, não sabíamos que era um avião invisível.

Do céu, os inimigos responderam na calada da noite, espalhando muitas explosões aterrorizantes. No dia seguinte, a operação aérea da Otan entraria na fase dois, que previa ingentes perdas humanas.

* * *

Nos arredores semidestruídos de uma cidade kosovar, árvores tristes e parcialmente queimadas, paralelas a uma fila de casas, serviam de apoio a uma montanha de lixo acumulada depois do início da guerra aérea.

Uma fugitiva albanesa, escondida atrás de um pedaço de parede, tirou um frasco de vidro do bolso da calça, levou o bico até o nariz e cheirou violentamente um pó amarelado, primeiro com uma narina e depois com a outra. Suas pupilas dilataram-se instantaneamente e ela se sentiu dominada por uma onda de onipotência e de interminável euforia.

— Uhuu!

A chuva molhava o seu corpo pequeno e harmonioso e os seus cabelos pretos não muito curtos. Ela, no entanto, parecia não sentir a água fria que deslizava sobre o seu corpo e colava a roupa na sua pele. Lady Tortura permaneceu imóvel com o Kalashnikov preso ao busto tamanho 46. Encontrava-se a oeste do Kosovo, num lugar maltratado por bombas e abandonado por todos.

Cheirou novamente o frasco e o passou para o amante, ao seu lado, que reproduziu o gesto, inalando voluptuosamente aquela poderosa droga, uma mistura de anfetamina com outros produtos químicos. Seus olhos estremeceram. Lady Tortura o abraçou, beijando-o na boca. O entendimento entre seus corpos costumava ser tão eficiente quanto a colaboração em matéria militar. Ainda mais durante as operações especiais com a maleta azul, que ela acabava de pegar do chão.

Percebendo que havia chegado a hora de agir, o amante acenou ao resto do grupo, três homens mascarados, guerrilheiros do Exército de Libertação do Kosovo.

Lady Tortura não cobria o rosto, julgava-o bonito demais para sacrificá-lo. Para imitá-la, o amante também não se escondia.

Os cinco entraram numa das casas derrubando a porta. Uma família cigana tinha acabado de se sentar à mesa para o almoço. Havah e o marido Zobar, recém-casados, conversavam com as primas que os visitavam para ajudar com os mantimentos. Em cima da mesa, só cebola, batata e água. Uma torta salgada estava sendo levada à mesa pela parente mais velha. Fazia dias que naquela casa não havia nem pão nem luz elétrica. Uma música lenta saía à força do antigo alto-falante de um CD player, consumindo o pouco que lhe restava de bateria. Na residência modesta, não muito longe do gueto de Gjakova, uma parede de tinta fresca sugeria que o jovem casal pretendia construir ali a nova vida.

Quando a porta se abriu sob os gritos dos guerrilheiros, a prima que segurava a torta foi atropelada e derrubada ao chão com selvageria. Marie perdeu os sentidos e os seus pesados óculos de míope se quebraram. Havah e a outra prima se jogaram embaixo da mesa.

Zobar se ajoelhou com as mãos para cima. Um dos mascarados o atingiu no estômago com o cano da metralhadora, e o cigano caiu.

Toda a ação se passou em poucos minutos.

— Comece a falar, seu merda!

— Falar o quê? Eu não sei de nada! — respondeu Zobar.

Debaixo da mesa, a jovem esposa segurava os gritos para não provocar os intrusos. Entretanto, os três homens a agarraram e a arrastaram até o sofá, jogando-a de bruços com os braços imobilizados e oferecendo-a à torturadora.

— É tua!

Lady Tortura se aproximou de Havah, levantou a sua longa saia e autorizou os três exaltados a violentá-la.

Indiferente às lágrimas de Havah e Zobar, a torturadora abriu a maleta azul. Passou os dedos pelos instrumentos como se folheasse um catálogo. Escolheu um martelo.

— Não! — O grito desesperado do cigano bloqueou a ação da algoz.

— Cigano sujo! Mantenha essa boca imunda fechada! — gritou a torturadora.

As duas primas não foram esquecidas. Marie foi espancada e agredida com uma faca e Lala, mais jovem e mais bonita, arrastada para o quarto. Ao notar a ausência do amante e ouvindo os gritos que vinham do quarto, Lady Tortura correu com o Kalashnikov na mão, flagrando-o sobre a bela cigana. Sentindo-se excluída, apontou a arma.

— Idiota, filho da puta! Eu te mato!

Depois de um impetuoso litígio, os dois amantes decidiram inspirar-se na pouca comida que havia sobre a mesa para coroar a sua cumplicidade demoníaca. Ambas as orelhas de Zobar foram cortadas. Lady Tortura olhou para Havah.

— A esposinha ainda está jejuando, coitadinha! — zombou.

Impulsionada por um sentimento perverso, monstruoso, forçou Havah a comer as orelhas do marido. Enquanto os guerrilheiros a obrigavam a cumprir aquela ordem desumana, a torturadora desfigurou a prima bonita, violentada pelo amante, com mais de cinquenta cortes no rosto.

— Sua puta!

Os carrascos abandonaram a casa velozmente. Na frente da porta de entrada, deixaram quatro sapatos enfileirados, o que, na linguagem do terror, significava que lá dentro havia quatro vítimas fatais. Só que Marie, fingindo-se de morta, sobreviveu ao massacre e foi capaz de testemunhar, ainda que sem os óculos não tenha podido fornecer informações suficientes para um retrato falado. Mas a cabeça de Lady Tortura foi posta em recompensa.

Por grande ironia, Zobar também estava sendo seguido pelos militares sérvios sob suspeita de traição. Era considerado culpado pelos dois lados da luta. Pena que, naquele dia chuvoso, os soldados sérvios encarregados de espioná-lo tenham ficado no bar enchendo a cara de *slivovica*.

* * *

A sua primeira ação de guerra foi levar o café da manhã aos milicianos. Yana considerou uma espécie de punição, mas obedeceu em silêncio. A subordinação era uma característica da sua natureza, aceitar pacientemente os absurdos e impiedosos comandos de família. Afinal, os conflitos bélicos pertenciam aos homens, justificou com pesar.

Nenhum deles conhecia os planos de guerra traçados pelos superiores. Viviam os dias esperando a chegada de ordens como uma roleta russa, pensamento que não assustava a miliciana.

Colocou dez baguetes debaixo do braço, cada uma seria dividida em duas. Meia baguete para cada soldado. Na outra mão, levava um salame e um grande pedaço de presunto defumado. Segurar tudo aquilo era trabalho de equilibrista, talento que Yana desenvolveu desde muito cedo, apoiando os pezinhos nus nas pedras irregulares à beira do riacho da roça da família, e abrindo os braços para não cair. Mais tarde, evoluiu para caminhadas na cumeeira do telhado da estala, frequentemente interrompidas pelas ameaças da avó.

Também o contorcionismo já tinha representado, para ela, um verdadeiro dom. Com o seu tronco magro de criança descarnada, quase de borracha, tentava imitar as ginastas soviéticas, tchecoslovacas e, mais tarde, iugoslavas, que só nos dias de festa podia acompanhar pela TV em casa de parentes.

Uma baguete começou a escorregar debaixo do braço esquerdo, forçando-a a bloqueá-la levantando o joelho.

Yana mantinha somente um pé apoiado no chão enquanto descobria, sorrindo, que as suas velhas habilidades não a haviam abandonado durante todos aqueles anos. Na infância, sonhava em usar a sua flexibilidade excepcional com o corpo, para fugir com um circo. Queria viver o papel da mulher que se esconde dentro de uma caixa e depois desaparece com um truque de mágica. Ou que caminha por um fio longo e interminável em pleno equilíbrio. Metáforas de si mesma, aquelas imagens que acompanharam o seu crescimento reapareciam ali, naquela atmosfera única da aurora kosovar.

Com grande capacidade de contorção, recuperou a baguete com o dorso da mesma mão que segurava o presunto e o salame. Os braços também não a desapontaram. Restava saber se segurariam o fuzil da mesma maneira.

A cem metros da base, a cozinha militar passou a ser o seu ponto de referência, onde reconhecia todos os cheiros da comida gordurosa e, muitas vezes, além da data de validade. Em breve começaria a sentir o odor de carne humana.

Entre as suas primeiras tarefas, também eram previstos alguns treinamentos e a vigilância noturna do lado de fora do Repouso. Yana não tinha ido para lá pensando em incumbências semelhantes, mas aceitou calada.

Tentava viver intensamente os raros momentos de beleza que o Kosovo proporcionava. A paisagem parecia um desenho que serve para ensinar perspectiva, com as montanhas distantes mais claras, as vizinhas mais escuras, até a planície em primeiro plano, cheia de neblina, que oferecia um cenário quase sobrenatural. Às cinco da manhã, quando acabava a sentinela, uma manada de cavalos selvagens passava pontualmente na estrada em frente à casa dos milicianos. Um cavalo preto conduzia o grupo todos os dias. Tinha o pelo curto, molhado pelo orvalho, brilhando sob o reflexo da primeira luz da manhã. Uma demonstração de liberdade de provocar inveja. Não demoraria muito e ela veria os cavalos, incluindo o líder da manada, fugirem assombrados sob o fogo dos bombardeios. Sem um rumo preciso, com os músculos tensos e os olhos dilatados.

Yana considerava mais triste a figura de um animal enlouquecido do que a de um ser humano no chão, atingido por uma rajada de balas.

* * *

Os caças-bombardeiros faziam um barulho que beirava o insuportável e uma manobra que desafiava o impossível: baixar de altitude, ultrapassando uma espessa camada de nuvens, para lançar os seus mísseis. O mau tempo estava provando ser um aliado magnífico para a Sérvia, pensou Yana.

Os aviões decolavam da base italiana de Aviano, no nordeste da Itália, com duas bombas a bordo. Caso não conseguissem jogá-las em território sérvio, que incluía a província autônoma do Kosovo, também não poderiam pousar sem antes despejar a carga mortal no mar Adriático.

Os inimigos a serem enfrentados diretamente em terra continuavam um mistério para a miliciana. Sabia apenas que eram os guerrilheiros do ELK, o Exército de Libertação do Kosovo, formado por kosovares e albaneses. E que atiravam das montanhas, escondidos na floresta.

— Um bando de franco-atiradores protegido pelos americanos — disse Miša.

— Eles podem nos forçar a ir para as áreas expostas a ataques aéreos? — perguntou Yana.

— Sim, mas também pode acontecer o contrário. Os ataques aéreos podem tentar nos empurrar para onde estão os atiradores de precisão.

Essa resposta a emocionou mais do que poderia imaginar. A bala que tanto esperava poderia vir de um desses atiradores.

— Em fila! — pediu o comandante Goran, que acabava de chegar à base.

A voz masculina que dava a ordem não soava prepotente aos seus ouvidos. Yana percebia até uma certa cordialidade do comandante para com o pequeno grupo. Continuava curiosa em saber o que seria exigido aos voluntários, todos os dias.

— Tudo bem? — Goran começou a mostrar uma atenção especial, quase paterna, com a miliciana.

— Sim, comandante!

— Está faltando alguma coisa?

— Não, senhor comandante.

— Bom! — E, olhando para os outros, continuou: — Hoje preciso de um voluntário para uma missão delicada.

— Eu! — gritou Yana.

A iniciativa da soldada de milícia divertiu o comandante, mas ainda era cedo para que ela recebesse missões especiais. Tinha chegado ao campo de batalha muito recentemente. Tempo suficiente, porém, para conquistar a simpatia do Comando e a aversão de parte do grupo. A imagem de bom soldado que ela tentava imprimir irritava os mais agressivos. Ninguém podia supor que a sua ambição não ia além de acabar com a própria vida.

A tensão entre Yana e alguns companheiros da Raposa Vermelha começou com o seu primeiro gesto ameaçador e ao mesmo tempo suicida, quando se atreveu a desafiá-los. Reunidos no salão do Repouso, Yana encontrou sobre a mesa um documento com as regras de guerra impostas pelo Comando. Fixou o olhar em algo que a tocou muito de perto, e que a levou de volta ao passado: são proibidos atos de violência sexual contra a população civil. Yana agarrou-se ao seu fuzil como um exorcista à cruz e ameaçou os milicianos:

— Se eu vir algum de vocês estuprar uma mulher, restam três possibilidades: conto ao comandante, atiro no joelho ou mato!

Dessa forma, também pretendia dizer a todos que não se aproximassem dela.

— Não tenho ninguém que sofra por mim, portanto, não tenho nada a perder — concluiu.

Quinze entre as Raposas eram casados e com filhos. Quase todos os dezenove voluntários tinham muito mais a perder do que ela. Em meio a um grande e embaraçoso silêncio, uma nova ameaça tomou forma. A partir dali, os inimigos de Yana Milinić não seriam apenas os guerrilheiros do ELK.

Ela havia acabado de iniciar a sua vida de soldada de milícia e já desencorajava os seus companheiros a cometerem um tipo de crime que, talvez, tivessem planos de praticar. Se o estupro sempre existiu em todos os conflitos, e a Segunda Guerra Mundial é repleta de episódios, nos Bálcãs, e especialmente na Bósnia, foi usado como uma verdadeira arma. Milhares de mulheres foram violentadas por soldados sérvios. Muitas delas engravidaram.

Diferentes opiniões começaram a circular entre os soldados. Houve quem reconhecesse em Yana uma boa dose de coragem. Outros, de estupidez. Alguns se sentiram tão ofendidos pelas suas palavras, que desejaram vingança. O ódio de uma parte do Raposa Vermelha recaiu sobre ela.

— Quem ela pensa que é para nos dar ordens?

Liderados pelo traiçoeiro Louban, cinco milicianos começaram a conspirar para afastá-la do grupo. Ou matá-la.

Na madrugada seguinte, quando Yana terminou o turno de guarda e preparou o café da manhã, levando ovos cozidos para todos os milicianos, o inseparável amigo de Miša a alcançou no portão.

— Toma cuidado. Alguém pode querer cortar a tua garganta — disse Louban, num tom forçadamente calmo.

Nos momentos de devaneio, em que tentava imaginar o próprio fim, Yana sonhava com um adeus idealizado, um tiro direto no coração e um sorriso nos lábios. Queria morrer como valente, não nas mãos de um assassino covarde. Ao simples pensamento de que isso poderia acontecer, entrou em pânico. Tentou alertar o marido sobre Louban, mas Miša ficou indiferente, confirmando uma cumplicidade perigosa com aquele delinquente.

Em breve tudo acabará, pensou Yana. Mas não daria a Louban o prazer de degolá-la.

* * *

O sinal da cruz virou um gesto obrigatório antes de qualquer ação da Raposa Vermelha. Yana nunca entendeu se essa atitude representava devoção verdadeira ou se não passava de um ritual para trazer sorte. No início, as missões destinadas ao grupo tinham como objetivo expulsar do Kosovo a população de origem albanesa, ações nunca reconhecidas pelos milicianos por aquilo que realmente significavam: limpeza étnica.

Pouco tempo depois, por ordem do comandante, os voluntários partiram para uma aldeia, a dez quilômetros da base, levando pela primeira vez a soldada de milícia.

Com um chute violento, Yana arrombou a porta da frente de uma casa.

— Tem alguém aí? — seu grito ecoou na pequena rua.

A ação previa a intervenção coordenada de dois milicianos, que tinham que invadir as casas e mandar embora os que ali viviam. Cedendo à tentação de se tornar alvo, Yana entrou com arrogância na grande sala, expondo-se mais do que deveria e, dessa forma, pondo em risco também o parceiro.

— Você tá louca? Podem vir lá do corredor! — gritou Miroslav.

O soldado tinha razão. Yana voltou a si, arrependida do ato impulsivo. Se ela queria morrer, não podia arrastar os outros com ela.

— Desculpa, não vai acontecer de novo — disse, mortificada.

Espiou embaixo das camas e no sótão, lugares geralmente considerados boas tocas. Fazia parte do jogo perder tempo no primeiro cômodo para que os moradores pudessem fugir pelos fundos da casa, mas não era uma regra seguida por todos. Dependia do humor dos soldados sérvios, ou do nível de *slivovica* no corpo. Mas disso Yana Milinić ainda não sabia.

Vasculhou cada canto dos cinco edifícios destinados a eles e não encontrou ninguém. A maioria dos habitantes daquela região já tinha fugido. Ao atravessar os quartos do último apartamento, percebeu que Miroslav a observava. Retraiu-se bruscamente quando capturou o olhar do parceiro: ali, naquele corredor inimigo, uma centelha pareceu brilhar nos olhos dos dois milicianos, que, um segundo depois, desviaram a atenção um do outro.

A soldada de milícia se concentrou nos objetos. As recordações dos outros provocavam nela emoções contrastantes, como a foto na cristaleira em que duas crianças kosovares apareciam vestidas de soldado, como se fossem adultas. Crianças eram o seu ponto sensível desde os sete anos, quando foi forçada a ser mãe das duas irmãs mais novas. Não conseguiu ter filhos; embora tivesse tentado de quase todas as maneiras, nenhum dos maridos a apoiou.

Parou para observar os móveis da sala de estar. O cheiro de mobília nova, de madeira jovem que ela não poderia comprar, a agradava. Possuía só móveis velhos de família, cravejados de cupim, que deixavam uma camada de poeira todas as manhãs, móveis usados durante toda uma vida.

Um dos seus sonhos de camponesa era possuir um tapete. Até os quinze anos de idade, tinha vivido em chão de barro. A sala, o quarto e até o piso da cozinha eram feitos de barro socado, e a avó os varria de forma impecável.

O dia em que um rolo de plástico entrou na casa modesta da roça para que o piso fosse forrado, foi razão de grande alegria. O cimento custava exageradamente caro para os pequenos agricultores da Iugoslávia.

Estranhamente, pensou um pouco confusa, não parecia caro para os kosovares, que podiam se dar ao luxo de ter carpete em todos os cômodos. Yana ainda não tinha conseguido comprar o seu primeiro tapete, e a ideia de que as casas do Kosovo fossem mais bonitas, espaçosas e com cozinhas mais modernas despertou a sua inveja social. Desabafava com o companheiro de ação cada vez que identificava algo que não podia comprar ou que fosse simplesmente inesperado:

— Eles têm calefação até na cocheira! Os cavalos estão melhores do que nós! — observou, incrédula.

Até os dezoito anos, Yana tomava banho no estábulo junto com os animais. Quando chegava o inverno, a avó esquentava a água em panelas e a despejava em uma velha tina. Por muito tempo, um banheiro dentro de casa foi um sonho inatingível.

Miroslav a olhou sem dizer nada, sensibilizado pela sua beleza quase selvagem, a trança desgrenhada e o rosto marcado pela indignação.

Embora a miliciana tivesse crescido à sombra da propaganda sérvia, que jogou a culpa da crise econômica da Federação sobre os ombros das "sanguessugas kosovares", Yana sentia igualmente um certo pesar ao invadir aquelas casas rurais do Kosovo. Imaginava os seus avós sofrendo as mesmas ofensas vindas de um pelotão de homens armados. Humilhação que, de fato, só tinham experimentado durante a ocupação nazifascista. Mas isso Yana não podia compreender.

As dificuldades da sua família para conseguir acabar a construção da casa vinham-lhe à mente. Pensou no rosto da avó ameaçada por um fuzil, um rosto com traços ainda doces, embora endurecido por uma vida, se não miserável, certamente muito difícil de se suportar.

No entanto, precisava seguir ordens. Com Yana e os seus companheiros, os kosovares armados não tinham escapatória. Os civis desarmados, por outro lado, seriam simplesmente convidados a sair. Era o que acreditava, mas a ingênua ilusão não durou muito tempo. No fim da operação, enquanto perscrutava a última casa, ouviu um tiro. Yana saiu correndo em busca do inimigo, com o fuzil apontado. Encontrou-o no meio da rua, numa poça de sangue. Era o corpo de uma mulher de cerca de setenta anos com uma bala no meio da testa. Uma mulher desarmada. Flagrando Louban com o fuzil na mão, a miliciana o interrogou sem hesitar.

— Por que você fez isso?

— Não gostei da cara dela — disse Louban, desafiando Yana.

— Por qual motivo? — insistiu a miliciana.

— Ela não me disse bom dia.

A guerra estava rapidamente mostrando a sua verdadeira face.

Yana fez o sinal da cruz e evocou os seus santos ortodoxos.

* * *

Os sinos colossais do Vaticano chamaram os fiéis à praça São Pedro. Num terraço romano, coberto por uma luz alegre de início de primavera, Paola se virou na espreguiçadeira tentando manter o entorpecimento do sono. Mas aquela sonoridade robusta, obtida da percussão, no bronze, por pêndulos de ferro, junto com o frio suave da estação, a mantinha acordada.

Não dormia bem desde que havia começado os seus estudos sobre a guerra do Kosovo. O que descobria sobre o conflito balcânico lançava-a em um repertório de incredulidades. E tudo levava a crer que o ataque aéreo da Otan poderia ter sido evitado.

Naquele tema espinhoso, com uma quantidade desproporcional de armadilhas, as vítimas e os algozes às vezes se tornavam indistinguíveis.

Fixou o olhar nos telhados da cidade antiga. Bem à sua frente, na praça Navona, a cúpula da igreja de Santa Inês em Agonia, vista daquele ângulo alto, com o primeiro plano de gerânios de cor rosa-choque, vermelho e laranja, imprimia uma fotografia potente. Naquele pequeno território, possuía tudo o que precisava para seguir adiante com as suas pesquisas, e contava até mesmo com a possibilidade de se tratar.

Seu pé direito era cuidado pelas mãos de uma fisioterapeuta. Numa tarde, envolta em suas dúvidas sobre o conflito kosovar, havia tropeçado em uma pedra e sofrido uma lesão no ligamento. O pé tinha sido a primeira vítima de suas meditações sobre a guerra.

Sentiu o toque quente do eletrodo da Tecarterapia, um disco de metal brilhante que pressionava levemente os pontos sensíveis para combater a inflamação. O aparelho deslizava em lentos movimentos circulares, do peito do pé para a planta, até causar uma sensação de relaxamento. Com a reabilitação, as massagens e as conversas diárias, a fisioterapeuta também tinha se revelado uma interlocutora sensível e astuta.

— Por que você decidiu escrever esse livro, se te deixa tão nervosa? — perguntou.

Foi necessária uma pausa de reflexão.

— Uma guerra esquecida com muita facilidade faz pensar — respondeu Paola.

— Oficialmente, por que o conflito começou?

— Porque o Kosovo vivia uma guerra civil pela independência. Depois que o governo sérvio diminuiu a autonomia da região, os kosovares reagiram com episódios de violência. A guerrilha foi reprimida ainda mais duramente por Milošević, com violações dos direitos humanos.

— Existem outras guerrilhas no mundo que a Otan não bombardeia — observou a fisioterapeuta.

— De fato, várias organizações diplomáticas eram contrárias à presença da Otan no conflito. O motivo formal foi uma matança que revelou quarenta corpos encontrados numa vala comum na aldeia de Račak, e que foi atribuída aos soldados sérvios. Mas houve suspeitas de que teria sido uma encenação para justificar o ataque aéreo perante o mundo.

— Como as falsas armas de destruição em massa de Saddam?

— Não exatamente. Não se pode esquecer de Srebrenica e dos milhares de muçulmanos que os sérvios mataram durante a guerra da Bósnia. Mas ninguém pode dizer com certeza como as coisas aconteceram em Račak. Não foi feita uma perícia imediata no local da descoberta dos cadáveres. Os fotógrafos mudaram os corpos de posição para enquadrá-los melhor, e, por algum motivo, teve gente que chegou a recolher os projéteis do chão.

— E quem eram os mortos?

— A Otan sustentou que eram camponeses que viviam ali. O governo sérvio, entretanto, argumentou que eram guerrilheiros em batalha disfarçados de civis depois de mortos.

Pensativa, a fisioterapeuta continuou a massagem em silêncio. Paola estendeu a mão e levantou o pequeno laptop da mesa lateral. Embora nunca tivesse conhecido um campo de batalha, dedicava-se ao conflito do Kosovo com tal intensidade, que aquela guerra também tinha se tornado sua.

* * *

Os caças-bombardeiros deram uma trégua. Faltavam vinte minutos para as três da manhã e quase todos dormiam na base. No banheiro interno, que não tinha torneira e que raramente era usado pelos milicianos, pouco atentos à higiene, Yana pegou um dos seus dois uniformes de tecido camuflado e, com a água de um balde e um pedaço de sabonete, começou pacientemente a esfregá-lo. De um segundo latão, tirou pequenas porções de água para massagear o rosto. Em seguida, lavou as suas partes íntimas, com mais sabonete e mais água. Aquele ritual fez com que ela recuperasse a confiança em si mesma.

Vestiu a outra farda. Demorou oito minutos. Fechou o cinturão que segurava a calça e o cinto que sustentava a faca, protegida pelo estojo de couro. O casaco pesado era obrigatório, pois as duas horas de patrulha que a esperavam seriam as mais frias de toda a noite.

Às três em ponto chegou ao posto de sentinela para render o soldado Verko.

— Vou dormir. Tá tudo em ordem — disse ele, ansioso para ser substituído.

A lua negra era o fio de luz mais evidente, e as estrelas ao redor, as únicas imagens compreensíveis do seu posto de guarda. A noite no lado de fora do Repouso, apavorante e ambígua, a espreitava. Pendurou-se à sua arma no silêncio tramado de enganos. Só o inimigo conhecia bem aquela colina. Lembrou-se das palavras do marido ao chegar:

— Nos últimos anos, nenhum sérvio colocou os pés aqui. Nós somos os primeiros.

Empunhou o fuzil e caminhou rapidamente pelo quintal da casa, para a frente e para trás, percorrendo cerca de dez metros. Desceu uma escada de pedra coberta de mato. Só o contorno das árvores mais próximas se tornava distinguível nos fundos da propriedade, mas a sua boa audição permitia que auscultasse a quietude e identificasse cada movimento, cada risco possível. O frio gélido, ferino, apesar do agasalho, enrijeceu os músculos dos ombros e dos braços, e foi preciso se concentrar ainda mais.

Aquelas duas horas intermináveis de solidão, no escuro da noite, multiplicavam os seus temores e as suas piores lembranças. No entanto, Yana não baixou a guarda nem mesmo quando rezou em voz baixa preces que se tornaram quase uma ladainha. O maior terror da soldada de milícia era o de ser capturada e usada para o tráfico de órgãos, um comércio entre a Albânia e o Kosovo denunciado muitas vezes. Tremeu ao pensar que pudessem exportar o seu rim, deixando-a viva por dias com o corpo aberto para que outros órgãos fossem extraídos e vendidos no mercado negro de diversos países. Seus novos companheiros espalhavam histórias de hospitais secretos, escondidos nas florestas kosovares, onde prisioneiros se tornavam doadores de órgãos até se apagarem definitivamente.

Tomada pela ansiedade, teve a impressão de ver algo anormal. Um arbusto de três pés parecia se mover. Yana sentiu um arrepio de frio descer pela espinha, como um chicote. Fixando o olhar, viu o arbusto se agitar e avançar em sua direção. Um suor repentino cobriu o seu rosto. Apontou a arma e raciocinou qual seria o momento ideal para atirar, uma sabedoria conquistada com a própria vida, com os acontecimentos que a levaram a desistir de viver. Contou até dez para focalizar melhor a passagem do tempo, enquanto repetia mentalmente a sua oração.

Num duelo mental, Yana e o arbusto que andava no mato permaneceram imóveis por um período de tempo que ela não conseguiria definir. Então, o seu turno acabou e ela foi substituída. A planta continuou lá, impassível, indicando que o terror tinha sido apenas uma invenção da sua imaginação.

Mais tarde, enquanto tomava o café da manhã com o grupo, taciturna e de cabeça baixa, Branko, que tinha ouvido os seus passos nervosos durante a noite, se aproximou.

— É o arbusto que anda, né?

— Sim — respondeu Yana desconcertada.

Percebendo que os outros, em algum momento, também tinham visto um arbusto se mexer, abriu um belo sorriso que se tornava cada vez mais raro. A noitada, a extrema concentração, a falta de luz e o medo muitas vezes criavam aquela ilusão de ótica.

Poucos dias depois, um soldado de guarda perdeu o controle e disparou uma rajada no escuro contra o arbusto.

* * *

Desde o dia em que o Comando decidiu que os soldados sérvios deveriam enterrar as suas vítimas, o número de mortos caiu sensivelmente. Yana observava os soldados no pátio do Repouso e refletia sobre a força da preguiça. Ainda não se considerava capaz de indicar quais, entre os milicianos, se transformariam em seres verdadeiramente desprezíveis. Mas tinha já uma intuição.

Os inimigos históricos, os guerrilheiros do Exército de Libertação do Kosovo, que representavam a etnia albanesa, tinham sede de sangue. Ela, no entanto, também não se orgulhava de alguns dos seus parceiros sérvios.

Dragan, grande bebedor, raramente se apresentava sóbrio. A longa barba e a calvície davam-lhe um ar de frade altruísta. Mas a tatuagem em sua cabeça brilhante demolia qualquer possibilidade de homem pacífico ou pacificador: uma caveira com um buraco no centro do qual jorravam gotas de sangue, como numa explosão. Além de malvado, Dragan também era visto como um grande mentiroso. Dizia repetidamente que estava no Kosovo à procura do filho que tinha sido enviado para a guerra. Yana supunha que fosse uma desculpa para não revelar os verdadeiros motivos, inconfessáveis, que o teriam levado a se oferecer como voluntário. Junto com Louban, Dragan era o mais velho, ambos cinquentões e litigiosos.

Sobre Louban, que exalava ainda mais o cheiro de álcool, pesava uma suspeita de traição. Mais de uma vez, chegou a disparar dois tiros consecutivos antes do início de uma ação ou emboscada, o que poderia servir de alerta aos inimigos. Mas ninguém tinha sido capaz de provar que era um impostor. Além disso, era o amigo inseparável do chefe, dava ordens e influenciava Miša até em pequenas escolhas, como os turnos de sentinela. Para assustar o grupo e impor autoridade, gostava de enfiar com força o seu punhal na madeira da mesa de refeição. Não era exatamente feio de aparência, mas a sua incomplacência e o seu ânimo pelo rancor, bem como os seus olhos muito próximos um do outro e cobertos por sobrancelhas grossas e manchadas de cinza escuro, o faziam parecer permanentemente revoltado com o mundo. Unia os cabelos ralos num forçado rabo de cavalo. E a barriga fora de forma declarava que a guerra não era mais o lugar certo pra ele. Ao protegido do chefe, porém, iam todas as honras. Yana o odiava e o desprezava, especialmente quando o via maltratar Vladan, o mais jovem entre os milicianos. Cada vez que o menino fazia uma pergunta, mesmo corriqueira, encarava uma afronta.

— Tem algo doce para comer? — perguntou uma vez, no final da refeição.

— O que você quer? Não vê que estamos em guerra? Quer bolo, docinhos? Idiota! — gritou Louban.

Todos se calavam, temendo um disparo. Louban poderia ser capaz de matar impiedosamente não só os kosovares, mas também os compatriotas. E se ele ainda não a tinha degolado, pensava Yana, certamente se devia à influência de Miša, que, perante a lei, ainda era o seu marido.

Educado para decifrar mapas militares, Miša, filho de um importante e respeitado dentista comunista, foi criado sem fazer esforço algum, com todos os caprichos satisfeitos. Magro, de constituição ligeiramente atlética, seus cabelos castanhos naturais ultimamente haviam se aloirado bastante, trazendo à Yana a desconfiança de que ele os tivesse tingido. Os olhos claros, o nariz e a boca bem delineados eram os detalhes que alimentavam a sua vaidade, que, junto com a preguiça inata, representava um traço dominante.

Na época do casamento com Yana, tinha sido ela a conseguir o dinheiro para os documentos, para as alianças e para a festa com trinta e cinco convidados. Suboficial da reserva do exército sérvio, Miša caiu em desgraça depois de discutir com um de seus superiores, ameaçando-o. O quartel não renovou o seu contrato e Yana começou a conhecer as suas patifarias. Coube a ela arcar com todas as despesas, do aluguel à alimentação. E até aceitaria mantê-lo, se não fossem o narcisismo exasperado e as traições frequentes, que impossibilitaram qualquer tipo de união.

Ali no Kosovo, enquanto Yana se esforçava para carregar o peso de armas e munições, Miša se contentava em levar com elegância apenas o seu fuzil de precisão e passava o tempo observando o território através do visor da arma. Comia pouco, bebia na média, brincava e provocava muito. Mas não era um assassino. Pelo menos, não ainda.

O mais cruel dos jovens, Verko, era bastante enigmático. Perto das velhas Raposas, agia de acordo com as instruções dos soldados maus. Não perdia a oportunidade de zombar de Yana em qualquer ação que ela estivesse para cumprir, questionando as suas habilidades.

— Você realmente acha que vai conseguir?

Ela o colocou na lista dos inimigos dos quais se vingaria.

— Quer que eu atire em você agora ou daqui a pouco? — Yana respondia.

Ele ria, divertido, mostrando os dentes muito brancos que lhe davam um encanto diabólico e irresistível.

Yana continuava.

— Quer que eu atire no joelho ou na bunda, onde você prefere? Olha que um dia eu juro que faço isso.

Branko, o sábio do grupo, falava e bebia pouco. De estatura baixa, tinha desenvolvido prematuramente uma corcunda que o deformava. Seu cabelo era curto, levemente prateado, e a beleza de seu rosto quadrado transmitia confiança. Significava um grande reforço na artilharia. Não hesitava em atirar em qualquer coisa que se movesse, caso julgasse que representava um perigo iminente. A sua função no grupo era operar um dos morteiros ajudado por Ivčo. Yana defendia Branko e admirava o seu bom senso, se é que é possível atribuir bom senso a um voluntário nos Bálcãs, concluiu. Tinha sido informada sobre o fim trágico de um primo dele, sequestrado anos antes, torturado e levado para a Albânia, talvez por tráfico de órgãos. Da experiência da guerra na Bósnia, Branko passou diretamente para o Kosovo, bem como Ivčo, seu grande amigo e confidente, que fazia parte do mesmo grupo operário de Belgrado.

Menos silencioso que Branko, Ivčo era o tipo brincalhão que confundia a todos. As cicatrizes em seu rosto davam-lhe um ar de sofrimento e solidão irremediáveis. Os dois amigos não cultivavam discórdia dentro do pequeno destacamento e defendiam Yana da maldade dos outros.

Nikola ficou conhecido como o cara de Belgrado. Sensível, era vítima de chacota porque tinha quatro irmãs. Porém, quando segurava a única metralhadora da formação, quinze quilos de metal, sem contar os carregadores, ninguém mais ousava brincar. Sua constituição alta e esguia o tornava forte o suficiente para carregá-la, ainda que a caixa de munição pesasse entre sete e oito quilos e as balas medissem dez centímetros de comprimento.

A primeira vez em que Yana carregou uma na mão, só conseguiu exclamar:

— Loucura!

A metralhadora produzia um estrondo nas montanhas, trovejando como uma tempestade de verão. Nikola permanecia deitado enquanto atirava, amarrado à companheira de emboscada como se nada estivesse acontecendo. Ninguém o ajudava a carregar a metralhadora, especialmente quando o cano estava quente após o disparo.

— Ele quis a metralhadora? Então que leve! — Era a lógica de Miša e seus seguidores.

Se a guerra é uma lente de aumento do comportamento humano, nos assuntos mais indolentes, revelava uma indiferença que se multiplicava sem nenhuma medida.

Com apenas dezoito anos, Vladan conduzia Yana a uma espécie de viagem no tempo. Colocado à margem por todos, ele a fazia lembrar os seus anos de inocência, se é que tinham realmente existido. No pequeno mundo camponês, a condição de filha de pais separados a condenou ao isolamento. Os pais das suas amigas de escola não queriam Yana ao lado de suas filhas, agindo como se ela fosse capaz de influenciá-las a escolhas erradas. Ela não podia se encontrar nem mesmo com a prima Maria. Para driblar a proibição da tia, as duas meninas trocavam cartas usando nomes fictícios. Uma ou duas cartas por semana, nas quais Jeanne contava a Stephanie sobre as suas vinte ovelhas e os seus primeiros impulsos de amor.

Ilìria, a muçulmana, tinha sido a única a desafiar o pai, abrindo a porta de casa para a amiga de religião ortodoxa e, ainda mais generosamente, abrindo também a porta da confeitaria da família.

— Quer um baclava?

— Não, obrigada!

O pai de Yana a tinha ensinado a nunca aceitar nada que não pudesse pagar. Ilìria estendia a mão na vitrine e pegava furtivamente os pequenos doces sortidos, de várias cores: rosa chá, verde pistache, amarelo e vermelho. No centro do pacotinho, o baclava destinado à sua amiga sérvia. Ilìria os levava pra fora da confeitaria para que ela pudesse saborear em paz as delícias do seu mundo.

— Vai, come! — ela insistia.

Os pensamentos de Yana voltaram-se ao soldado Vladan. Dias antes, o miliciano havia pedido a companhia dela durante a vigília noturna. Seu rosto estava muito pálido quando ela, silenciosa e pontual, chegou no meio da noite.

— Tenho medo — confessou Vladan.

Respirava com dificuldade, o coração batia rápido. O pavor o tinha feito urinar na calça militar. Envergonhado, não conseguia olhar para ela. Yana ficou ali, ao lado dele, com toda a sua ternura. Única guardiã daquela noite.

* * *

Minúsculos vermes flutuavam na superfície da água enquanto o macarrão cozinhava. Os *rigatoni* tinham ficado apodrecendo no armazém do batalhão, talvez durante anos. Repugnada, Yana almoçou de olhos fechados para não correr o risco de flagrar uma larva no molho de tomate.

Um barulho brusco bloqueou os seus ouvidos. Os aviões de guerra recomeçavam o medonho rebuliço cotidiano. O estrondo iniciava num volume mais baixo, acompanhado de explosões distantes. A vibração se ampliava poucos segundos depois, fazendo tremer o prato, depois a mesa inteira. Até o chão balançava, como num terremoto. Os caças passavam duas ou três vezes por dia, voando baixo em manhãs como aquela, de céu limpo, provocando grande angústia.

Yana se agitou. Algo também se movia dentro dela, e não era por causa dos caças-bombardeiros da Otan. Saiu da sala de almoço e correu com o prato na mão.

Miša também foi ao patio e gritou, olhando para o céu.

— Justo agora vocês vão encher o saco? Vou violentar a tua irmã — acrescentou.

— Filhos da puta! — continuou Dragan.

Bastava um miliciano iniciar os insultos para ser imediatamente seguido por um coro de fortes palavrões e de ameaças extravagantes.

— Vou estuprar os seus mortos dentro dos túmulos! — prometeu Ivčo.

Yana nunca havia escutado aquela ofensa. Já estava se acostumando a praguejar em público para desafiar o marido, tentando ser mais vulgar que ele.

— Talvez sobre algum irmãozinho jovem para mim!

— E o que você faria? — perguntou Miša, aceitando o desafio.

Prevendo a briga entre marido e mulher, os soldados mudaram de conversa e Miroslav foi o primeiro a se afastar. Aleksandar e seu pequeno grupo, que se mantinham quase sempre distantes, foram embora rapidamente. Vladan não teve coragem de se expor entre aquelas velhas raposas dos Bálcãs. Pegou seu prato e se aproximou da única amiga, que logo reconheceu o seu rosto triste e assustado. Para aqueles como Vladan, ir para a guerra significava arrumar um emprego, pensou Yana. De certa forma, também pra ela, já que ganhava cento e cinquenta marcos por mês. Se o conflito durasse mais tempo, poderia pagar vários meses de aluguel do apartamento. Mas o que importava? Afinal, queria morrer.

Passado o susto, todos voltaram ao pátio. Uma explosão, dessa vez muito mais próxima, os obrigou a se jogar no chão. A fumaça em excesso os impedia de identificar de imediato a cena cômica. No fundo do jardim da casa, em frente ao banheiro externo, uma pequena construção de madeira, um Dragan furibundo e seminu tentava caminhar com as calças abaixadas até os joelhos.

— Eu mato todos vocês! Eu mato!

Alguém tinha jogado uma granada de mão para obrigá-lo a desocupar o único vaso sanitário usado pelos vinte milicianos.

Os soldados riam como loucos.

— Cuidado, que Lady Tortura pode cortar o seu pinto! — gritou Miša.

— E vai fazer você provar o martelo! — emendou Louban.

— Antes eu encho a boca daquela muçulmana de carne de porco, mato e estupro — rebateu Dragan subindo as calças.

Já era a segunda citação necrófila em poucos minutos, e Yana se assustou.

Branko se manteve fora do jogo. Parecia óbvio que falar de Lady Tortura não o divertia.

— Quem é Lady Tortura? — perguntou Yana.

— Uma tipa de bom coração que dedica atenção especial aos sérvios — respondeu Branko cinicamente.

— Se você tiver a sorte de conhecê-la, vai perceber — Branko acrescentou deixando o quintal.

* * *

Não muito longe de Gjakova, trancada num porão úmido e malcheiroso, Lady Tortura se perguntava se os aliados da Otan, que defendiam o seu país, tinham tomado a melhor decisão. Não suportava mais o impacto ensurdecedor daqueles mísseis, que caíam cada vez mais perto dela.

As brigas com o amante também ajudavam a alimentar a sua neurastenia. Após o massacre da família cigana, Lady Tortura o acusava de não ter verificado se todos estavam mortos. Nas trevas daquela clausura, a alta recompensa que pesava sobre ela, ainda que sem o seu rosto, a desestabilizava. Mas o que a envenenava ainda mais era a imagem do seu homem na cama com a bela e jovem cigana. Acima de tudo, sem que ela, Lady Tortura, o tivesse autorizado. Konstantin teria que pagar, e o faria sofrendo uma pena longa e severa, planejou.

A ideia de castrá-lo chegou a ocupar os seus pensamentos, mas as suas andanças se tornavam ainda mais perigosas. Agora era um batalhão inteiro do exército sérvio que a procurava. Lady Tortura precisava da proteção de um homem, e Konstantin era o tipo certo.

A primeira punição foi deixá-lo sem sexo. Presa na catacumba, esperando que os guerrilheiros chegassem com um plano de fuga, começou a sentir fortes cólicas na barriga. A dor e o ressentimento exacerbavam o seu sadismo, fazendo com que ela ameaçasse Konstantin com uma faca na garganta. Não se mostrava tão forte quando enfrentava o amante. A sua especialidade eram os corpos indefesos e rendidos que gritavam inocência. Lady Tortura se deleitava mais com a certeza das virtudes de suas vítimas do que com os gemidos de dor. Eram aqueles protestos implorando clemência que impulsionavam o mal dentro dela.

Não demorou muito para que Konstantin imobilizasse o seu braço direito e a desarmasse. Depois, tentou beijá-la. Se existia algo que podia domar aquela carrasca, era um homem excitado. A lenda que circulava ao redor do seu nome contava um episódio ocorrido com um jovem macedônio, acorrentado a uma cama. Lady Tortura o encheu de fios e eletrodos. Quando começou a torturá-lo com eletrochoques, o prisioneiro sofreu uma ereção involuntária e foi abusado por ela.

A albanesa tinha conhecido o amante um ano antes, em Pristina. Os olhos negros e os cabelos igualmente escuros, espessos e levemente encaracolados davam a Konstantin uma aparência de ator de cinema dos anos quarenta. Aquele rosto simétrico e cínico costumava ser popular entre as mulheres. Ela, por sua vez, também o tinha impressionado.

— Qual o seu nome? — perguntou, intrigado com a figura pequena, sedutora e arrogante.

— Bruna.

Não revelava o nome verdadeiro porque não o apreciava. Brunilda tinha chegado ao solo kosovar dois anos antes e já começou a colaborar com o governo paralelo do Kosovo, órgão que liderava a guerrilha pela independência contra as forças sérvias. Depois, as missões ao lado de Konstantin confirmariam o bom entendimento sexual entre os dois e a semelhança dos critérios punitivos que aplicavam às suas vítimas. Um detalhe, no entanto, o diferenciava de Lady Tortura: ele não sentia nenhum prazer em impor aquelas monstruosidades. Simplesmente as tratava como obrigações do ofício.

Konstantin, um kosovar de família albanesa que ainda era casado oficialmente, conquistou sucesso imediato na política clandestina da guerrilha, a ponto de se tornar uma espécie de conselheiro do movimento. No entanto, as suas divergências com os companheiros e o seu autoritarismo exagerado o rebaixaram para a função de oficial de interrogatório num campo de prisioneiros. Especializou-se, então, em arrancar confissões impondo o sofrimento.

Brunilda cresceu no pior comunismo que o mundo já viu. Na Albânia, o líder Enver Hoxha tinha transformado o país numa experiência stalinista ampliada ao extremo, isolada do mundo. E ela não sentia saudade. Nos cinquenta anos em que durou aquela ditadura agressiva, o regime manteve alianças alternadas. Inicialmente com a Iugoslávia de Tito, depois com a União Soviética e, mais tarde, com a China maoísta.

Na Albânia de Hoxha, e ela viveu na própria pele, imperavam o medo, a tortura e as perseguições de todo tipo. Todas as religiões foram barbaramente reprimidas, com milhares de mortos.

Lady Tortura era de uma família muçulmana de posses, forçada ao ateísmo, e entre seus parentes mais próximos foram registrados alguns episódios de doença mental. Os seus avós conseguiram esconder dinheiro na cidade de Scutari, onde viviam, mas tiveram que entregar todas as propriedades ao Estado.

O início do seu propagado sadismo nasceu em família, martirizando o irmão mais novo e experimentando uma sensação de júbilo. Na adolescência, quando os espancamentos se tornaram mais constantes e depois de furar um olho do irmãozinho com uma caneta esferográfica, os pais decidiram mandá-la para Tirana, na casa de uma tia exigente e despótica.

Para evitar os maus-tratos da tia, Brunilda fechou-se em si mesma. E assim, no mutismo no qual imergiu, uma criatura deformada, malévola, foi se cristalizando dentro dela. E só bem mais tarde, com a queda do comunismo, nos anos de 1990, e principalmente com as guerras, que tudo permitem, essa criatura sairia em plena luz.

* * *

Além das armas, Yana Milinić carregava consigo o desejo de nunca encontrar alma viva. Não queria atirar em ninguém, e não havia razão para que se duvidasse da sua sinceridade. A não ser que fosse Lady Tortura.

Desde que tinha ficado sabendo das atrocidades que a albanesa cometia contra os sérvios, não fechava os olhos sem antes tentar imaginá-la. Aquela, sim, pensava com desprezo, era uma infame a ser abatida.

Em fila indiana, o pequeno pelotão de milicianos se preparava para outro rastreamento. Yana sabia que, em situações de guerra, aqueles que ficam no fim da fila têm mais chance de morrer em emboscada. Ocupou a última posição em seu novo caminho para a morte.

Lá embaixo, no meio de um vale, num vilarejo de cinquenta casas, um pequeno minarete confirmava a presença de kosovares.

— Cuidado, tem alguém lá embaixo! — a voz do capitão Stevo alarmou o pequeno grupo.

Os límpidos olhos azuis do capitão, os mais belos que Yana já tinha visto, estavam cobertos pelo binóculo, pousado sob um nariz pontudo, cheio de personalidade. Nas lentes do instrumento, apareceram alguns homens saindo de uma casa.

— Tem gente! — exclamou Stevo.

Na outra mão, o capitão segurava uma garrafa de *slivovica,* ainda com um terço para ser consumida. O grupo desceu rapidamente a encosta da colina e, momentos antes de iniciar o ataque, cada um deu um último gole. Só ela queria se manter sóbria para avaliar o momento certo, aproveitar a oportunidade favorável e não subir mais a montanha.

Entraram nas casas vazias da primeira rua ateando fogo a tudo. As chamas excitaram os soldados, que agiam seguindo uma espécie de cerimônia. Em cada casa, jogavam o combustível, soltavam uma lista de palavrões e, por último, punham fogo. Alguns inimigos, porém, tinham se antecipado. Quando a Raposa Vermelha começou a blitz na praça da aldeia, um cheiro pútrido e pungente, vindo de uma casa de três andares, contaminou a todos. No centro da grande sala, encontraram uma surpresa:

— Yana, não entra, não! Tem uma vaca morta lá dentro! — avisou Branko.

A miliciana não chegou a ver o animal em decomposição, fugindo freneticamente pra se livrar do cheiro fétido. Entreviu apenas a presença de moscas verdes gigantes. A vaca havia sido colocada ali para defender a casa e evitar que fosse incendiada. Os soldados já estavam se afastando em passo acelerado, quando Miša gritou:

— Tão fugindo pela janela!

Nenhum deles se aventurou a perseguir os fugitivos, pois teria sido muito cansativo recuperá-los na floresta.

— Silêncio! — pediu Branko.

Com o corpo curvado e a corcunda ainda mais em evidência, avançou lentamente em outra direção, de onde chegavam ondas de um odor infeto não mais da vaca, mas de puro esgoto. Ivčo protegia o amigo pelas costas enquanto Yana desistia de segui-los. O fedor lhe provocava uma náusea incontrolável.

Branko caminhou até confirmar a suspeita. Dentro da fossa, num buraco aberto no chão a cinco metros da casa, dois kosovares estavam escondidos, imersos até o pescoço na água escura. Os olhares de Branko e dos dois se cruzaram e todos viram a mesma cena: uma morte rápida e violenta. O sérvio foi mais rápido e atingiu os inimigos com uma bala na cabeça de cada um.

Ao ouvir os tiros, Yana sentiu o medo comprimir o seu estômago. Mas os gritos que vinham de outra casa desviaram a sua atenção, e ela começou a correr para alcançá-los.

Foi dominada por um sentimento de grande compaixão ao encontrar uma mulher idosa, de cerca de oitenta anos, sob a mira das armas de quatro milicianos. Descalça e com olhos de um azul muito intenso arregalados, imagem que ficaria para sempre em sua memória, a mulher estava imobilizada pelo terror. Louban dava as instruções. Até Yana, com o fuzil pendurado no pescoço, instintivamente o apontou para a velha senhora. Apaixonada pela sua arma, com ela, sentia uma segurança que nenhum homem jamais lhe tinha transmitido. A voz rude de Louban a trouxe de volta.

— Cadê os homens da casa? — gritou o miliciano, batendo na velha com tanta força que ela caiu no chão.

Yana sentiu o sangue ferver e apontou o fuzil para o soldado.

— Bota a mão nela de novo e eu te mato! — ameaçou.

Perplexo com a insolência da companheira de grupo, Louban teve que se segurar para não apontar o fuzil contra ela.

A pobre mulher lutou para se levantar. Yana temeu que ela morresse de um ataque cardíaco. Em cima da cama, duas folhas de massa fresca tinham acabado de ser postas para secar. A miliciana viu o forno à lenha, a pobreza da cozinha conjugada ao quarto. Olhou para os olhos celestiais que a fixavam pedindo misericórdia, e teve vergonha de si mesma. Aproximou-se da velha senhora, que pegou a sua mão e a apertou.

Remexendo no guarda-roupa, os milicianos encontraram um álbum de fotografia e, entre as lembranças de família, fotos de dois jovens vestidos de soldado na época do marechal Tito. A mulher era servo-bósnia e casada com um albanês, prova de que as duas etnias um dia já tinham vivido em paz.

— Não sei onde estão! Não sei onde estão! — repetia a idosa.

— Você é mentirosa! Estava fazendo comida pra eles! — acusou Louban.

Eram duas folhas de massa, é verdade, mas Yana repreendeu Louban mais uma vez.

— Talvez tenha feito para ela mesma. Como pode acusá-la?

Manteve a arma apontada na direção de Louban, que saiu furioso, imediatamente seguido por seus companheiros. As duas mulheres ficaram sozinhas. A velha continuou a olhar para Yana, perdida e indefesa.

— Deus a proteja! — saudou a miliciana.

O esquadrão foi embora com Yana de novo na retaguarda. O cheiro insuportável tinha ficado para trás, mas ela se sentia impregnada daquela podridão moral. Voltou-se para se certificar de que a velhinha de olhos celestes ainda estava viva. Aqueles olhos a remeteram a Lazar, o príncipe sérvio cristão ortodoxo que, ao preferir o martírio para não ser obrigado a se converter ao islamismo, antes de morrer ali no Kosovo atormentado pelos turcos, teve a visão de uma Jerusalém celestial.

Yana também procurava o martírio, mas antes queria acertar as contas com Louban. Um dos dois teria que desaparecer para sempre.

* * *

A missão da Raposa Vermelha era essencialmente a ação de guerrilha. A defesa ficava sob a responsabilidade do batalhão. Alguns dias depois, todos foram convocados para uma tarefa de reforço: ajudar os recrutas a zelarem por uma área distante da base.

Ainda era muito cedo, e os milicianos já combatiam em meio a um fragor de romper os tímpanos. Um belo dia de sol tinha se apresentado, enchendo o céu do Kosovo de Tornados que voavam a uma altura extremamente baixa, nunca vista antes, espalhando o medo entre os soldados e os já aterrorizados refugiados kosovares, em fila para abandonar o território.

Depois de vários dias de chuva e nuvens muito espessas, as forças da Aliança Atlântica comemoravam a volta do bom tempo jogando do ar um número considerável de bombas.

As Raposas enfrentavam a viagem, decidida no último distante, percorrendo o território montanhoso em caminhões, jipes e, quando a estrada ficava muito acidentada, a pé. A visão de uma cidade à distância despertou a imaginação de Yana, mas aqueles perigosos triângulos voadores, que a atordoavam com um ruído intolerável, bloqueavam a sua fantasia. A miliciana acabou no chão depois de dar um salto motivado pelo som impressionante de uma explosão.

— Corram! — berrou Miša, indicando a floresta de carvalhos como refúgio.

— Vão bater na pedra, esses idiotas! — gritou Louban, correndo na direção indicada por Miša.

— Vamos sair daqui antes que nos massacrem! — pediu Dragan.

A decisão cabia a Miša.

— De acordo! Mas vamos nos abrigar naquelas rochas e depois partir para Prizren! — ordenou.

— Quantos vamos matar hoje? — perguntou Louban, tentando ser engraçado.

— Cala a boca, idiota, e pense em correr! — repreendeu o chefe.

Proteger os ouvidos não impediu que Yana fosse esmagada pelo barulho estrondoso. Depois das duas primeiras bombas que caíram mais distantes, outras duas foram detonadas e ela as sentiu dramaticamente próximas. O deslocamento de ar sacudiu as suas roupas como uma nevasca. Foi tomada pelo pânico. Incapaz de ouvir as vulgaridades dos companheiros, olhou para as silhuetas negras dos aviões, que cambaleavam como folhas ao vento. Pareciam prestes a bater na sua cabeça. Se ela morresse assim, sem que o seu corpo pudesse ser entregue à sua mãe íntegro, cada esforço até ali teria sido em vão. E o seu suicídio, então, não poderia provocar o efeito que ela, no fundo, tanto desejava: a morte moral da mãe.

Chegou velozmente ao abrigo da montanha ainda sem ouvir o mundo ao redor, enquanto uma gigantesca nuvem negra subia lentamente para o céu.

— Puta merda! Eu não ouço nada! — queixou-se Nikola, alcançando parte do grupo.

Estava acostumado ao peso e ao barulho da metralhadora, mas a missão o impediu de levá-la. Portava só um fuzil e algumas bombas à mão. Para onde iam, terreno traiçoeiro infestado de inimigos, seria preciso escapar rapidamente.

Reuniram-se sob as rochas para esperar que a fúria do céu se aplacasse. Yana chegou perto dos mais reservados, um pequeno grupo que se mantinha sempre afastado: Aleksandar, Marko, Javor e Miloš. Os outros os chamavam de "os meninos de Novi Sad", cidade sérvia cortada pelas curvas do Danúbio, muito animada e plena de cultura. Os quatro se mostravam muito tensos e temerosos.

— Vocês têm fogo? — pediu Yana pra puxar conversa.

Apoiado ao tronco de um carvalho, Aleksandar foi o primeiro a pegar o isqueiro. Era chamado de "o professor", que havia de fato sido a sua ocupação em Novi Sad até decidir se unir aos milicianos.

— Obrigada — respondeu com um aceno de cabeça.

Aproveitando o momento de trégua, Miša abriu o mapa militar e explicou ao grupo a missão em andamento.

— Vocês veem este ponto? — Correu o índice ao longo do mapa. — Temos de proteger os sérvios deste enclave. Mas, antes de chegar lá, é possível topar com alguma base do ELK — avisou.

— Quantos? — perguntou Marko, referindo-se ao número de guerrilheiros.

— Descemos na direção do rio e o contornamos até chegar a uma ponte de pedra. Depois de cruzá-la, já estaremos próximos dos nossos — continuou Miša, como se não o tivesse escutado.

— Mas pode ter muito inimigo desse lado? — Marko repetiu a pergunta.

— Isso não nos foi comunicado. Espero que menos que nós — disse Miša a contragosto.

— Tá bom — foi o comentário desapontado de Marko.

A lentidão para seguir ordens era um traço forte do seu temperamento, mas a sua simpatia compensava o marasmo. Baixo de estatura, divertido e inteligente, Marko sabia ser astuto quando necessário.

— Você é realmente preguiçoso ou é só uma lenda maligna que circula? — perguntou Yana, curiosa sobre o personagem.

— Gosto de fazer tudo com muita calma. Por que se apressar? — respondeu um pouco surpreso.

Yana riu alegremente, conseguindo quebrar a reserva do pequeno grupo.

Duas horas depois, quando os aviões já procuravam outras partes do Kosovo para arremessar a sua mensagem de morte, os milicianos recomeçaram a marcha, descendo em direção ao rio. Yana seguia Miroslav de perto, mas ocasionalmente lançava um olhar curioso para Marko, que, com a sua famigerada lentidão, andava desajeitado na grama. Olhava também para Aleksandar, o mais bonito entre os de Novi Sadi, que caminhava pensativo, soturno, e ainda para Javor, o mais alto, com o corpo cheio de músculos e rosto de bom menino.

À beira do Drin Branco, o rio mais longo do Kosovo, os milicianos começaram a avançar devagar pelo mato, em um trecho silencioso e aparentemente livre de rivais. É possível que aquele rio grandioso os tenha distraído, ou que as Raposas tenham relaxado por um instante e, por isso, não tenham notado que mais acima, perto de uma fileira de casas abandonadas, um grupo de guerrilheiros do ELK também tinha se escondido entre as árvores e montado um posto de observação muito mais aparelhado.

As primeiras rajadas de Kalashnikov foram ouvidas enquanto parte da fila de milicianos ainda estava perto da água. Mas os tiros não pareciam ir na direção deles.

— Parados! — Miša ordenou em voz baixa.

A ordem foi passada de boca a boca.

— Merda! São muitos! — sussurrou Louban.

Recuperado da desorientação inicial, Miša começou a avaliar concretamente os riscos. As longas rajadas eram dirigidas aos sérvios que moravam nas casas do outro lado do rio. Sim, era essa a situação, avaliou. Justamente por causa desses tiroteios constantes, as Raposas estavam ali. Os soldados regulares, muito jovens e sem a vivência de campo, teriam tido muita dificuldade para penetrar no mato.

Miša se perguntava se deveria ter levado os morteiros. Ao mesmo tempo, sabia que com as granadas a longa distância teria sido muito perigoso, pois a chance de ferir os compatriotas do enclave seria alta.

Os temores de Branko o ajudaram a esclarecer as próprias dúvidas.

— Não podemos avançar, são muito mais numerosos do que nós — ponderou.

O líder do grupo decidiu respeitar a opinião da Raposa mais experiente. Melhor desistir. Para atacar aquela base de guerrilheiros, uma unidade armada com fuzis e bombas de mão não seria suficiente. Seriam necessárias granadas.

— Recuar!

Iniciaram o recuo, quando um tiro partiu da arma de Louban. Nesse ponto, os Kalashnikov inimigos mudaram o fogo na direção deles.

— Que merda você tá fazendo? — gritou Miša, procurando o caminho mais rápido para o rio.

— Eu não sei o que aconteceu! — Louban se justificou.

As Raposas não aceitaram aquela desculpa e exigiram uma reação de Miša.

— Vamos para o rio! — ordenou Miša, preocupado em guiar os companheiros para um lugar seguro.

As fortes rajadas aumentaram de intensidade. Os guerrilheiros do ELK vinham na direção deles.

— Entrem na água! — gritou Branko.

A única saída era o rio. Protegidos pela densa mata, os milicianos sérvios começaram a se jogar na água, um após o outro. Somente Yana permaneceu imóvel no barranco, como se estivesse paralisada, olhando para o largo curso do rio que arrastava com ele galhos e arbustos.

— Pula, Yana, eu te ajudo! — Miroslav gritou da água.

Ela ouviu os tiros cada vez mais próximos e se deitou naquela terra lamacenta que, com o seu cheiro, queimava as suas narinas. Então, se viu diante do primeiro guerrilheiro.

— Larga a arma, puta sérvia!

Yana nem teve tempo de levantar os braços. Detrás de um arbusto partiu uma rajada de fuzil que atingiu o guerrilheiro do ELK. Antes de cair, no entanto, o homem ainda teve tempo de reagir rapidamente com a sua arma.

Yana fechou os olhos.

— Marko!

O miliciano também estava no chão, a alguns passos de distância.

— Santo Deus! — disse ela, correndo para ajudá-lo. — Você tá machucado? Marko, responde!

— Tô bem, me acertou na perna.

— Preciso estancar o sangue! — disse Yana, abrindo a mochila.

— Eles estão chegando! Me ajude a ir até o rio!

Yana o conduziu até a margem. Miroslav e Aleksandar tinham voltado para recuperá-los. Ao mesmo tempo que os dois ajudavam Marko a atravessar o rio, Yana tentou se jogar na água, mas algo travou o seu movimento. Numa última investida, o guerrilheiro do ELK, embora gravemente ferido, tinha agarrado a perna direita de Yana, impedindo-a de se mover para longe da margem, que estava prestes a ficar inundada de inimigos. Yana lutou o quanto pôde para chegar ao centro do violento rio, mesmo com o peso do kosovar ancorado nas suas pernas arriscando carregá-la para o fundo. As grandes braçadas que dava eram resultado de uma infância passada entre rios e cascatas.

Quando Miroslav voltou para ajudá-la, viu uma cena aterradora. Yana, em um combate desesperado contra a forte correnteza, tinha o rosto deformado pelo esforço. A boca aberta tentava puxar oxigênio ao mesmo tempo que se enchia fatalmente de água. Trêmulo sob a superfície do rio, o cadáver do guerrilheiro, teimoso, ainda se segurava ao corpo da miliciana.

Em um piscar de olhos, Miroslav já estava debaixo d'água para libertá-la daquele fardo e levá-la em segurança para a outra margem.

A noite envolveu o Drin Branco. O estardalhaço dos tiroteios tinha cessado, restando apenas aquela água escura e hostil que, destemida, continuava o seu curso.

* * *

A oportunidade de deixar aquela vida para sempre se reapresentou, e a soldada de milícia não pensava em desperdiçá-la. Aconteceu por acaso, com uma chamada de rádio.

— Raposa Vermelha, câmbio! — respondeu o chefe do grupo.

— Reúna o grupo para uma missão de emergência. Stevo se juntará a vocês na base. Câmbio!

Miša convocou os seus homens e a sua miliciana.

— Devemos nos mover imediatamente! — ordenou.

O motivo foi esclarecido somente com a chegada do capitão. A ordem era manter sob controle um trecho de estrada por onde o coronel Goran deveria passar.

— Ele vai a uma reunião muito importante com todos os comandantes. Temos que cuidar da incolumidade de Goran!

O pequeno pelotão se reuniu sob o burburinho dos milicianos. Vozes confiáveis anunciavam uma ameaça de atentado ao comandante. A informação teria vindo de um infiltrado. Um caminhão levou o grupo ao destino, ainda mantido em segredo. Preocupada por Goran, mas otimista em relação a si mesma, a miliciana viajava organizando as ideias de como aproveitar a oportunidade para levar a cabo o seu plano.

Uma longa estrada regional, que atravessava toda a zona rural daquela região, era o campo de vigília dos soldados, que foram divididos em pares e designados para controlar vários pontos. O jipe do comandante passaria com apenas outro jipe de segurança. O chefe do batalhão não gostava de proteção excessiva.

Cada par de soldados tinha que fiscalizar a estrada em três direções: na frente, atrás e nas laterais. Para o ângulo mais perigoso, uma curva cega especialmente difícil de controlar, o capitão Stevo escolheu Branko e Ivčo para ficarem do lado esquerdo da estrada, enquanto Yana e Miroslav permaneceriam do lado direito.

Escondida atrás de árvores, Yana possuía um bom campo de visão e um ângulo de tiro perfeito para o fuzil. Miroslav permaneceu no nível da estrada de terra, pouco antes da curva terminar, coberto por arbustos.

Depois de algumas horas de espera sem nenhum caça zumbindo nos ouvidos, mas com uma brisa suave e acolhedora, o primeiro jipe passou a toda velocidade.

Os milicianos imediatamente entenderam que ele não carregava o comandante Goran. Estava ocupado por um major e três soldados, um truque ingênuo para despistar os agressores. Transcorridos poucos segundos, o jipe com o comandante apareceu numa curva próxima de onde estavam Yana e os parceiros. O jipe era seguido por um inesperado Golf, que emergiu de uma ramificação lateral da estrada. Tinha conseguido escapar da primeira rajada de tiros dos milicianos. O guerrilheiro sentado ao lado do motorista foi morto. A porta estava crivada de balas e o rosto do inimigo, pressionado contra a janela, coberto de sangue.

Enquanto Yana se preparava para conter o Golf, vislumbrou com o canto do olho a sombra de outros três guerrilheiros a pé, na continuação da estrada, prontos a abrir fogo contra o jipe de Goran. Com um gesto impulsivo, a miliciana saltou no meio da estrada e começou a correr na direção do Golf, atirando descontroladamente e oferecendo o seu corpo aos outros guerrilheiros. Conseguiu atingir o motorista. A cabeça do inimigo desabou sobre a janela lateral, com um olho mais arregalado que o outro, enquanto o passageiro sentado atrás foi crivado pelos golpes de Miroslav, que, num ímpeto quase romântico, havia jogado Yana ao chão para protegê-la.

O carro dos inimigos por pouco não os esmagou, indo de encontro a uma árvore e capotando para o lado, com os três cadáveres dentro e as rodas dianteiras ainda em movimento, sugerindo uma lúgubre aparência de vida naquele silêncio de morte.

As três sombras mais à frente, que estavam a pé, também tinham sido eliminadas pelos outros milicianos, mas Yana, sem saber, correu imediatamente naquela direção. Nem dessa vez a cobiçada bala a atingiu.

O comandante Goran interpretou o gesto suicida da soldada como um verdadeiro ato de heroísmo, de quem havia arriscado a vida para salvar o seu comandante. Daquele dia em diante, Yana Milinić subiu muito na consideração do coronel.

Mas Miroslav entendeu a sua real intenção.

— Por que você quer morrer? — perguntou de improviso.

Talvez esperasse da companheira um abraço de reconhecimento por ter salvado a sua vida. O que recebeu em troca, porém, não foi nada além de uma dura reprovação.

— É melhor você cuidar da tua vida!

* * *

Pilhas de livros sobre o Kosovo cresciam assustadoramente naquele terraço romano. Paola seguia a sua pesquisa com a dor do ligamento rompido, que a fisioterapia e a massagem eram capazes de aliviar. Uma amiga tinha indicado aquela mulher de modos diretos e sinceros que parecia possuir um calor especial nas mãos.

— Pode resolver qualquer problema, acredite — disse a amiga na época.

Era hora do almoço quando a fisioterapeuta entrou pela primeira vez naquela casa, no último inverno, em um dia especialmente frio. Pareceu natural à jornalista convidá-la para sentar-se à mesa, onde um prato de rolinhos de vitela estava sendo servido.

— Não, obrigada, eu não como carne — disse, esforçando-se para esconder a rejeição que o prato lhe causava.

— Tem também um pouco de macarrão — incentivou a dona da casa.

— Não se preocupe. Eu só como batatas.

Começou assim aquela curiosa relação, com as batatas que assavam na lareira da sala, sobre brasa de carvalho e cascas de nozes que, ao arderem, perfumavam a comida e o ambiente.

Em outra ocasião, Paola colocou uma mesa com batatas cozidas e algumas especiarias mediterrâneas secas e frescas: alecrim, sálvia, manjericão e orégano, para o caso de ela querer enriquecer o sabor dos vegetais. Ela agradeceu, mas preferiu uma simples pitada de sal e um fio de azeite de oliva. Como se qualquer outro sabor que não fosse completamente neutro agredisse o seu palato.

Depois de algum tempo, Paola teve que mudar as sessões de fisioterapia para a parte da tarde. As conversas continuaram com uma xícara de chá verde, preparado a setenta graus centígrados.

— O grande problema — ressaltou Paola — é que tanto a Sérvia como a Albânia possuíam raízes históricas no Kosovo e reivindicavam o território sob o argumento de que seus antepassados eram os donos daquelas terras. Tanto os sérvios como os albaneses frequentaram o Kosovo desde a Idade Média. E se a Sérvia tinha uma identidade cultural maior com o Kosovo, quando a guerra estourou, noventa por cento dos que viviam lá eram albaneses.

Um telefonema interrompeu a repórter. Tinha que sair imediatamente para se encontrar com alguém que buscava há bastante tempo.

— Temos que suspender a sessão, sinto muito — disse a jornalista.

— Me dá cinco minutos — pediu a massagista, consciente de que um tratamento como aquele não podia ser interrompido de forma violenta.

Paola pousou o pé no chão. Ainda não conseguia andar sem a ajuda da muleta. Reconhecia, entretanto, os progressos da sua interlocutora.

— Parece bem menos inchado — comentou enquanto se despedia dela.

Descer as escadas se mostrava menos cansativo do que subir no táxi.

— Para Trastevere, por favor!

* * *

As janelas de vidro escurecido e as portas de aço semicerradas faziam supor que dentro daquele edifício acontecia algo que deveria permanecer em segredo. Paola tocou um interfone de bronze e uma voz metálica de alto-falante perguntou o seu nome. A jornalista se apresentou. Alguns segundos depois, a porta se abriu com um grande zumbido. Sabiam quem era ela.

Entrou em uma minúscula cabine de vidro, um dispositivo de segurança que servia para impedir a passagem de armas, e foi imediatamente invadida por uma desagradável sensação de claustrofobia. Não era a primeira vez que visitava uma de suas fontes em uma área de acesso blindado, monitorado por muitas câmeras de segurança, como os antigos palácios comunistas que tinha visto em países da ex-Cortina de Ferro.

Ali, numa das bases do Serviço Secreto Italiano, buscava uma informação específica. O funcionário tinha poucos minutos disponíveis, e Paola foi direto ao assunto.

— Por que, na noite entre sete e oito de maio de 1999, durante os ataques aéreos da Otan contra o Kosovo e a Sérvia, cinco mísseis americanos foram lançados em cima da embaixada chinesa em Belgrado? Esse bombardeio, que matou três diplomatas chineses e feriu várias pessoas, foi premeditado?

O interlocutor fez uma pausa.

— O governo de Pequim sempre sustentou que sim. O bombardeio foi interpretado como uma mensagem clara e direta para a China, que apoiava o governo de Milošević, e também para a Rússia — declarou o funcionário.

— Mas não foi esse o verdadeiro motivo, não? — replicou a jornalista.

O funcionário deu um leve sorriso e bebeu um gole do café expresso.

— Não.

Paola o fixou, esperando pela resposta.

— Bombardearam a embaixada chinesa porque lá dentro, no porão, estava operando a elite do Serviço Secreto Iugoslavo. Era ali a sua base estratégica secreta — revelou.

No caminho de volta, Paola lembrou-se do pedido de desculpas apresentado por Washington na época. O governo dos Estados Unidos justificou o ataque como erro burocrático, alegando que os mapas da Otan não haviam sido atualizados e que aquele não era o verdadeiro alvo. Quanto aos mortos, foram classificados como danos colaterais.

Além da motivação real dos ataques, o mais importante para a jornalista era conseguir entender as trocas ocultas que aquela guerra teria promovido.

Depois do bombardeio à embaixada chinesa em Belgrado, as relações entre a China e os Estados Unidos pioraram bastante, analisou. Somente muito mais tarde o governo chinês admitiu ter cometido um grave erro político ao ter cedido a embaixada às operações de inteligência sérvias. Em troca desse favor, revelou o funcionário do serviço secreto de Roma, Milošević teria entregado aos chineses as peças dos aviões americanos abatidos pela antiaérea sérvia. Aquela tecnologia militar possuía um valor incalculável. De fato, tinha sido graças àquelas peças que a Força Aérea Chinesa conseguiu fazer voar o seu primeiro caça invisível.

* * *

A notícia de seiscentos ataques aéreos por dia inflamou as Raposas. Os caças americanos e europeus já tinham destruído boa parte da infraestrutura da Sérvia, com mais massacres de civis. Um trem foi atingido quando passava em cima de uma ponte, deixando dezenas de mortos e muitos feridos.

— Fizeram de propósito! — disse Miša.

— Sim, só pode ser. Tanto que o piloto deu a volta e bombardeou de novo o mesmo trem — acrescentou o capitão Stevo.

— E falam de efeitos colaterais? Desgraçados! — replicou o chefe do grupo.

Naquele dia, tomados pelo ódio, era presumível que fuzilassem um número maior de vítimas.

De dia, a maior parte dos milicianos da Raposa Vermelha tomava conta das ruas, dos ônibus e dos civis, fazendo aumentar a fila dos que eram expulsos para campos de refugiados nos países vizinhos. Às vezes, atiravam. A ordem do Comando era inequívoca: os kosovares tinham que ir embora, todos eles, vivos ou mortos.

Mas Yana Milinić estava longe, vigiando a fronteira entre o Kosovo e a Sérvia. A miliciana tinha sido escolhida junto com outros cinco. Seria mais fácil, pensou, reforçando a sua disposição, tomar uma bala certeira na tensão de uma fronteira em estado de guerra. Mas ignorava que pudesse ser vítima de algo pior.

Miroslav Matić caiu novamente como seu parceiro. Bósnio, sete anos mais velho, era alguém que sabia manejar muito bem um fuzil de precisão. Mas não tinha sido essa habilidade de atirador a responsável por mandá-lo para a guerra da Bósnia sete anos antes, e sim o seu conhecimento dos mistérios da natureza balcânica e de suas armadilhas. Era atraente, sim, com uma barba escura e um rosto que lembrava vagamente o de Che Guevara. Yana, entretanto, se considerava imune a qualquer sedução que a desviasse de suas determinações macabras.

A cada seis horas de trabalho, ganhavam doze horas de folga pra dormir ali mesmo, na pequena casa da fronteira. Só assim um soldado poderia manter a concentração necessária. Dois soldados por turno, três pares que se alternavam.

Protegidos por uma barreira de dezenas de sacos de areia de quase dois metros de altura e comodamente apoiados em outros sacos no chão, Yana e Miro, como ele pediu que ela o chamasse, viam diante de si apenas um buraco para colocar o cano da arma. Ela vigiava o lado direito, ele, o oposto. Naquela escuridão, o silêncio era de suma importância. Fumavam com a apreensão de quem caminha em um campo minado, escondendo as brasas com a palma da mão até queimarem a pele. Miro lhe ensinou que a fumaça, levada pelo vento, podia revelar a presença deles aos inimigos. Pequenas lições que podiam salvar uma vida, e que continuavam sendo aplicadas mesmo nas horas de descanso. Miro também a instruiu a andar no cascalho sem fazer barulho.

— Começa apoiando o calcanhar no chão, bem devagar, e depois continua com a parte externa do pé até conseguir apoiar os dedos.

— Assim?

— Só a lateral do pé. A base nunca deve tocar o chão.

Também recomendou que ela nunca bebesse água antes de uma ação, nunca. Não deveria comer também. Miro explicou-lhe detalhadamente como limpar o fuzil. Educou-a a pensar como uma soldada.

— Em guerra, só o fuzil merece o teu respeito, porque só ele pode defender a tua vida — doutrinava.

Yana pressentiu o perigo que a cumplicidade que começou a se estabelecer entre eles representava, fortemente desaconselhável naquela circunstância, e para a qual ela não estava nem preparada e nem disponível. E por alguns dias, justificando uma desagradável dor de estômago, evitou as aulas de como sobreviver em áreas de guerra. Mas a fuga não durou muito e os encontros recomeçaram espontaneamente.

Durante uma caminhada no bosque, no intervalo da tarde, Miro interceptou um sinal que precisava ser decifrado com atenção. Ajoelhado na posição de oração de seus inimigos muçulmanos, observou uma teia de aranha que tinha se formado no chão, entre duas raízes de árvores, em uma passagem estreita. Com o rosto muito próximo à teia, começou a analisá-la com competência. Sabia ler os fios tecidos pelas aranhas, conhecia a relação que existia entre a sua espessura e a passagem do tempo.

— Olha, Yana, são filamentos muito finos, com menos de vinte e quatro horas. Significa que faz quase um dia inteiro que ninguém passa por aqui! — concluiu.

Informações daquele tipo podiam dizer muito sobre a posição atual dos guerrilheiros. Quando a teia indicava um período de tempo muito curto, era o caso de entrar em alerta.

Yana ficou fascinada com sua capacidade de compreender os sinais da natureza e, com ele, desenvolveu seu próprio espírito de observação. Na companhia dele, viu-se, acima de tudo, protegida e livre de restrições. Na guerra, nos tornamos o que realmente somos, pensou, e com Miro tudo parecia extremamente instintivo.

A cumplicidade explícita entre eles começou com uma brincadeira feita ali, em cima dos sacos de areia.

— Quer sair comigo esta noite? — perguntou Miro.

— E aonde você quer ir? — replicou Yana.

— Vamos à discoteca.

— Tá bom, vem me pegar às oito.

— Fica bem bonita!

— O que tenho que vestir? Muito elegante?

Riam juntos, transformando aquela atração inicial em uma fantasia inatingível. Era curioso como o conflito mudava a perspectiva. Naquele cenário, ela o considerava ainda mais bonito do que se o tivesse conhecido na cidade. As partes grisalhas no cabelo escuro e despenteado, o corpo de ombros largos, davam a ele um charme indiscutível. Mas era a sua mente sensível, experiente e ligeiramente bizarra que realmente a seduzia. Apesar disso, Yana Milinić já tinha tomado a sua decisão. E Miro parecia-lhe um homem felizmente casado, uma verdade incômoda. Porém, de alguma forma, ali entre os sacos de areia, os dois se complementavam. Miro enxergava melhor do que Yana, e ela era muito mais sensível aos ruídos. Ao lado daquele ponto de observação, um riacho difundia as vibrações permanentes da água, das folhas e das pedras, em uma única sonoridade. Yana conseguia distinguir cada som, único e separado dos outros. Bastava um pequeno aceno, como se ela tivesse ouvido o inimigo, para que Miro apagasse o cigarro e apontasse a arma. Então, passado o perigo, acendiam outro, depois outro, e fumavam juntos durante o tempo em que estavam de guarda. Como se cada tragada gerasse um prazer tão grande, que fosse capaz de unir as suas almas e de afastar o horror em que estavam imersos.

— Eu sou os seus olhos e você, os meus ouvidos — Miro disse, num lampejo de inspiração.

Foi como uma declaração de amor. Numa caminhada no bosque, depois do expediente, sob uma luz que refletia mágicos tons de verde, azul e dourado nas folhas, Yana propôs:

— Vamos fazer um pacto?

Ele a olhou, dando-lhe a mão.

— Se de repente nos encontrarmos em uma situação sem saída, um mata o outro.

E continuou:

— Mirando o coração, que sangra mais rápido — disse ela, que também queria ter a certeza de que, uma vez no caixão, seu rosto estaria intacto.

— Sim, e também porque, se você tem uma cabeça menor, é mais fácil errar a pontaria — comentou Miro sorrindo.

— Deixa eu medir a tua cabeça — ela abriu a palma das mãos. Aquele, no entanto, era só um pretexto para tocá-lo.

Miro respondeu acariciando o seu cabelo. Ficaram a um passo de um beijo, mas ela rapidamente se abaixou e escapuliu debaixo dos seus braços. Momentos de infinita doçura, incompatíveis com as condições reais, com os aviões predadores, os combates entre soldados sérvios e guerrilheiros do ELK escondidos nas montanhas. E, de fato, duraram muito pouco.

— Quieto! — disse ela, ouvindo algo.

Sem fazer barulho, ele deu uns passos à frente para inspecionar a área com o seu olhar treinado.

— Yana, se afaste um momento — Miro pediu com voz gentil.

Ela deu alguns passos para trás sem saber o que esperar, até ouvir dois tiros.

— Meu Deus! — exclamou Yana.

Ela fez o sinal da cruz ao avistar dois corpos no chão, enquanto Miro se voltava abaixando o fuzil.

— Yana, em guerra, matar é normal. O que não se pode fazer é torturar. Como podemos nos defender sem matar ninguém? Estamos em guerra! Ou eles ou nós!

— Mas você não conhecia a situação, não sabia se estavam armados. Talvez fossem camponeses — argumentou Yana, com o rosto tomado pelo sofrimento.

— Você não vai precisar sujar as mãos. Deixa comigo — Miro a tranquilizou, sugerindo que ela poderia confiar também no seu senso de justiça.

Pena que ele tivesse chegado tarde demais. Porque com Miro e com aquela guerra, Yana estava começando a preencher o vazio da sua existência.

* * *

Antes da sua aventura na guerra da Bósnia, Miro era daqueles que só iam à igreja nos feriados religiosos, casamentos ou funerais. Depois de um tiroteio em Sarajevo, um de seus companheiros cortou a cabeça de um dos muçulmanos que haviam morrido e começou a andar pela rua exibindo aquele espólio horripilante. Miro nunca esqueceu o rastro de sangue deixado no asfalto, que pingava da cabeça.

— Deixa ele aí, é muito cruel — gritou Miro.

— E quem se importa? É um muçulmano!

Poucos dias depois, durante um ataque a uma aldeia, o mesmo amigo foi decapitado por uma folha de zinco que caiu do telhado de uma casa. A partir daquele dia, Miro começou a frequentar a igreja e a ouvir os sermões com mais assiduidade. Yana acompanhava a sua história com muito interesse.

Depois da sentinela, dentro da pequena casa de fronteira, sentia-se um perfume de alegria doméstica. Ela cozinhava um ganso que haviam capturado no mato. Os dois o tinham depenado em água quente, e regado com *slivovica* para amolecer a carne endurecida pelo abate. Enquanto a panela descansava sobre a brasa do aquecedor de ferro fundido, brincavam como um casal, numa autêntica comunhão familiar. Pela primeira vez, Yana começou a experimentar, concretamente, algum prazer de viver. Uma conquista que, mais tarde, poderia lhe causar grandes transtornos.

Yana contou a Miro sobre a religiosidade da roça. São Jorge, o santo padroeiro da casa rural onde cresceu, ocupava o quarto maior. O avô dividia o espaço físico com o ícone do santo que triunfou sobre o dragão. No dia 16 de novembro, para a festa do mártir, os convidados chegavam cedo. Ao meio-dia, sentavam-se à mesa para o solene rito ortodoxo. O pão era cortado em quatro partes e embebido no vinho. Todos os presentes comiam um pedaço, como se fosse a hóstia dos católicos. Os aperitivos defumados vinham em seguida, depois a sopa com caldo de galinha e um macarrão tão fino como cabelo de anjo, o frango com guarnição de batata cozida ao sabor de raiz-forte ralada, e rolinhos de repolho recheados com arroz e carne. O prato principal era preparado no dia anterior, fora da casa. Um porco assado suspenso numa lança a sessenta centímetros do chão, cozido apenas com o calor da brasa. O couro ficava dourado e tão crocante que estalava sob os dentes, enquanto a carne permanecia macia.

Miro ouvia com água na boca enquanto Yana continuava o seu relato sobre como o avô, lentamente, girava o porco por quatro ou cinco horas. Naquele dia, a porta de entrada tinha que permanecer aberta a todos, sem distinção, apesar do frio de outono.

— Até para os bêbados amigos do meu pai — Yana lembrou-se, sorrindo.

Devoraram o ganso com gula. Depois disso, voltaram para a guarda. Sentados na relva, apoiados nos sacos de areia, dividiram novamente o campo de observação. Yana inspecionou o norte e Miro, o sul, com as costas que se tocavam transmitindo o calor dos corpos. Nos últimos dias, quando estavam sozinhos, ele raramente brincava. Yana finalmente tomou coragem e perguntou sobre a mulher dele.

— Ela é bonita?

Ele a olhou com ternura, hesitando por alguns segundos.

— Sim... Antes fomos amantes, depois a roubei de um amigo meu — respondeu Miro com sinceridade.

Yana olhou para ele sem esconder o seu espanto.

— E Miša? — perguntou Miro.

— Ele é só um idiota. Nosso casamento é um caso encerrado.

Um vento quente envolveu os seus corpos e eles permaneceram ali, sentindo aquela onda de fogo que se aproximava e despertava nos dois milicianos a necessidade de encostar um no outro. Naquele instante, passaram a pertencer um ao outro. Ele apertou a sua mão e Yana, certa de não poder mais resistir, respondeu ao toque. Voltaram para a pequena casa. Lá, tinham à disposição um quarto, duas camas de solteiro e velhas cobertas de lã deixadas pelo antigo zelador. Beijaram-se com paixão, fechando a porta para não serem incomodados por fogo amigo. O Kosovo os tinha unido ali, os tinha amalgamado àquele cenário quase surreal, ao mito da guerra que esconde o medo e expande o prazer carnal. Miro estava nu, despido de qualquer impulso que não fosse o seu desejo incontrolável. Yana estava nua, com a sua imensa necessidade de ser gratificada. Pela primeira vez, o fuzil e a faca, atirados ao chão junto às fardas suadas, não tinham nenhuma importância. Yana experimentou a sensação inédita de entregar-se completamente a um homem, de realizar as suas fantasias mais íntimas. Pela primeira vez para ela, a penetração não significou um ato de violência. Amaram-se loucamente como dois condenados à mesma sorte, como se a vida estivesse para acabar naquele humilde quarto que dividia os dois territórios agora inimigos, o kosovar e o sérvio.

Ainda abraçado ao corpo de Yana, Miro fez uma confidência:

— Nunca estive com uma mulher como você.

Ela também gostaria de dizer que um homem belo, atencioso e doce como ele nunca tinha acontecido na sua vida. Mas, por timidez ou temor, se calou.

Daquele dia em diante, não se falaram mais.

* * *

Na adolescência, Yana Milinić era uma camponesa coberta de inibição que nunca tinha vivido nenhuma intimidade com os amigos de classe. Menina muito séria para a idade, meditativa, preferia ficar em casa transcrevendo poemas que falavam da mãe, na esperança de que ela voltasse definitivamente para fechar as feridas profundas causadas pela sua partida. Fazia pouco tempo que tinha voltado a sorrir quando descobriu que o seu sorriso agradava as pessoas ao seu redor. Recebia elogios pela beleza de seu rosto, mas os seios muito pequenos a deixavam complexada, fazendo-a desistir de um concurso que poderia tê-la levado à final do título de Miss Iugoslávia.

Certa manhã, às sete e meia, com vinte minutos de atraso, preparou-se para ir ao colégio. Vestiu rapidamente um jeans e um suéter de gola alta lilás bem claro, que ressaltava intensamente o verde dos seus olhos. Não prendeu os longos cabelos em tranças, como estava habituada. Carregou dois livros e um caderno e pegou a estrada de terra. Teria enfrentado os dois quilômetros a pé, como sempre fazia, se um carro branco não tivesse parado ao seu lado. É provável que os dois passageiros inspirassem confiança, pois Yana aceitou a carona, comportamento comum em ambiente rural.

De repente, o homem que estava na direção desviou o carro para dentro do mato. Aflita no banco de trás, a menina tentou ver se havia alguém pela janela para quem pudesse pedir ajuda, mas nem mesmo os pássaros, que todos os dias lhe faziam companhia, vieram ao seu socorro. Perguntou o motivo daquele desvio e responderam que ficasse calada. Yana entendeu que algo muito ruim estava para acontecer. Quando o carro parou, tentou abrir a porta e gritar e recebeu duas bofetadas. Apertou as pernas para bloquear o acesso ao seu corpo, mas qualquer esforço teria sido inútil diante da faca apontada pra ela. Yana pediu a Deus que tudo acabasse rápido, suplicou que lhe tirasse a vida para libertá-la da vergonha e da reprovação do pai. Sabia que, depois daquela violência, se sentiria culpada para sempre.

Foi levada perto da escola sob a ameaça de ver a família morta caso contasse o que havia acontecido. Os dois estupradores eram membros do Partido Comunista e pouco se podia fazer contra eles. Mas, acima de tudo, foi o medo do pai, da dor física provocada por suas surras, que a fez manter o segredo.

Chegou à classe tão trêmula que Ilìria, a amiga muçulmana, gritou por ajuda. Yana foi levada ao hospital sem dividir com ninguém o abuso que tinha sofrido. Em seguida, a encaminharam para o psicólogo. Na tentativa de escapar da desonra, engoliu sessenta gotas do tranquilizante que o médico havia prescrito. Apesar de o remédio a ter feito vomitar, o efeito durou três dias, durante os quais tudo ao seu redor mudou de cor, adquirindo um único tom rosado espectral. Pediu perdão a Deus por aquele gesto impulsivo e prometeu continuar vivendo, mesmo que o seu desgosto se tornasse insustentável. Sentiu a falta da mãe como nunca. Destruiu os poemas ingênuos que a tinham feito esperar durante anos e sepultou aquele sigilo em sua mente. Mas o tempo mostrou que era doloroso demais guardar aquela brutalidade apenas para si mesma.

Uma tarde, depois da escola, foi com Ilìria à confeitaria do pai dela. Não aceitou um baclava, nem mesmo um tulumba, os doces turcos de que mais gostava. As duas se sentaram em um canto e ela desabafou com a amiga, a única em quem podia confiar. Porque Yana tinha uma certeza: os muçulmanos sabiam guardar segredos.

II

O AVIÃO QUE partiu de Roma pousou no aeroporto de Skopje, na Macedônia, com uma hora de atraso. O vizinho meridional da Sérvia era a melhor maneira, senão a única, de se chegar àquele Kosovo blindado e furado de mísseis. Desde a guerra da Bósnia, o alemão Georg Jung-Mayer analisava a situação política nos Bálcãs. Voltava agora à região, feliz em colaborar novamente com um pequeno e independente jornal de Berlim que concedia a ele a sua máxima ambição: contar a realidade da guerra, sem filtros. O seu país ostentava grandes interesses econômicos na ex-República da Iugoslávia e uma forte aliança com os Estados Unidos. De outro lado, a Grã-Bretanha e a França tentavam limitar a força e o poder excessivo da Alemanha, tornando a situação mais complexa.

Desta vez, Georg Jung-Mayer, freelancer por vocação, voltava também por uma razão pessoal. Ali, oito anos antes, havia conhecido a sua companheira. Mas não se iludia em procurar outros motivos para aquela onda de excitação que experimentava. Era o aproximar--se da guerra que o emocionava.

Na locadora de automóveis do aeroporto, uma funcionária sem ânimo fixava os olhos nas páginas de um livro, mas mal parecia ler. Georg queria trocar o carro reservado por outro com um motor mais potente, caso fosse preciso fugir. O marco alemão valia muito mais do que o dinaro e ele podia se permitir um carro mais caro. A decepção veio de imediato.

— Não temos nenhum outro disponível. Tem que ficar com o Fiat Bravo.

O mapa indicava que Bujanovac, na Sérvia, e Gnjilane, no Kosovo, não eram distantes. Muito mais difícil teria sido chegar a Pristina.

— Uma hora para chegar a Bujanovac, e depois outra hora e meia para Gnjilane.

Baixando a voz, a funcionária continuou:

— E tenha muito cuidado na fronteira. Leve cigarros para os soldados, podem ser muito úteis.

Jung-Mayer agradeceu, espantado com a vivacidade da moça que, à primeira vista, dava a impressão de uma pessoa insossa.

Concluiu que julgamentos precipitados nunca deveriam ser expressos, principalmente numa região como aquela, onde tudo podia não ser exatamente o que parecia.

Sabia da importância do cigarro nos conflitos armados. Em um curso de sobrevivência em zona de guerra que tinha feito no País de Gales, o tabaco era recomendado como a principal moeda de troca. Para um ex-fumante como ele, sugeria um duro sacrifício.

Uma fila de pessoas havia se formado atrás dele. O ataque aéreo atraía muitas equipes de TV, idealistas, mercenários e aventureiros para os países vizinhos ao Kosovo. A grande maioria se hospedava na Macedônia para acompanhar a evolução dos acontecimentos. Mercenários e aventureiros teriam desafiado as leis de Milošević e cruzado a fronteira com o Kosovo. Georg pertencia à segunda categoria. Despediu-se da garota macedônia e se dirigiu ao centro de Skopje.

Mais tarde, enquanto caminhava em busca de uma tabacaria para investir na sua mercadoria de troca, parou para olhar a placa de rua do Boulevard Marx e Engels. Tendo crescido na Alemanha Oriental, não podia negar que a Iugoslávia de Tito tinha sido a mais bela experiência de regime socialista. Autossuficiente, mais neutro e aberto do que todos os outros. O alemão pensou com tristeza em como, depois do colapso do Muro de Berlim e da União Soviética, as potências ocidentais colaboraram fortemente para desmantelar o sonho político de Tito patrocinando guerras, e não a paz.

Pegou a estrada com dez pacotes de cigarros, imaginando Gnjilane com ansiedade e temor. Para quem tinha conseguido sobreviver às bombas de Sarajevo, o Kosovo, quem sabe, poderia não ser tão terrível assim.

* * *

Sentiu o coração afanado e reduziu a velocidade. As fronteiras entre países sempre produziam nele uma estranha ansiedade. Georg Jung-Mayer levava um envelope escondido no bolso interno da calça, com algo pelo qual se matava facilmente numa guerra balcânica. Dez mil marcos alemães. E ele não podia correr o risco de não os entregar aos destinatários.

Faltavam poucos metros para a fronteira com o Kosovo. Uma barra de madeira bloqueava a estrada e ele freou diante dos primeiros rostos, que o olharam hostis.

— Desliga o motor — ordenou uma voz feminina, também fazendo o gesto com a mão.

Com uma calma excessiva, provocadora, Yana aproximou-se, ficando a cerca de dois metros dele.

— Abaixa o vidro! — disse, simulando a ação com as mãos.

Ele obedeceu, dando-lhe bom dia em sérvio.

— *Dobar dan.*

Ela respondeu com um olhar que não prometia nada bom.

— As mãozinhas bem visíveis no volante — intimou com uma expressão dura, aproximando-se e repetindo o gesto das mãos no volante.

Com dois dedos da mão direita, lhe deu a ordem para sair do carro.

— Aqui estão meus documentos — disse Georg em inglês, entregando-os a ela ainda dentro do carro.

— Saia do carro, digo pela última vez! Depois conversamos — ela falou em sérvio.

Georg obedeceu instantaneamente, embora não tivesse entendido uma palavra. Saltou do carro com a taquicardia que aumentava.

— Abra o porta-malas — disse, fazendo sempre alguma mímica para que ele a compreendesse.

Georg obedeceu. A miliciana espiou em cada canto tentando encontrar uma arma. Abriu uma grande bolsa, remexeu nas roupas, achou uma nécessaire com espuma de barba e água de colônia. Outras duas bolsas continham um notebook e uma câmera fotográfica com duas lentes. Não encontrou nenhuma arma. A alguns metros dali, seus companheiros jogavam baralho em frente à casa antes usada pela polícia de fronteira. Yana lançou-lhes um olhar suspeito, pegou um jornal e cobriu o equipamento fotográfico. Tinha mudado muito desde a chegada à área de operações. As bombas a fizeram perder um pouco da sua rigidez de origem e, por outro lado, a tornaram mais cínica.

Olhou embaixo dos assentos, dos tapetes e, finalmente, examinou o passaporte.

— Para onde está indo e por quê? — Yana perguntou em alemão.

— A Gnjilane.

— Ainda não me disse o porquê, o que tem a sua importância — replicou.

— Para ajudar uma família, os Markovićs.

— Como você os conhece?

— Conheço a filha, que emigrou para a Alemanha e me pediu que viesse.

Duvidosa, continuou o interrogatório.

— E que importância tem essa mulher que fez você fazer essa viagem e arriscar a sua vida?

— É a minha companheira. — Georg tirou o maço de cigarros do bolso e ofereceu a ela. — Você fuma?

— Você primeiro — ordenou, desconfiada.

Ele vacilou. Não estava nos seus planos voltar a engolir fumaça, mas intuiu que não podia recusar.

— Primeiro você — ela repetiu com autoridade.

Georg acendeu um cigarro e a vertigem fez a sua cabeça rodar. A última tragada havia sido dada quatro anos antes, no fim do conflito na Bósnia e Herzegovina, período em que consumia, sem exagero, mais de três maços por dia. Tinha jurado que nunca mais poria um cigarro na boca.

Yana aceitou a oferta e estendeu a mão. Continuava a examinar o estrangeiro. Gostava dos alemães. Eram bonitos, inteligentes e diretos. A sua avó contava que, durante a Segunda Guerra Mundial, eles se mostraram menos ferozes do que os camisas-negras italianos que ocuparam parte da Sérvia.

Yana se aproximou dele com um pouco mais de simpatia.

— Vá, mas saiba que não vai ser fácil — avisou a miliciana.

Georg agradeceu dando a ela um pacote inteiro de cigarros. Nos numerosos dias de guarda na fronteira, a miliciana tinha autorizado só cinco carros a entrarem no Kosovo. Não se deixava corromper. Os cigarros eram os únicos presentes que podia aceitar, mas somente se já tivesse decidido deixar o carro e seus ocupantes passarem.

O alemão pôs o carro em movimento. Depois de cruzar a fronteira, com o coração ainda inquieto, acendeu outro cigarro e esse, sim, fumou até a última tragada.

* * *

O primeiro tiro cria uma união indissolúvel entre o soldado e o seu fuzil. Yana lembrou-se do curto período de treinamento nos primeiros dias no Kosovo, evocando até mesmo o tom de voz do sargento quando, entrando em uma aldeia, ordenou:

— Atira! De agora em diante, você e a sua arma serão apenas um!

Ela abraçou o seu fuzil e atirou na direção de um telhado. Yana e a sua arma se tornaram um só corpo. Assim ela acreditou.

Algumas semanas se passaram e, finalmente, o seu grande dia chegou. Foi apresentada ao seu verdadeiro armamento de guerra. Perante as granadas de morteiro, dominada por uma emoção que a assustava, porque se tratava de um mundo desconhecido que se abria diante dela, Yana entendeu que aquela poderia ser a sua chance de completar o plano suicida. Precisava somente aprender a lançá-las.

— E o que custa tirar um ou dois anéis? — Miša tentou incentivar a miliciana.

Não era tão simples. Uma granada de sessenta milímetros é um artifício robusto. Yana tinha ouvido falar que podia perfurar uma parede centenária. Com várias delas, podia-se derrubar um edifício inteiro e causar um massacre. Os anéis serviam para modificar a distância da ação. Mas ela ainda teria tempo suficiente para aprender.

Em uma manhã de sol pálido e incerto, com um sentimento de profunda rejeição em relação a Miro, a soldada de milícia entrou no caminhão militar com dezoito companheiros. Só um tinha ficado na base, em sentinela. Marko, ferido na perna, tinha voltado para a Sérvia. A missão começaria quando os soldados saltassem em algum lugar da zona rural, não se sabia onde. Então, teriam que fazer aquilo que, em guerra, é um exercício frequente: esperar. Horas e horas, até que alguém chegasse com instruções e um plano de ação. Informar no último momento fazia parte da estratégia.

Sentados na grama, conversando em voz baixa, os voluntários tentavam relaxar brincando, fumando escondido e bebendo. A garrafa de *slivovica* continuava a participar de todas as missões. Branko e Ivčo trocaram informações com os responsáveis pelos outros dois morteiros: Bartolomej e Luka, Adam e Dimitar.

Em extremidades opostas, Miro, Yana e as suas feridas. Alguns dias depois de terem se amado na casa da fronteira, ele voltou a procurá-la e fez uma confidência.

— Não consigo olhar no rosto de Miša — disse Miro, tentando se justificar.

— E no meu, você consegue olhar? — perguntou Yana, deixando-o sozinho.

A miliciana tinha certeza de que o verdadeiro motivo do afastamento era a mulher dele. Deitou-se na grama acompanhada de uma angústia que se manifestava com fisgadas no peito. A frustração, com uma discreta vontade de chorar. Sabia que a felicidade daqueles momentos com Miro tinha significado algo não somente importante, mas inédito.

Aspirou a fumaça e se voltou para Aleksandar, que também empunhava o tabaco. Foi o início de uma longa conversa. Ela o tinha notado desde o primeiro dia. Parecia um tipo que gostava de ficar sozinho, um bom menino que se encontrava muito desconfortável no ambiente da guerra. E naquele dia incomum para todos, da primeira ação com granadas, ele se mostrava muito apreensivo.

— Hoje partimos — disse Yana, um pouco hesitante.

— Sim, quem sabe pra onde — foi a resposta de Aleksandar, que continuou: —Faltam sempre referências concretas. Sempre tenho a sensação de ser jogado de um lado para o outro e de ficar constantemente vagando no mesmo lugar.

— A guerra confunde todos. Você tem que ter um motivo forte para estar aqui — disse Yana, exibindo confiança.

— E você tem um motivo? — ele perguntou.

— Acho que sim. Você não? — rebateu Yana.

— Não sei. Todos os pensamentos e preocupações que eu tinha antes se multiplicaram desde que cheguei aqui. Há vezes em que consigo não pensar em nada. Esses são os melhores momentos, quando posso esvaziar a mente.

— Eu também gostaria de não pensar em nada — disse ela com um sorriso.

— Vou te convidar para fazer isso comigo — propôs Aleksandar.

— Com prazer.

A chegada dos primeiros soldados regulares os tirou daquele diálogo promissor. Traziam as caixas com armas, vindas do batalhão que fornecia toda a infraestrutura logística para a Raposa Vermelha. O comandante Goran também compareceu. Iria preparar o grupo de milicianos para a sua primeira missão real: atacar alvos distantes.

Para Yana, assim como para a maioria deles, era previsto apenas carregar as ogivas, e não as lançar. Ela experimentou um grande alívio, e o seu primeiro movimento foi concentrar-se para apagar qualquer traço de emotividade. Remover da consciência que, em poucas horas, após o início do ataque, iria pela primeira vez, ainda que indiretamente, dilacerar seres humanos. Sentia o estômago nauseado só de imaginar. Tinha ido lá para morrer. Matar não seria fácil nem agradável, mesmo que fizesse parte do jogo.

— Cada um pega as granadas a que tem direito — ordenou o capitão Stevo.

Dez delas eram destinadas à miliciana. Delicadamente, ela tirou uma granada atrás da outra de sua caixa de papelão ocre, dura como madeira, e as colocou no chão, uma ao lado da outra. Um quilo e trinta e cinco gramas cada uma. Yana fez as contas. Teria que carregar quase quinze quilos nos ombros.

— Removam três anéis — ordenou o capitão.

A miliciana olhou a paisagem ao redor para congelar aquela imagem de roça na sua lembrança. Uma casa caiada de branco que ficava à sua direita, com portas e janelas amarelas, fazia com que sentisse mais uma vez o calor e o caráter familiar da sua zona rural. Yana se encontrava embaixo de uma ameixeira. Pena que aquela não era a estação das ameixas.

Removeu três dos seis anéis de cada granada. Os outros dois anéis a serem retirados foram entregues ao comandante: a aliança de casamento e a de noivado. Tinha medo de que cortassem o seu dedo para roubá-las.

— Se eu não voltar, peça que entreguem a minha mãe — implorou.

O crepúsculo fez aumentar a ansiedade. Seria um pulo dali até a noite funda, quando completariam o ataque. Yana se sentia pronta. Ergueu a carga explosiva com extremo cuidado e a acomodou nas costas. A guerra, para ela, estava, de fato, prestes a começar.

Partiram em três grupos, cada um seguindo um guia que conhecia a área como os ursos da montanha. Cada grupo lançaria as bombas de ângulos diferentes. A missão seria bombardear uma base do ELK disfarçada de comunidade rural. Yana agora entendia o tipo de tarefa para a qual um miliciano era designado.

A lua apareceu por trás das nuvens emitindo uma envolvente luz prateada nas árvores. Para evitar que os reflexos de seus óculos atraíssem a atenção dos inimigos, usava um boné com visor comprido. O olho esquerdo, mais fraco que o direito, sentiu a fadiga de vasculhar a escuridão.

Tarde da noite, à medida que se aproximava do lugar escolhido para a entrega das granadas, percebia que a longa marcha com as bombas nas costas, e o peso de seus pensamentos, a tinham exaurido.

À sua frente, Branko e Ivčo montaram os suportes de um dos morteiros, de onde os explosivos decolariam em rápida sucessão. Ainda mais fundamental, o instrumento que emitia as coordenadas de tiro consistia numa ferramenta que Yana via pela primeira vez. O especialista parecia um tipo frio, nunca falava e respondia apenas ao batalhão. Era ele o responsável pela precisão do ataque. Dele dependia que as ogivas chegassem ao destino. Tinha que calcular o alvo exato das granadas. Era o único homem ali que os milicianos eram obrigados a proteger com a própria vida.

Não devendo lançar as bombas, Yana e os outros transportadores as colocaram no chão, ao lado dos morteiros, e abandonaram rapidamente a área, antes que a ação começasse. Precisavam escapar abaixados, rastejando, para não pegar a resposta do inimigo. Naquele instante, Yana captou outra ocasião propícia para finalmente atingir o seu objetivo. Deitou-se, esperando que os companheiros abrissem fogo. Imaginou Miro indo embora, arrastando pelo chão aquele corpo que ela tinha amado. Descobriu-se arrependida de não o ter beijado, quiçá, pela última vez.

Às três da manhã, horário ideal para qualquer investida, quando o sono se torna incontrolável e os humanos estão muito mais fracos, os três grupos, juntos, começaram a atirar. No mesmo alvo, de três pontos diferentes da mesma colina. A ação não durou mais do que dois minutos e meio. O tempo máximo que permite evitar a resposta do inimigo. Esta veio em menos de três minutos, fraca e sem vida. Alguns tiros de fuzil e Kalashnikov soaram, mas a Raposa Vermelha já estava fora do alcance dos guerrilheiros do ELK. Apenas Yana ficou para trás, agora em pé, pronta para receber bala. O que recebeu, no entanto, foi um forte empurrão no ombro que a arremessou ao chão.

— Você quer morrer? Fica deitada! — gritou Branko.

Ao rolar da colina íngreme para baixo, a sensação de máxima adrenalina se juntou à frustração.

Fora do alcance do fogo inimigo, Branko perguntou:

— Você enlouqueceu?

Yana havia novamente colocado em risco a vida de um parceiro que, agora, estava salvando a sua. Na volta ao Repouso, Branko não exigiu explicações. Daquela ação em diante, o perigo podia se multiplicar.

A miliciana chegou à base com uma inquietante excitação que não conseguia compreender. Procurou Miša em todos os cantos do Repouso. Seguiu-o até o banheiro externo e, quando ele estava prestes a fechar a porta, ela a bloqueou com firmeza. Fizeram sexo em pé, naquele lugar fétido, pela última vez na vida.

* * *

Eram quase três da manhã quando seis meninos vestidos com uniformes militares, enfraquecidos pelo sono, adormeceram, cada um abraçado ao seu Kalashnikov de fabricação chinesa. Nunca tinham visto uma arma de fogo antes. Deitados em colchões sujos, jogados no piso de uma velha casa de roça, pareciam pouco mais que adolescentes. Tinham concluído uma longa viagem fazia poucos dias. Quatro vinham da Suíça, para onde os pais, kosovares, haviam emigrado dezoito anos antes. Pegaram um ônibus para Ancona, na Itália, e de lá a balsa para Durazzo, em território albanês. Os outros dois partiram da Alemanha, também albaneses, filhos de imigrantes que, como os outros, sentiram dentro deles o desejo profundo de lutar pela independência do Kosovo, que consideravam parte de sua pátria. Todos tinham se encontrado em Tirana, para três dias de adestramento nas montanhas. Pertenciam a pequenas organizações ultranacionalistas, que se formaram dentro e fora da terra natal.

Nas outras duas salas dormiam nove guerrilheiros do ELK, menos jovens e mais experientes. Alguns dos macacões que usavam tinham sido doados pela Stasi, a polícia secreta da ex-Alemanha Oriental. Restos de estoques que sobraram da pós-unificação. Três dos guerrilheiros eram vinculados a grupos especiais e se vestiam de preto.

Passava das três da madrugada quando as detonações começaram como chuva, uma seguida da outra. Explosões violentas que não deixariam pedra sobre pedra. Imediatamente, as primeiras granadas da Raposa Vermelha atingiram os meninos da Suíça e da Alemanha, que voaram juntos em uma horripilante coreografia descomposta, típica das granadas mais poderosas. Pernas em pedaços, tripas atiradas fora dos corpos junto com outras partes de corpo humano. Os gemidos de dor duraram muito tempo.

Um segundo depois, foi a sala ao lado a ir pelos ares, sob fogo intenso, tirando a vida de quatro homens, um dos quais ficou sem a cabeça. Os únicos dois que não foram atingidos gravemente, passando por cima de corpos ainda com vida, saíram a céu aberto e começaram a atirar de volta, primeiro com os Kalashnikov e depois com outros fuzis. O guerrilheiro que estava de sentinela do lado de fora, e que tinha sobrevivido, não conseguia encontrar a sua arma, que devia ter voado com o salto. Sentia uma dor lancinante na mão direita e, quando tentou tocá-la, percebeu que a mão não existia mais, embora ainda sentisse o espasmo retroativo da dor. Gritou tão desesperadamente que o seu coração parou e a morte lhe veio, instantânea.

Mas todo esse horror Yana Milinić não tinha podido ver.

* * *

Algo grande estava para acontecer naquele dia. Lady Tortura não costumava errar os seus palpites. Se não estivesse enganada, a sua condição de foragida poderia se complicar ainda mais. Com as granadas sérvias, também os nervos da guerrilha kosovar tinham ido pelos ares. A albanesa foi resgatada às pressas do porão imundo para outra toca no meio do mato. Andou dois dias e duas noites, debaixo dos bombardeamentos que não podiam evitar o fogo amigo, até chegar a uma espécie de bunker improvisado dentro de um bosque próximo a Pec. Os guerrilheiros abriram um grosso cadeado e a fizeram entrar.

Lady Tortura largou, ofegante, a alça da maleta. Respirou fundo e observou o ambiente completamente fechado, com janelas lacradas com tijolo à vista, sem reboco e sem pintura. Faltava ar. Num canto, na penumbra, sua vítima já parecia cansada de sofrer. Lady Tortura forçou a vista para se assegurar do que via. Um ser minúsculo chorava amarrado a uma cadeira, com as pernas tão curtas que se mantinham suspensas, distantes do chão.

Para o espavento da torturadora, era o choro de um menino.

— Oh! — exclamou. — O que temos aqui? Vim procurar um gato e encontrei um ratinho? — disse com cinismo.

— Eu quero a minha mãe! — pediu o pequeno sérvio em voz baixa.

Ela se mostrou impaciente.

— Para com isso! Odeio bebês chorões!

Ainda faltava o motivo do interrogatório que estava para começar. Enquanto esperava que Konstantin trouxesse a ficha daquela vítima, lembrou-se do dia em que espancou o irmão com um taco de madeira.

Ouviu passos. Seu amante chegava com dois guerrilheiros. Arrastavam um homem encapuzado que mais parecia um cadáver.

— Aqui está ele — disse Konstantin.

O homem se movia com extrema dificuldade, suas pernas mal respondendo aos comandos, como se estivesse com os joelhos quebrados. Os guerrilheiros o deixaram com Konstantin e se foram. O encapuzado tinha sido agredido por um bando inteiro de soldados do ELK e, olhando para o seu estado, certamente havia se calado. Era exatamente o tipo de presa de que Lady Tortura gostava.

— Perfeito — respondeu, percebendo que era ele a verdadeira vítima.

Konstantin revelou à amante a identidade daquele homem. Um policial sérvio-kosovar responsável por um arsenal de armas. Os olhos da assustadora mulher brilharam. Estava tudo claro. O menino, seu filho, não passava de um refém para obrigá-lo a falar.

Quando tiraram o capuz, o policial entreviu a silhueta do filho, o que fez com que ele perdesse os sentidos por alguns instantes. Voltou a si tentando focar o olhar numa esquálida lampadinha de teto pendurada por um fio. Virou o rosto e, com um esforço imenso, rastejou até o filho.

— Meu filho! — Pegou os pés da criança tentando protegê-la.

— Papai! Você tá ferido? — gemeu o menino.

O policial chorava sentidamente, mortificado por não ter sido capaz de tirar a família do Kosovo. Havia planejado a ida da mulher e dos dois filhos, em segurança, para o território de Montenegro. Mas não tinha conseguido removê-los do enclave sérvio a tempo, nem salvar o filho mais novo.

— Qual o seu nome? — perguntou Lady Tortura.

— Petar.

— E o do teu filho?

— Petrov.

— Agora, Petar, você vai me dizer tudo o que eu quero saber. Senão terei que fazer esse belo menininho sofrer.

— Deixa ele ir pra casa — pediu o policial, consciente de que não poderia mais se calar.

A presença de Petrov foi mais eficiente do que qualquer torturador dos Bálcãs. Para evitar o flagelo do filho, o policial relatou a localização exata do depósito de armas sob seu comando e o conteúdo dele, alguns nomes e sobrenomes de baixo e médio escalões. Não delatou nada sobre o Comando. Sabia que não escaparia com vida dali. E a leve esperança de poder salvar o filho logo se dissipou.

— Se você tivesse falado antes, teu filho não estaria aqui. Que belo pai de merda você é! — ela começou a torturá-lo com palavras.

— Agora deixa ele livre! Tenha piedade! É inocente! — soluçou Petar, fora de si.

— É inocente? — gritou a carrasca. — Mas você não é! E será ele a pagar por isso!

Pediu ao amante que saísse do bunker e conseguisse algo semelhante a um taco de beisebol.

Konstantin foi à base do ELK, na casa ao lado, e encontrou um toco de madeira. No entanto, quando voltou ao bunker, não entregou o objeto à albanesa. Tinha pressa de sair dali. Já haviam obtido quase tudo o que queriam. Era preciso escapar rapidamente para um lugar seguro.

— Me dá isso aqui! — disse Lady Tortura, tirando com violência o pedaço de pau das mãos de Konstantin.

— Chega, Bruna! — gritou, recuperando o toco.

Lady se debateu com o amante, tentando atingi-lo com um soco em mais um episódio extravagante do casal de algozes. Konstantin não perdeu tempo. Desvencilhou-se da fera e atirou no menino à queima-roupa. Ouviu-se o grito dilacerado do pai.

O kosovar empunhou a arma na direção do policial, mas Lady Tortura o impediu. Queria ainda ver o suplício daquele pai de etnia sérvia ao lado do filho morto. Nem mesmo ela teria sido capaz de impor um castigo maior.

Em meio aos gemidos na casa lacrada, outro tiro foi disparado. Pai e filho morreram abraçados e seus corpos foram jogados no Bistrica, o rio de Pec, cidade que já foi a sede do patriarcado ortodoxo do Reino da Sérvia.

* * *

Gnjilane cheirava a borracha queimada. O repulsivo odor saía dos prédios incendiados e percorria as ruas semimortas.

Parecia, em determinadas horas do dia, que as cem mil almas da segunda maior cidade do Kosovo, em sua maioria sérvias, haviam desaparecido. Ao olhar a cidade de dentro do caminhão militar, Yana pensou em como a guerra, como sempre, estava sendo travada para garantir os interesses dos poderosos, sem nenhuma preocupação com as pessoas comuns. Em outros momentos, entretanto, carros civis passavam em grande número e as pessoas na rua mostravam uma inquietante aparência de normalidade. Nada sugeriria que houvesse um conflito em ato, se não fosse por aquele cenário de destruição.

Após mais uma missão bem-sucedida, os milicianos agiam como se o estado de guerra fosse uma condição a ser vivida também com leveza. O capitão anunciou:

— Cerveja para todos!

O caminhão estacionou em frente a uma taverna sérvia, em meio aos prédios destruídos. Os soldados, famintos, olharam o restaurante como um oásis no deserto. De dentro, vinha uma música alta que prometia diversão garantida.

— Quem paga? — perguntou Branko.

A ordem do capitão indicava que cabia a ele pagar a conta.

Yana preferiu um refrigerante de laranja. Uma camada de poeira vermelha cobria os seus óculos, a pele do rosto e os cabelos. Ela tentava nervosamente limpar-se com os dedos. Usou a própria camisa, já fora da calça cada dia mais larga. Não sabia quantos quilos tinha perdido desde a sua chegada ao Kosovo.

Uma cesta com pão, presunto defumado e queijo feta foi colocada no centro da mesa e rapidamente devorada. Era tudo o que tinham na casa.

— Meu reino por um prato de *kajmak*! — disse Miša.

Ao evocar o queijo gordo e pastoso mais popular da Sérvia, provocou nos companheiros um pequeno êxtase gastronômico.

— Se você quiser, te dou um pouco do meu *inat* — disse Yana com ironia.

A miliciana se referia a uma famosa declaração do escritor Momo Kapor, segundo a qual as únicas invenções verdadeiramente sérvias tinham sido o queijo kajmak e o *inat*, palavra pequena que define um orgulho nacional sem limites e que pode levar à morte.

Naquele contexto de divisões e combates, não era muito agradável para o grupo de Raposas reconhecer o quanto os sérvios deviam aos turcos.

— E por que, se você sabe que o meu *inat* é muito mais forte que o seu? — Miša provocou a ex-mulher.

— Sim, para fazer mal aos outros — rebateu ela. — Meu *inat* faz bem a mim mesma — gabou-se.

Yana sabia que aquele sentimento de orgulho também podia prejudicar os companheiros de luta. Lembrou-se do pai, que preferia morrer a perder uma disputa, e chegou a processar os vizinhos por trinta marcos, embora o processo tivesse custado cem.

Ela também se via, ao mesmo tempo, como defensora e vítima da mesma mentalidade, que alimentava os seus desafios mais ilógicos e às vezes suicidas. E, por esse mesmo *inat*, Slobodan Milošević resistiria por muito tempo, pensava.

Propôs, então, um brinde:

— Ao *inat*!

— O primeiro que voltar pra casa no fim de semana tem que trazer kajmak para todos! — decidiu o capitão Stevo, erguendo a taça e desviando a conversa para outro lugar.

Empolgado com os ritmos avassaladores do folk sérvio, que vibravam no ambiente, Branko se aproximou de Yana.

— Vamos dançar?

— Com prazer!

Dançaram passos de tango na varanda da taverna na frente de todos, inclusive do amuado Miro. Yana admirava a raiz dramática daquelas melodias alegres, mas a sujeira que cobria seu rosto a impedia de aproveitar completamente a dança.

— Você acha que eu poderia tomar banho aqui na cidade? — perguntou a Branko.

Seu verdadeiro desejo era fazer uma bela limpeza de pele no rosto com a força do vapor, capaz de esvaziar os poros de todas as impurezas.

— Não sei, vamos perguntar — disse Branko, surpreso com o pedido.

Atrás do balcão, o casal de proprietários não escondia o aborrecimento de ter que dar hospitalidade aos milicianos sérvios. Embora pertencessem à mesma etnia, atribuíam aos soldados sérvios a ausência de paz na região.

Yana olhou para a mulher atrás do balcão.

— Posso fazer uma pergunta?

— Sim — ela respondeu secamente.

— É possível tomar banho aqui nas redondezas?

A atendente se sentiu alvo de deboche e lançou-lhe um olhar mal-educado.

— Por que você tá olhando assim? Eu também sou mulher — disse Yana, deixando o fuzil bem visível.

— Desse lado, não. Foi tudo destruído — respondeu a contragosto. — Do outro lado daquela rua, sim, se você tiver coragem de ir lá — disse a proprietária com ar de desafio.

Inacreditável, pensou Yana. Em pleno bombardeamento aéreo, havia um bairro ainda intacto em uma rua próxima, na direção aonde a moça havia apontado o dedo. Da lateral da taverna, Yana e Branko obtiveram um bom ângulo de visão. A rua separava uma fileira de casas destruídas de outra intocada. Voltaram, intrigados, para avisar o capitão e irem até lá, mas foram imediatamente barrados.

— Vocês não podem entrar ali, não está previsto pelo Comando!

Enquanto se sentava à mesa com Branko, Yana se perguntava por que não havia um único telhado desabado e um único vidro quebrado daquele lado da rua.

Enxugou o rosto e os óculos com um guardanapo molhado. Nem mesmo a torneira do banheiro funcionava, mas já podia enxergar um pouco melhor. E começava a reconhecer o homem que vinha em sua direção. Já o havia notado antes, quando um jornal cobria parte de seu rosto.

— Oi. Posso falar com você um momento? — disse o homem.

Yana apontou a cadeira para o estranho, lembrando de já tê-lo conhecido. Branko os deixou sozinhos.

— Chama-se Tavran e é o bairro das drogas — disse em voz baixa no idioma alemão.

Yana recolocou os óculos, focando seus olhos muito curiosos naquele homem.

— Dentro de cada casa daquele bairro, tem heroína sendo produzida. Eu sou Georg Jung-Mayer, você se lembra de mim?

— Sim! Conseguiu encontrar a família que procurava?

— Ainda não, mas gostaria de falar com você, possivelmente fora daqui.

Yana reconfirmou os traços bonitos do homem ali na frente dela. Então, olhou para Miro parado junto ao balcão e pensou: "Por que não?".

— Tá bom. Nos encontremos esta noite, mas você tem que vir sozinho — ela pediu.

— Está bem.

— Na estrada para Gnjilane, antes da fronteira, tem uma descida de três quilômetros. Do lado direito, mais no alto, você vai ver uma casa, a maior de todas. Desça com o motor e os faróis apagados. Hoje tem lua cheia, é fácil de achar — ela indicou.

Com grande interesse, o alemão transcreveu as informações recebidas.

— Às três da manhã. Vou estar de guarda — prometeu Yana.

— Ok. Vejo você às três da manhã — Georg se despediu, enquanto Branko voltava.

— Quem era aquele cara?

— Um estrangeiro que me convidou para sair com ele — ela respondeu, rindo.

— Tome cuidado — aconselhou Branko.

— Não se preocupe. Eu só quero me divertir um pouco antes de ir embora — disse com um sorriso amargo.

O miliciano puxou-a para outro tango folk, que se tornava ainda mais pulsante naquele cenário de desolação, perplexidade e incerteza.

* * *

Na escuridão da noite balcânica, certas estrelas pareciam ser grandes demais. Eram pontos de luz muito próximos, improváveis, que davam um toque de irrealidade à paisagem quieta da montanha. Yana Milinić acreditava que não passassem de satélites. Contemplava, desconfiada, aqueles astros maiores do que as outras luzes que povoavam o céu, em posições sempre diferentes. O Kosovo tinha se transformado não só numa região repleta de mísseis, mas num antro de espiões em órbita.

Irrequieta, começou a sentinela às três da manhã, esperando o seu convidado. Percorreu o contorno da casa em silêncio absoluto, às vezes acompanhada pelo vento. Ergueu o braço e, com o dedo médio da mão esquerda, fez um gesto eloquente na direção dos satélites. Todos eles. Não somente aos da Otan, mas também àqueles russos. Tinha vontade de apontar o fuzil para o alto e atirar naqueles pontos vagantes de luz.

Com o motor desligado, o carro de Georg Jung-Mayer deslizou lentamente sobre um pequeno trecho da colina. A lua não tinha aparecido para guiá-lo. Yana esperava na rua, em frente ao Repouso.

— Oi — disse ela, num tom de voz muito baixo.

— Oi. Onde podemos conversar? — Georg perguntou.

— Aqui. Eu não posso mudar de lugar.

Ele a olhou com expressão de dúvida.

— Até as pedras dormem a essa hora — ela o tranquilizou.

A porta do carro foi deixada aberta. Sem fazer nenhum ruído, sentaram-se em um pedaço de rocha. Diante de um maço de cigarros, ela mostrou a ele como esconder a brasa na mão e não chamar a atenção do inimigo.

— Você não tem medo dos sérvios? — Yana perguntou de improviso.

— Não — Georg respondeu com sinceridade.

— Todo mundo tem medo de nós — replicou Yana com uma ponta de melancolia.

— Nem tanto. E por que você fala alemão tão bem? — perguntou Georg.

— Aprendi na Suíça. Meu pai foi imigrante lá, como tantos sérvios, e fui morar com ele por alguns anos.

— Por que você veio pra cá?

O que Yana poderia responder?

— Eu vim para ajudar a recuperar o Kosovo, que é a mãe da Sérvia — disse ela, influenciada por mais de uma década de incessante propaganda heroica do governo sérvio.

Georg a olhou como se fosse a resposta previsível. Yana continuou:

— Meus ancestrais lutaram aqui e morreram aqui para continuar cristãos.

Georg teria gostado de objetar que, na verdade, cinco séculos antes, muitos sérvios haviam fugido diante do avanço turco, deixando os albaneses sozinhos para sofrerem a dominação. Optou, no entanto, por não dizer nada. Sabia também que muitos albaneses tinham se convertido em troca de vantagens econômicas.

Ficaram em silêncio por algum tempo.

— Concordei em te ver aqui porque gostaria que você falasse a verdade — disse Yana, olhando fixamente para ele.

— Qual verdade?

— Que estão demonizando a Sérvia.

— Você fala do tratamento que estão dando a Milošević? — questionou Georg.

— Não só por isso.

— Você votou nele?

— Eu não, mas todos os camponeses votaram nele.

— E por que você não votou?

— Eu não gostava dele naquele momento, porque imitava Tito até mesmo no jeito de falar.

— Sim, mas também na tentativa de manter intacta toda a Iugoslávia.

— Bem, sim! — concordou Yana com um certo orgulho.

— E hoje, por que você gosta do Milošević, apesar de tudo?

— Porque defende a Sérvia e os seus soldados.

— E você não se importa que ele tenha se tornado um ditador implacável?

— Não deixei você vir aqui pra falar mal do meu comandante!

Certamente, não era a melhor maneira para tentar estabelecer um bom relacionamento com uma soldada acostumada a obedecer ao seu Comando e ao seu comandante em chefe.

— Milošević nunca quis a Grande Sérvia, essa é uma mentira que os países ocidentais tentam impor — disse Yana, revoltando-se.

Ela se referia a uma definição ideológica nacionalista do século dezenove que defendia que a Sérvia deveria comandar todos os países dos Bálcãs. Georg se mostrou informado sobre a vocação expansionista sérvia.

— Tito tinha compreendido a ameaça da força sérvia, porque sustentava que, para se obter uma Iugoslávia forte, era necessária uma Sérvia fraca — comentou Georg.

Buscando mudar o rumo da conversa, que se tornava cada vez mais espinhosa, ele perguntou:

— Quais são as tuas armas?

— Fuzil M48 e granadas de morteiro 60 milímetros.

— E onde vocês lançam as granadas?

— Não sei. E, mesmo que soubesse, não diria.

— Eu queria acompanhar vocês em alguma operação — pediu Georg.

— Muito perigoso — ela objetou.

— Tenho que ver alguma coisa, senão não posso contar sobre a guerra — explicou Georg.

— Basta olhar para o céu e você poderá contar sobre a guerra — disse Yana, referindo-se às bombas da Otan.

— Você sabe do que eu tô falando — rebateu Georg.

Yana tragou a fumaça do cigarro e foi taxativa:

— É impossível que você acompanhe um ataque com granada! Talvez eu possa tentar fazer você participar de uma operação de patrulha.

— Fiquei preso no hotel até agora. Há soldados por toda parte.

— Não saia do hotel. Vou pedir autorização ao comandante do batalhão — prometeu a miliciana.

Repentinamente, um leve ruído que vinha do alto aumentou de volume.

— Quieto! Não se mexa! — Yana sussurrou.

— O que é isso?

— É um avião sem piloto!

Mantiveram-se imóveis por quarenta segundos. Então, ela esclareceu:

— Ele voa baixo, tira fotos e faz vídeos para descobrir os nossos esconderijos.

— E conseguem?

— Não, porque os nossos soldados mudam constantemente de posição.

Georg buscava a sua confiança, e se saiu com um cumprimento franco:

— Teus traços são de uma beleza típica da Europa Central.

— Minha bisavó materna era austríaca. Eu gosto da disciplina alemã — confessou Yana.

— Sou meio italiano, de mãe vêneta — disse Georg, temendo desapontá-la.

— Italiano, Aviano! — retrucou a soldada de milícia com provocação.

A base aérea friulana, em Aviano, no nordeste da Itália, de onde partia a maioria dos caças-bombardeiros que atacavam a Sérvia e o Kosovo, acabou se transformando, para eles, num símbolo de desprezo.

Yana olhou para o relógio.

— Meu turno tá terminando. Você tem que ir agora.

— Posso te ver amanhã? — perguntou Georg.

Marcaram um encontro. Yana o acompanhou até o carro e pediu que descesse com o motor desligado até o fim da rua. Quando se despediram, ele pegou sua mão e a beijou.

— Você não tem medo? — perguntou Georg.

— Dos sérvios? — Yana retrucou com um sorriso enternecedor.

O alemão desapareceu suavemente colina abaixo. No céu, os pontos de luz continuavam a lançar os seus lampejos fantásticos e fictícios. Antes de entrar em casa, sem poder se conter, Yana mandou uma saudação aos satélites espiões:

— Vão à merda!

As suas palavras ressoaram naquela paz enganosa do vale.

* * *

O cheiro mais persistente da guerra vinha do óleo utilizado para limpar o fuzil. Pungente como o diesel, penetrante como o querosene. Nas horas de distração, Yana Milinić o usava também para inebriar os sentidos. Aspirava o ar, e a inalação maciça que lentamente se difundia nos pulmões libertava a sua mente sedenta de morte e até a necessidade maníaca de lavar as mãos era esquecida. Mais do que a pólvora, aquele óleo verde-oliva estava mudando o seu estado de ânimo. Não se importava mais que as bombas caíssem do céu. No momento em que limpava o seu fuzil, separando o cano do resto da arma, retirando o carregador e as balas, conseguia esvaziar os pensamentos sem preocupar-se com nada além de deixar a arma reluzente.

Ao fio de juta, ferramenta decisiva para a operação, se unia um pedaço de pano levemente impregnado de óleo que tinha que ser cuidadosamente enfiado no furo do cano de aço até chegar do outro lado. O algodão encharcado de óleo cumpria a sua tarefa de lustrar o aço. Em seguida, com o olho direito, Yana inspecionava escrupulosamente o interior do duto por onde as balas passariam, verificando se havia completado a limpeza. Detalhes como aquele eram fundamentais para a sobrevivência do grupo.

Ela havia criado um pequeno refúgio no pátio da Base, num tronco de árvore próximo à parede, onde se sentava para limpar a arma. Assim, afastava as decepções familiares, os fracassos amorosos, a paixão que queimava dentro dela.

Naquele dia aparentemente calmo, se via pálida e sem luz. Não entendia o verdadeiro motivo do afastamento entre ela e Miro. Quem sabe ele também sofresse com a impossibilidade desse vínculo, pensou. Isolada em seu mundo, a voz de Verko provocou um sobressalto, tirando-a daquele abrigo acolhedor:

— Quem é aquela gostosona?

Yana pressentiu uma surpresa desagradável e imediatamente se pôs em pé. Ao entrar no salão do Repouso, tomou um susto. Uma mulher de belas pernas, com uma minissaia que quase a deixava descoberta na parte de trás, segurava a mão de Miro.

— Apresento a vocês a minha mulher!

Não possuía um rosto bonito. Muito pelo contrário. Seu longo cabelo preto, visivelmente tingido, para Yana pareceu tão falso que, doente de ciúme, a viu transformada quase em uma bruxa de desenho animado. Era, no entanto, uma mulher atraente, mesmo que um pouco vulgar.

Alguns minutos se passaram até que Yana se deslocasse daquele estado de perplexidade e manifestasse alguma reação. Que maldade sem precedentes!, pensou com raiva. Apesar da proibição explícita que, até então, ninguém tinha se permitido infringir, Miro tinha tido a pachorra de levar a esposa ao Repouso.

Yana reservou a ela um frio aperto de mão.

— Prazer.

— Prazer.

A mulher preferiu abrir o sorriso aos homens do grupo de milícia, passando a ignorar a única soldada presente. Yana se irritou com aquele comportamento de diva e, ao mesmo tempo, se sentiu envergonhada pela sua aparência. Vestia um uniforme folgado e carregava o cheiro ruim de óleo de fuzil no corpo. Quando o casal se beijou em público, sentiu um desejo louco de atirar nos dois. Deteve-se, voltando para o pátio. Precisava de um refúgio ainda mais decisivo do que o óleo. Então, correu ao reservatório de água do trator, que ficava a poucos metros dela. Encheu o balde e, com um pequeno pedaço de sabão, esfregou as mãos até que começassem a doer.

A visita foi curta e ela soube, mais tarde, que não houve nenhum relacionamento íntimo entre Miro e a mulher. Mas, quando ele a levou para a rodoviária de Bujanovac, o simples pensamento de que podiam ter feito amor naquela cidade a fez derramar uma torrente de lágrimas. Por que a tinha trazido ali? Não era suficiente pra ele vê-la em Bujanovac? — Yana se perguntava continuamente, chocada com a violência psicológica daquele gesto.

À noite, Miro tentou dar-lhe uma explicação:

— Como você está?

Yana saiu da sala de estar sem sequer olhá-lo. Branko se aproximou de Miro e não o perdoou:

— Você foi um tolo em trazê-la aqui. Poderia pelo menos ter feito ela colocar uma calça! — E correu para Yana.

— Todo mundo tá dizendo que ela é feia e banal — mentiu o amigo, tentando consolá-la.

Branko tinha entendido tudo desde o início. As tentativas de Yana de tirar a própria vida e a paixão por Miro. Também enxergou aquela visita como uma provocação absurda a Yana.

A guerra era verdadeiramente capaz de induzir aos atos mais perversos e improváveis.

* * *

Naquela primavera chuvosa, uma suspeita estremeceu Yana Milinić. Algo brilhante, em cima da mesa, refletia o sol indeciso que entrava pela janela, provocando um clarão irritante. Uma parte da Raposa Vermelha estava ali na sua frente, e a olhava com pérfida curiosidade.

Louban, ávido como os seus companheiros, tinha acabado de despejar dois ou três quilos de ouro sobre a mesa da grande sala. Eram joias e colares feitos de moedas de ouro, presentes de batismo e casamento de albaneses, em geral doados pelas mães das noivas.

O miliciano preparou um pacote com duas pulseiras, quatro pares de brincos de diamante, três anéis com pedras preciosas e vários colares e se aproximou de Yana:

— Isso é para você.

— Eu não quero essas coisas!

— Como não quer?

— Eu não quero e pronto — Yana repetiu, indignada.

— Então por que você veio pra cá? Quem você pensa que é? A honesta do grupo?

— Só os santos são honestos de verdade, mas eu simplesmente não quero ser como vocês.

— Por quê, você é melhor?

— Preciso de pouco pra ser melhor do que vocês.

Louban procurou o apoio de Miša:

— Você corta a língua dela ou deixa com a gente?

— Deixa que eu cuido disso — respondeu o ex-marido, aborrecido.

— Um de nós tem que ir embora! — Yana gritou para Louban e saiu da sala.

— Você não decide nada, vadia! — ele respondeu, também alterado.

— Tem certeza de que você pode sobreviver? — insistiu Verko, indo atrás dela. A disputa entre a soldada de milícia e o principal vilão do grupo estimulava o jovem soldado.

Sem tomar partido, Miša esperou a sua parte do saque.

Yana, aniquilada, voltou ao salão e buscou o apoio dos companheiros de quem se sentia mais próxima. Mas foi ferida duplamente. Sob efeito do álcool, Ivčo falou abertamente:

— Como você acha que eu paguei a faculdade da minha filha?

Aquele mal-estar a acompanharia para sempre, aonde quer que fosse. A decepção, o fracasso do grupo como tal. A Raposa Vermelha e os seus companheiros não passavam de bêbados e de ladrões miseráveis. Talvez Aleksandar, Marko, Miloš e Javor não se comportassem assim, pensou. Mas nunca teria essa certeza.

O eco das palavras de Louban atingiu o quarto ao lado. Miro sentiu o sangue ferver nas veias. Pegou o fuzil, mas foi impedido por Branko.

— Calma, irmão! Não vale a pena! — e correu até Yana. — Vem dormir com a gente, muda de quarto, o Miro tá pirando! — Branko aconselhou, preocupado.

Ela decidiu continuar dormindo onde estava para tentar descobrir se as Raposas tinham encontrado o ouro escondido nas casas de albaneses ou se haviam liquidado os inimigos para roubar as joias. Assim, poderia também domar o impulso de correr para Miro. Desejos e pensamentos a consumiam. Miro não roubava e, por isso, não era amado por seus companheiros. Havia cometido o erro grave de levar a mulher para o cenário de uma guerra que era só deles, uma humilhação que não estava disposta a perdoar. Pelo menos não tão facilmente.

* * *

No dia da festa de primavera de São Jorge, Yana acordou melancólica e em desacordo com o santo. Nada andava do jeito que queria. Nem o suicídio, nem Miro. Durante o café da manhã, deixou-se levar por um sentimento de amargura e, sem avaliar as consequências, engoliu com gosto um copinho de *slivovica*, repetindo pra si mesma que não havia nada que uma dose de cachaça não pudesse adoçar. Pela primeira vez durante a guerra, talvez a única, as Raposas Vermelhas tinham sido convidadas para uma cerimônia religiosa. Não um funeral, mas algo alegre, um encontro agradável em meio às hostilidades, pensava ela enquanto se servia de outra dose. Em homenagem ao santo padroeiro, o pároco havia convidado o grupo para disparar uma salva de tiros ao meio-dia em ponto.

Partiram de caminhão, ela sem nunca abandonar a garrafa, e chegaram em território sérvio. A primeira igreja imediatamente após a fronteira com o Kosovo era um pequeno edifício redondo, cor de terra, no qual se entrava por uma escada confortável e acolhedora, onde o padre os esperava sorrindo.

— Bem-vindos! — cumprimentou.

Comovida, Yana se colocou em fila. Mas ali também estava Louban. E o miliciano também tinha "temperado" o seu café com *slivovica*. Já alterado, apressava os companheiros com atitude de chefe:

— Entrem rápido que está prestes a iniciar a liturgia. Deixem as armas do lado de fora!

Yana respondeu evocando o exemplo do príncipe sérvio que lutou contra os turcos no século catorze.

— Lazar não deixou a sua espada do lado de fora! Levou pra dentro com ele e foi abençoado pelo sacerdote! — replicou, visivelmente contrariada.

— Você não é religiosa? Então entra! — Louban gritou em um tom autoritário.

— Sim, sou religiosa, mas você é que precisa da igreja pra limpar os teus pecados imundos — berrou Yana.

— E você devia ficar em casa com a cara no fogão — rebateu Louban, exprimindo o pensamento que, quase na virada do século vinte e um, ainda dominava homens como ele.

— Vai à merda! — ela disse, fora de si.

Alguns companheiros riram desconcertados notando que, pela primeira vez, a boa soldada tinha tomado um pileque. Bastou um olhar entre Branko e Miro para que entendessem que Yana precisava desaparecer antes que a situação se tornasse irrecuperável.

No entanto, a miliciana continuou:

— Prefiro ser assassinada aqui e agora do que entrar na igreja com você!

— Então fica fora! — Louban a desafiou.

— Mas se você não conseguiu nem que os cinco piores sujeitos do seu grupo te seguissem... — provocou Yana.

O padre, com a voz gentil e conciliadora, tentou apaziguar:

— Vamos entrar?

— Não, padre, eu não quero entrar e faço o que eu quiser — respondeu ela em tom duro, continuando a beber da garrafa.

Ao lado do templo, uma casa com cozinha e sala de almoço prometia indulgência para o estômago. Ali eram feitos os almoços nas festas religiosas. Um tentador aroma de pimentão vinha da cozinha. Branko arrastou Yana até lá e fez com que ela se sentasse no chão.

— Eu hoje não como nada — disse a miliciana.

Sentiu uma cólica no estômago, mas era tarde demais para se arrepender. O dia tinha começado torto, naquela direção acidentada, e assim continuaria até o fim.

Depois da liturgia, Miša chamou doze soldados para se alinharem em frente à igreja. O número de apóstolos. Embora o seu estado momentâneo não o recomendasse, Yana foi escolhida e se pôs em posição. Mas Louban se rebelou. Não a queria ali com os outros. Miša teve que intervir para pacificar o ambiente e deixá-la participar. Para evitar o pior.

Ao meio-dia em ponto, a homenagem a São Jorge previa que todos atirassem para o alto três vezes, juntos.

Uma voz deu a ordem:

— Fogo!

São Jorge foi louvado e os soldados puderam voltar para a *slivovica*.

A longa mesa de almoço estava coberta de delícias simples: pão quente, queijo, pimentões vermelhos grelhados e em conserva. Louban sentou-se à cabeceira, ao lado do padre, o que irritou ainda mais a miliciana. Em jejum para ofender o padre, o efeito do álcool se fez mais forte. Foi arrastada para fora por Branko depois de derramar uma enxurrada bem variada de palavrões.

Não satisfeita, voltou para a sala de almoço, bem a tempo de ouvir o discurso do sacerdote, que tentava levantar o ânimo dos soldados.

— Espero que essa guerra termine logo. Vocês são heróis que querem defender o Kosovo, depois de quase setecentos anos, como o príncipe Lazar. Ele também foi à igreja antes da luta, para receber a bênção! — recitou o padre.

Foi o bastante para Yana Milinić.

— Como você tem coragem de comparar esses quatro idiotas com o príncipe Lazar? — Yana gritou, embriagada e fora de si.

O padre olhou para ela e apertou os lábios, calado. Ela prosseguiu na sua ira contra Louban. A intervenção do ex-marido não tinha servido de nada.

— Vai com calma, Yana — pediu Miša.

— Você? Você cale a sua boca! Se eu tomar mais dois goles, vou te mostrar do que sou capaz!

Os milicianos queriam tirar a arma de Yana para evitar uma tragédia. Louban também sinalizava a Miša para que ele tomasse o fuzil dela.

— Vem pegar aqui se você tem culhão! — desafiou a miliciana olhando para Louban.

— Vou chamar o Miro para te deixar um pouco mais tranquila — disse Louban sarcasticamente.

— Miro só pode me fazer raciocinar quando está excitado. Vai lá verificar e depois traz ele aqui!

Alguns riam enquanto outros realmente se preocupavam. A festa estava se degenerando. Em um gesto ameaçador, Yana se levantou e pousou o fuzil na mesa, com a mão pressionada fortemente sobre ele.

— Agora vamos ver quem tem coragem de me dizer alguma coisa! Uma palavra errada, e o fuzil começa a disparar sozinho! E o meu é muito sensível!

— Dá aqui! — pediu Miša.

— Fechem essa boca suja de esgoto! Vocês estão sempre bêbados, hoje é a minha vez!

Com a emoção à flor da pele típica das bebedeiras, a miliciana pensou em Pavle, o mítico patriarca da Igreja Ortodoxa Sérvia, uma importante autoridade religiosa que se movia em transporte público. Pavle renunciou ao seu automóvel enquanto todos os cidadãos do Kosovo, tanto os de etnia sérvia quanto os de etnia albanesa, não possuíssem um.

— Ele só tem dois relógios, são os seus únicos bens! — disse Yana, repetindo as palavras como fazem os bêbados.

— É melhor perder a cabeça do que a alma — finalizou Miro, retórico.

A frase era de autoria de Pavle e chegou a ser considerada uma aprovação explícita do patriarca à guerra no Kosovo. Miro, que tinha se mantido fora da disputa até então, não resistiu e arrancou Yana dali antes que a bala fosse realmente disparada.

Na escada de pedra, segurou a sua trança enquanto ela, ajoelhada em frente à igreja, chorava e vomitava os seus traumas. Toda a violência que tinha sofrido na vida.

* * *

Quarenta e oito horas depois, Yana Milinić acordou ainda com uma ressaca atordoante e com um pressentimento. A vergonha de ter arruinado a festa de São Jorge piorava a sua condição. Ou talvez, quem sabe, fosse aquele mesmo o dia que ela tanto esperava. Finalmente conseguiria morrer.

Encheu a mochila com a roupa suja. Trocava as meias uma vez a cada dois dias, pois fazia questão de não incrementar ainda mais a fedentina de pés que reinava no dormitório. Dormia sem botas. Os mais medrosos, que temiam ter que fugir descalços caso uma bomba explodisse, dormiam com as pesadas botinas.

Quando chegava a menstruação, Yana vivia o pesadelo de manchar a calça, o que de fato acontecia todos os meses. Providenciava então, naquele instante, a lavagem de um dos dois uniformes. Ela mal podia esperar para sentir o contato com o líquido transparente que a limpava por dentro e por fora. Tinha aprendido a extrai-lo nos lugares mais inesperados. Depois das ações noturnas, quando esperava o amanhecer para voltar ao Repouso, aproveitava a umidade do capim para limpar as mãos e o rosto. Gostava de se sujar para se lavar e sentir aquela sensação de contentamento, de quase anestesia. Esfregava suavemente a palma das mãos na grama e conseguia extrair um pouco do líquido fresco, o capim usado para o gado, no inverno, retinha uma grande quantidade dele. Yana molhava o cabelo e removia do rosto, mais do que a poeira, a lama seca. Também usava assiduamente a água dos reservatórios. Estava ciente de que os seus companheiros desaprovavam a sua relação exagerada com a água.

— Saiba que eles te odeiam porque você usa toda aquela água — Vladan a informava.

— Eles não querem pessoas limpas ao redor deles — respondia Yana secamente. Como podiam reclamar se ela carregava o peso dos latões mais do que os outros?

Arrastava os recipientes de plástico até a fonte próxima à base e, enquanto outra pessoa esperava ao volante do trator, ela enchia os baldes, pequenos e grandes, e os levava para o veículo. Apesar de todo o esforço físico, recebia alfinetadas diariamente.

— Só você é limpa, nós somos todos sujos — instigava Louban.

— E o que você tem a ver com isso? — retrucava Yana.

O adversário declarado não suportava mais a teimosia da miliciana, muito menos a atenção que o comandante lhe dedicava. Poucos dias antes, Goran tinha aparecido para um controle e trouxe com ele um pequeno pacote que entregou à sua soldada.

— Isto é para você.

— Por que, comandante?

— Porque você é mulher.

Os lenços molhados eram a prova de que alguém havia contado ao comandante do seu apreço pela limpeza. Yana considerou o gesto do superior como um presente. Louban o viu como um abuso que não poderia ser aceito. Depois da indignada rejeição ao ouro roubado, o miliciano tinha decidido eliminar a mulher do chefe. Louban sabia que a relação entre Miša e Yana não funcionava mais. Era seu amigo e confidente, e, diante disso, apostou que não seria uma dor assim tão grande.

Yana deixou a base com a mochila nas costas e andou em direção à fonte. Cruzou o asfalto em ritmo lento, expondo-se a um possível atirador de precisão. Sim, aquele podia ser o seu grande dia, ela sentia, e estava pronta para que seu cadáver fosse enviado à Dinamarca para a mãe, que tinha lhe deixado como herança aquele imenso e irremediável vazio.

— Ela que fique com esse corpo imóvel e sem vida — deixou escapar.

Se um franco-atirador a enquadrasse naquela rua deserta e privada de árvores, não teria nenhuma dificuldade em acertar o alvo. Com a cabeça erguida e um ar de ousadia, Yana saiu da rua de asfalto e entrou na trilha de terra. O barulho repentino de um jipe a distraiu. O carro passou e ela continuou a avançar, num passo vagaroso, em direção ao bosque, onde em poucos segundos teria desaparecido do campo de visão de qualquer fuzil. Concluiu, decepcionada, que os inimigos haviam perdido uma grande ocasião.

Ao chegar à nascente, um pedaço de sabonete pulou do bolso da calça, onde ficava escondido. De joelhos, enquanto ouvia o rumor relaxante da cachoeira, esfregou longamente as mãos e os braços. Levou o sabonete ao rosto, aumentando a espuma. Em seguida, o passou nos cabelos. Sentindo-se novamente uma mulher livre de pecado, começou a lavar a roupa.

A menos de vinte metros de distância, o enfurecido Louban tramava, por fim, a sua ação. Tirou o punhal do cinturão. Só uma lâmina poderia apagar aquilo que considerava um ultraje, o comportamento daquela mulher que desafiava a todos, que se sentia assegurada pelo vínculo pessoal com Miša e pela onda de simpatia que conseguia atrair do comandante.

Com a faca cerrada na mão e os passos de um covarde, o miliciano andou na direção de Yana, sem supor, porém, que estava no centro da mira telescópica de um fuzil de precisão. Empunhando um sniper M76 fabricado pela renomada Zastava, Miro, de longe, defendia Yana.

Louban avançou mais dois metros e estava quase coberto pelas árvores, fora da vista do fuzil, quando o primeiro tiro foi disparado. Ao sentir a perna direita ser atingida, soltou um grito antes de cair com a faca na mão. O segundo tiro o atingiu embaixo do estômago, causando uma profusa perda de sangue. Yana ouviu os disparos e correu até ele. Malgrado ter visto a faca que a teria degolado, deu início aos procedimentos de primeiros socorros e estancou o sangramento. Mesmo em agonia, Louban não desistiu de insultá-la:

— Puta!

— Cala a boca, idiota, senão vou deixar você sangrar até morrer.

Naquela noite do fracassado acerto de contas, a miliciana entrou no quarto de Miro com o semblante repacificado. Depois de tanto tempo afastados, pôde finalmente olhar pra ele.

— Oi — disse Yana com doçura.

— Consegui ser perdoado por todas as minhas besteiras? — perguntou Miro, sorrindo.

— Você é o melhor homem que conheci. Tremendamente excitante — brincou.

— Então deixa eu te abraçar. Mas sem a farda!

— Filho da puta!

Trancaram a porta e se jogaram na pequena cama. Era a segunda vez em toda a sua vida que a penetração não lhe parecia um ato de violência. Tudo, cada coisa, sempre tinha sido arrancado dela com brutalidade e prepotência. Mas nos braços de Miro, até o passado mudava. Yana considerou seriamente a possibilidade de alterar os seus planos. Morrer, pra ela, tinha se tornado complicado demais.

No dia em que Louban deixou o hospital militar para voltar pra casa, expulso da Raposa Vermelha, a miliciana chegou perto dele e o cumprimentou em voz baixa:

— Então, quem foi que ganhou? — disse Yana com voz de triunfo, afastando-se sem esperar pela resposta.

* * *

Corpos famintos avançavam devagar na descida íngreme. Tinham perdido a percepção do tempo, do risco, talvez até de si mesmos. Para não deixar pegadas na estrada de terra, os milicianos da Raposa Vermelha marchavam fatigados no meio de um campo de trigo. Voltavam de uma ação que tinha exigido grande esforço de cada um deles, e precisavam chegar ao posto de coleta para pegar o caminhão e voltar à base.

O aparecimento de uma pequena trilha na vegetação trazia a possibilidade de alguma presença indesejada. Branko ficou desconfiado, pegou o atalho e se curvou para olhar mais de perto.

— Javali! — anunciou, eufórico.

Não comiam nada sério havia pelo menos dois dias. Deparar-se com aquele animal pareceu-lhes um presente divino. Ivčo apontou o rifle, ansioso para o banquete.

Fixando o porco selvagem, atirou sem nem esperar a aprovação do grupo.

— Quer começar outro tiroteio? — Branko o repreendeu.

Se a iniciativa de Ivčo estava errada, o seu tiro não foi melhor. Assustado, o animal deu início a uma corrida louca e, vinte metros à frente, quando tocou o solo com as patas dianteiras, saltou pelo ar.

— Não! — gritaram, incrédulos e apavorados.

A explosão do javali informava que estavam todos a um passo de um campo minado.

— Ninguém se mova! — gritou o capitão Stevo. — Devemos ter muito cuidado e voltar seguindo nossos próprios rastros.

— Fiquem parados e calmos! — Miša ordenou nervosamente.

— Como, parados? Eu quero pegar aquele lindo presunto — respondeu Branko. — Aliás, todos aqueles presuntinhos — acrescentou com uma risada.

— Talvez tenhamos que voltar — sugeriu Aleksandar angustiado, apoiado por seus companheiros inseparáveis.

— Vamos fazer um balanço da situação — propôs Nikola, sério, agarrado à metralhadora.

— Balanço de quê?! — Dragan respondeu contrariado. — Se eu morrer agora, seus idiotas, o que vai ficar escrito na minha lápide? Que morri em cima de uma mina? Só os imbecis morrem em uma mina! — desabafou.

— Então cala a boca, se não quiser morrer como imbecil — gritou Miša.

Branko se uniu à brincadeira:

— E eu, que não morri na Bósnia, devo cair aqui? O que dirão depois por aí?

— Queremos um tiroteio como Deus manda! — Ivčo gritou em apoio ao amigo.

— Olhem bem o terreno! — aconselhou o capitão, enviando, em seguida, uma mensagem de rádio para a base.

— Não conte a ninguém como eu morri! — Branko insistiu.

Caíram na risada. Os pés, entretanto, continuavam firmes, sem desgrudarem-se um centímetro do chão.

— Vamos voltar pelo mesmo caminho que fizemos — comandou o capitão.

— Mas, primeiro, vamos pegar os presuntos — Branko se arriscou, desafiando a autoridade do oficial.

— Tá bom — respondeu Stevo, considerando uma proposta sensata.

E, olhando para os outros, acrescentou:

— Você, Ivčo, vai comandar a operação e leva Branko, Miša e Dragan com você. E peguem as costas, que é a parte de que mais gosto! — confessou Stevo.

Dragan não parecia muito disposto a participar daquela operação e começou a se defender à sua maneira.

— Peguei frio ontem à noite, até a merda congelou dentro de mim.

— Você pode parar de falar besteira? — o capitão o repreendeu com firmeza.

Todos os outros se viraram para reconhecer as próprias pegadas e para dar marcha a ré com confiança. Só Yana se opôs à decisão.

— Vamos, meninos, vamos embora. Deixem as coxas daquele pobre animal em paz — tentou persuadi-los.

— Enquanto isso, nós vamos buscá-los. Se você não gosta, depois não come — decidiu Miša.

— Vai ao diabo! — retrucou. — Se vocês conseguirem sobreviver, talvez eu prepare o fogo para vocês. Se morrerem, a gente se diverte vendo vocês explodirem e depois até derramamos algumas lágrimas — completou Yana.

Ela se voltou para os companheiros, pisando nas próprias pegadas até alcançar um lugar seguro, onde já tinham pisado antes, com a certeza de que não explodiriam com uma mina. Então, acomodou-se no chão para assistir ao espetáculo.

— Você não quer me fazer companhia? — perguntou a Miro.

Antes que ele respondesse, Verko se plantou na frente dela.

— Você tá com medo por ele ou apenas por alguma parte dele? — perguntou o soldado com malícia.

— Quer um buraco na testa? Aí colocamos você no fogo também. Você já tá bem marinado de *slivovica* — respondeu Yana sem paciência.

— Eu sou abstêmio. Quer sentir? — Verko ameaçou respirar no nariz dela.

— Não, obrigada. Prefiro morrer mais gloriosamente!

Ivčo liderava a pequena expedição, seguindo os rastros que o animal havia deixado até poucos metros antes de sua infeliz explosão. Branko, Miša e Dragan o seguiram, colocando os pés nas pegadas que o javali tinha deixado. Então, pararam para tentar localizar os pedaços.

— Está ali! — ouviu-se o grito de Ivčo.

— Quem? — Dragan perguntou a Miša.

— O presunto, idiota! — respondeu o chefe.

— Quer apostar que pesa pelo menos dez quilos? — gritou Branko.

Uma faixa de terra de no mínimo sete metros de comprimento se estendia entre eles e a coxa do javali, ainda unida a um robusto fragmento do corpo. Um grande obstáculo ao cobiçado banquete de Ivčo, que, sentindo o suor escorrer pela testa, se ajoelhou para estudar o terreno. Não foi uma tarefa fácil. Era a primeira vez que enfrentava um campo minado depois do que tinha acontecido na Bósnia. Examinou cuidadosamente e não conseguiu encontrar nenhum sinal da presença de minas antipessoal enterradas. No entanto, também não podia garantir que não existissem. De longe, o exigente público exortava:

— Vá em frente! Queremos javali assado!

A vontade de brincar tinha desaparecido entre os quatro milicianos que arriscavam as suas vidas ali.

— Vamos esquecer — sugeriu Miša.

— Não se mexa — ordenou Branko.

— É melhor voltar — ponderou Dragan.

O amedrontado silêncio foi interrompido pelo som de pequenos sinos que se aproximavam. Um modesto rebanho de cabras, seguido por uma velha pastora, ia na direção do grupo que tinha ido recuperar o javali. O rebanho entrou na perigosa faixa de terra que separava os soldados da perna do animal. A idosa conduzia as cabras devagar, com a ajuda de um cão esperto e obediente e de um cajado no qual se apoiava. Devia ter quase oitenta anos, ou tinha envelhecido muito mais cedo. Um lenço de pano sintético claro cobria todo o cabelo, fazendo contraste com as rugas profundas na pele queimada de sol.

Temendo o pior, Ivčo pôs as mãos na cabeça. As cabras, entretanto, passaram ilesas na frente deles. O cachorro, que ajudava a pastora no árduo exercício de arrebanhar, preparou-se para atacar o presunto, mas Branko foi mais rápido. Junto com Ivčo, levantou o pedaço de javali do chão sob os aplausos dos companheiros.

— Bom dia! — cumprimentou a mulher, erguendo o cajado que levava na mão. Naquele instante, Miša havia encontrado outra porção do corpo do animal e comunicou:

— A cabeça!

Mas não foi o único a descobrir. Não conseguindo morder a coxa, o vira-lata agora corria para atacar a cabeça do javali.

— Divan! Volta aqui! — chamou a pastora, aflita.

Foi inútil.

O cão, que já tinha enfrentado bravamente até lobos, morreu vítima do estouro de uma mina sepulta. A mulher paralisou-se por um tempo, as rugas do seu rosto tornaram-se ainda mais visíveis. Dos seus olhos claros, caiu uma lágrima.

— Sinto muito! — disse Ivčo transtornado.

Ela continuou o seu caminho ainda mais solitária. Quando desapareceu da vista, os milicianos carregaram a carne nos ombros. Também obtiveram pedaços de banha e costeletas. Dragan gritou alegre aos companheiros:

— Encontrei outro presunto!

Um aplauso clamoroso se ergueu do grupo.

— Bravo!

— Mas é o do cachorro! — precisou, entre assobios, vaias e alguns insultos.

O retorno à base foi alegre e com um desejo irreprimível na boca.

* * *

Ardendo na chapa quente e começando a ganhar cor, o pernil de javali tinha sido perfurado com faca e polvilhado com Vegeta, uma mistura industrial de ervas que os soldados sérvios carregavam no bolso. Yana Milinić evitava cuidadosamente levantar fumaça para não convidar para o almoço também os inimigos. Preparou a brasa, cobrindo-a com a chapa de metal. Em cima da tenra coxa, espalhou pedaços de banha pura e tiras de toucinho, que dariam um sabor adicional, muito apreciado. Os primeiros cheiros exalados aumentaram a euforia dos milicianos ao redor de Yana, que, no entanto, ficou enraivecida com os muitos palpites de como assar aquele pedaço nobre de porco selvagem.

— Teria sido muito melhor ter cortado em pedaços — disse Dragan criticamente.

Miša, com uma garrafa de *slivovica* na mão e já embriagado, continuou a provocação iniciada pelo amigo:

— Você não regou direito?

— Não.

— Então, vamos regar para você agora!

E derramou a cachaça sérvia sobre a carne, fazendo a fumaça subir.

— Isso! Chama os inimigos, chama! — repreendeu Yana. — Aliás, cozinha você mesmo, se quiser — disse a miliciana.

Ela se afastou da churrasqueira improvisada, entregando a faca de açougueiro e o avental. Mas não sem antes saudá-lo:

— Você é um pé no saco!

O cheiro que saía do pedaço de animal jovem não era selvagem, mas, sim, um aroma suave. Depois de cozido, o pernil foi atacado pelos milicianos, que cercaram o braseiro com faca na mão. Cada um levou a sua bela porção. O cansaço e a fome os mantiveram calados por meia hora. Enquanto ainda se deliciavam com aquela carne pegajosa e saborosa, a intimidade do grupo foi quebrada por uma visita. Dois novos rostos traziam notícias de morte.

Nos últimos dias, o número de vítimas civis na Sérvia, causadas pelos constantes bombardeios da Otan, tinha aumentado consideravelmente. A televisão estatal foi atingida, e somente ali morreram dez pessoas. A embaixada chinesa em Belgrado foi bombardeada, com três vítimas fatais. Mísseis destruíram o hospital civil e o mercado em Niš, um centro industrial e universitário, matando vinte pessoas. Em Pristina, um ônibus foi acertado. Quarenta e sete pessoas morreram no ataque.

Com o estômago saciado, ninguém havia esboçado qualquer reação. Os militares recém-chegados, no entanto, levavam mais uma mensagem: dois soldados daquele batalhão não tinham voltado ao quartel.

* * *

Deixar os cadáveres insepultos teria sido uma demonstração intolerável de fraqueza. Logo que o desaparecimento dos dois soldados sérvios foi anunciado, a Raposa Vermelha começou a se preparar para a ação de resgate dos corpos.

Uma ideia iluminou o pensamento de Yana: levar o repórter alemão naquela missão. Tomou coragem e decidiu apresentá-lo ao comandante, embora a presença da imprensa ocidental nas áreas de combate tivesse sido proibida de cima, diretamente pelo presidente Milošević.

Georg queria ver a guerra? Aquela poderia ser a ocasião certa para integrá-lo à milícia, pensou. Certamente, um testemunho limitado, mas o único que a propaganda de Milošević, tão bem introjetada até por Yana, gostaria de mostrar ao Ocidente.

A miliciana havia confiado em Jung-Mayer desde o início, convencida de sua capacidade de compreender as pessoas. Naquela circunstância, certamente não estaria errada. Era confiável, concluiu.

Enquanto o repórter esperava, ansioso, pelo veredito fora da sala de comando, lá dentro, Yana tentava convencer o comandante, garantindo-lhe a utilidade da participação do jornalista alemão.

— Os cadáveres que serão fotografados serão os nossos — ressaltou Yana.

Podia ser de fato útil, e o comandante concordou.

— Desde que o seu repórter não fale bobagem — advertiu o comandante Goran, olhando para Yana com simpatia enquanto tragava o charuto. — Faça-o colocar um colete à prova de balas. E esclareça os riscos da operação! — ordenou, encerrando a conversa.

— Às suas ordens, comandante! Ele estará sob minha custódia. Eu garanto por ele — prometeu Yana.

Seguiram na direção do Repouso para organizar a partida, satisfeitos e com uma cumplicidade ainda maior. Georg vestiu o colete à prova de balas e uma farda. Não era um soldado, não se sentia confortável nesse papel. Preferia usar o colete de imprensa, mas não o deixaram. A sua presença na operação era oficialmente proibida. Também lhe foi imposto que usasse um capacete.

Analisou todos os cantos do pátio, queixando-se de não poder tirar pelo menos uma foto da base dos milicianos. Também não gostou nada de como as Raposas o olhavam, com irritação e desconfiança.

— Mas o que se passa na cabeça daquela vadia para trazer um estranho aqui? — Dragan procurou o apoio de Miša, que deu uma resposta dura.

— Ele tem autorização do Comando, você não se meta!

Dragan não discutiu. Após a partida de Louban, tinha assumido a liderança do lado podre da Raposa Vermelha.

Chovia mais do que de costume quando, no fim da tarde, os jipes começaram a subir o morro. A verdadeira perturbação, porém, vinha dos aviões militares, que decidiram iniciar um inferno sonoro. Os pilotos da Otan fatigavam para encontrar as bases sérvias, e os ataques aos alvos móveis no solo exigiam que voassem muito baixo. O mau tempo continuava a ser, para os sérvios, um aliado ainda melhor do que a Rússia.

Marchando na estrada de terra, quatro soldados do batalhão acompanhavam Yana e seu grupo, que incluía o jornalista alemão. Georg foi proibido de falar com os milicianos e de fotografá-los.

Depois de duas horas a pé, entraram na floresta. Miro e Ivčo se ajoelharam, empunhando as armas, perscrutando as árvores. Yana e Georg se deitaram de bruços, por segurança. Miša estudava o mapa à espera da informação sobre o local preciso a ser alcançado, que chegaria via rádio.

A chuva parou de cair, e mesmo os aviões haviam dado trégua. A miliciana, no entanto, ouviu um zumbido que parecia apavorá-la até mais que os caças.

— Meu Deus! Pernilongos!

Em vão, tentou cobrir as mãos, puxando as mangas compridas da camisa. Sentiu a primeira picada nos glúteos, apesar do grosso tecido militar da calça. Outras se seguiram, no braço e no pescoço. Tentava mandar o pensamento longe, para não se coçar e abrir ferida. Observou Georg inflado com o colete à prova de balas. Não tinha o corpo atlético de Miro, que por sua vez não possuía a competência política e a capacidade de juízo do alemão. Juntas num só homem, aquelas qualidades seriam imbatíveis, avaliou.

Passaram a noite no mato. Ela descansando algumas horas e Georg sem dormir, pela excitação e pelo medo. Miro manteve distância, respeitando a relação de Yana com o jornalista, ainda que o seu desapontamento fosse notável.

Oito horas depois, receberam a chamada pelo rádio que indicava as coordenadas para onde deveriam ir. Pegaram a estrada numa nova longa caminhada entre arbustos. Naquela quietude absoluta, os pensamentos podiam trazer à mente algo mágico ou sinistro. Yana alternava as duas possibilidades. Eram cinco da manhã, hora dos cavalos selvagens, e ela se lembrou do imponente corcel preto conduzindo a manada, sereno e livre como Miro, que marchava na frente de todos e fazia falta. Yana caminhava atrás do alemão. Passava na sua frente, às vezes, ou ficava ao seu lado, para protegê-lo e para sentir um calor humano, ali, no meio do silêncio pavoroso do Kosovo.

De acordo com o que tinha sido relatado antes, os corpos dos dois soldados estavam na periferia de uma aldeia com poucas casas, como tantas naquela região.

O primeiro cadáver, desprovido de suas botas, estava estendido no chão. O outro, sentado insolitamente em um trator. Traziam as marcas das balas de uma arma automática, uma rajada no peito, quase fazendo uma curva. Exalavam um fedor nauseante. Enormes moscas verdes pairavam avidamente sobre os corpos, procurando seu sangue seco e pútrido. Estavam lá havia três dias, talvez.

— O que o soldado estava fazendo naquele trator? — perguntou o repórter, tentando não vomitar com o cheiro de carne podre.

Yana olhou para seus companheiros, protegendo o nariz com a mão.

— Não faça perguntas. Limite-se ao que você vê — disse ela.

Era muito provável que os dois soldados mortos tivessem ido até lá para roubar. Saíram sozinhos e esbarraram num grupo de guerrilheiros fora do território de seu batalhão. Nada além do roubo justificava a presença deles ali, pensou Yana.

Georg apontou a câmera, mas foi proibido de documentar a cena.

— Ninguém te impedirá de escrever o que você viu, mas não poderá apresentar provas. Sinto muito — estabeleceu Yana.

A soldada parecia envergonhada de censurar Georg, ainda que, ao mesmo tempo, estivesse convencida do que estava fazendo.

— Não podemos pagar pelos atos de dois idiotas — justificou Yana.

Quando a ambulância militar chegou com os sacos pretos para envolver os corpos, os dois defuntos foram retirados com a lentidão de um caminhão de lixo. O cenário combinava à perfeição. A guerra havia transformado a paisagem em um aterro sanitário.

Eles nunca faziam a mesma rota ao retornar de uma operação. O grupo seguiu desvios que alongaram o percurso, e o regresso foi especialmente cansativo. Yana ainda experimentava uma sensação de constrangimento. Georg Jung-Mayer estava desiludido com o comportamento dela. Era notório que aquela guerra não deveria ser documentada.

— Quanto tempo falta? — ele perguntou em voz baixa, depois de horas de caminhada sem pausa.

— Dois quilômetros em linha reta — informou a soldada.

Considerando as curvas e os obstáculos do território, a base ficava a muito mais de dois quilômetros de distância.

Uma brisa refrescante trouxe um cheiro intenso de acácia. A ex-camponesa reconheceu de longe as árvores da sua infância. O feno e um campo de mimosas amarelas restauraram o seu batimento cardíaco. Tinha valido a pena viver um pouco mais e ter aquele instante de satisfação.

Mas o vento trouxe consigo um farfalhar do mato.

— Para o chão! Todos protegidos! — gritou Branko.

Empurrando Georg para baixo, Yana caiu de bruços e começou a atirar para a frente junto com os soldados, que haviam assumido posições. Os inimigos, menos numerosos, responderam a quinze metros de distância. O fogo cruzado durou dez minutos, sendo seguido pela calma. Mas os corpos imóveis de dois dos soldados sérvios permaneceram na estrada.

Georg, chocado com o eco das fuziladas ainda em seus ouvidos e com o coração que martelava forte, procurou o olhar de Yana.

— Tudo bem, Georg? — ela se preocupou com o seu protegido.

— Sim — disse ele, estendendo a mão para a câmera.

— Fica abaixado! Ainda não sabemos se acabou.

Yana olhou rapidamente para Miro, que, em um gesto instintivo de proteção, tinha se aproximado dela durante o tiroteio. Agora, estava prestes a se enfiar nas folhagens. As regras estipulavam que apenas um soldado podia verificar se os inimigos estavam vivos ou mortos. Georg insistiu em segui-lo. Tinha vindo para contar sobre o campo de batalha e agora o tinha ali, na sua frente. Foi retido. Pôde direcionar a lente de sua câmera somente para os corpos deixados na estrada.

No bosque, Miro encontrou um dos inimigos caído de bruços, perfurado por balas. O guerrilheiro usava um uniforme camuflado e carregava nos ombros uma mochila com a inscrição Otan. Então, o miliciano entreviu um rastro de sangue e pegadas.

— Um escapou, mas o que foi ferido ainda pode estar por perto.

Vinte metros mais à frente, descobriram um segundo corpo. E, a um passo dele, outra mochila com a inscrição da Otan.

— A Aliança Atlântica distribuiu kits para os soldados do Exército de Libertação do Kosovo! — o comentário de Georg demonstrava bastante surpresa.

— Vamos andando — disse Miša —, ainda temos um longo caminho a percorrer. Temos que pensar nos dois soldados mortos.

— Um momento! — disse Georg com autoridade.

O repórter queria documentar as mochilas dos guerrilheiros kosovares doadas pela Otan. Desta vez, ninguém o proibiu.

* * *

O relógio marcou quatro da manhã. Enquanto golpeava com gosto o teclado do computador, Georg pensava em como aquele dia vivido com os milicianos sérvios tinha que ser contado em detalhes ricos de significado, com todo o contexto. Só descansava os dedos para pegar o cigarro que queimava sobre o velho cinzeiro do hotel. Mal tinha voltado a fumar, e a antiga tosse também se apresentava outra vez. Envolto em fumaça e em uma espécie de transe, deu um pulo da cadeira quando o hotel tremeu com a passagem de um avião de guerra. Na sequência, o piso balançou ainda mais violentamente. Abraçou o computador para proteger com o corpo o trabalho de horas.

A missão com a Raposa Vermelha resumia bem aquele conflito quase caricatural: poucas lutas, um inimigo escondido nas montanhas, as forças sérvias mutantes como camaleões e poderosos que atacavam do céu, apoiando os guerrilheiros a ponto de abastecê-los de armas e até de mochilas explicitamente patrocinadas, escreveu.

Interessado em descrever a trajetória e os interesses do seu país no conflito, Georg continuou a reportagem. Até um ano antes, existiam só algumas centenas de combatentes kosovares. Tudo indicava que a CIA e o Serviço de Inteligência Alemão, o BND, os tivesse treinado e multiplicado. A Alemanha tinha sido a primeira na Europa a ceder aos americanos, participando do confronto e ajudando os guerrilheiros do Exército de Libertação do Kosovo. Mais tarde, o governo dos Estados Unidos passou a fornecer as armas. Em um ano, o ELK se transformou num exército de trinta mil combatentes. Há denúncias de que parte das armas sejam provenientes do tráfico de drogas controlado pelos albaneses, afirmou o jornalista.

Entusiasmado com o relato, Georg prosseguiu explicando aos leitores do seu pequeno, mas prestigiado, jornal que os Estados Unidos não foram os únicos responsáveis pela guerra no Kosovo. De forma geral, os países do Ocidente queriam desintegrar a Iugoslávia. Em 1991, oito anos antes, a Alemanha tinha sido a primeira nação a reconhecer a independência da Croácia e da Eslovênia. O governo alemão havia incentivado essa separação, que, ao longo dos anos, deu origem a um processo em cadeia de soberania nacional, e um consequente desmembramento da Iugoslávia, por meio de guerras.

Os motivos da Alemanha foram econômicos, de expansão. Afinal, estamos falando de uma Alemanha recém-reunificada, que tinha em seus planos se tornar uma grande potência mundial o mais rápido possível, escreveu.

Fez uma pausa, lembrando das discussões acaloradas que travou com a companheira sobre o papel da Alemanha nos vários conflitos dos Bálcãs. Tinha conhecido Jelena quatro anos antes, em Sarajevo, quando ela terminava a Faculdade de Arquitetura em meio aos escombros do fim da guerra da Bósnia e aos insultos dos últimos soldados sérvios que ainda restavam lá. Georg acompanhava os artilheiros da Brigada Garibaldi, da Itália, que entravam em Sarajevo, quando os sérvios gritavam:

— *Mafiosi maccheroni!*

No canto de um bar crivado de rajadas de metralhadora, estava uma jovem mulher que transmitia uma imagem profunda de abandono. Foi assim que Jelena entrou na reportagem de Georg sobre a libertação de Sarajevo: relatando a dor de ter perdido parentes próximos. Ela acabou por entrar também na vida do repórter. A guerra a forçou a emigrar para Pristina com a família, depois sozinha para a Alemanha, onde ela e Georg se reencontraram.

Agora, ele se via preso em Gnjilane, naquele hotel que milagrosamente se mantinha em pé. Sem saber se chegaria a Pristina para ajudar os sogros. Pior ainda, se poderia abraçar Jelena de novo.

Lembrou-se das ponderações que havia feito quando tinham sido os albaneses a desrespeitarem os pactos diplomáticos estabelecidos. Se qualquer guerra é sempre a prova do fracasso da diplomacia, todos os lados falharam no conflito do Kosovo, escreveu.

Seu pensamento voltou a Yana Milinić, sua única esperança de sair dali. A ele, as guerras tinham dado tanto: sua amada companheira, o prestígio profissional de um correspondente da linha de frente e, agora, a amizade de uma soldada da milícia. Ainda que ele talvez nunca a conhecesse verdadeiramente, aquela amiga de guerra, de passagem na sua vida, havia se tornado indispensável para ele. Tinha prometido a ela que "Conversa sob as estrelas-satélites", um dos textos da história que escrevia, seria publicado somente depois do fim do conflito.

"O espanto de uma guerra assimétrica", pensou também como título. Porque representava muito bem tudo o que estava vivendo no território do Kosovo.

* * *

A cada míssil que explodia, galinhas enlouquecidas gritavam sem parar, aumentando a angústia no enclave sérvio. Num cacarejo melodramático, os voláteis em revolta provocavam o caos tentando voar, batendo as asas e saltando quase meio metro do chão. Em seguida, caíam para trás, confusos, continuando a sua corrida em busca dos abrigos de costume. Mas até os galinheiros tinham sido destruídos.

Atacaram um soldado que passava, bicando-o na perna. Uma bala voou na direção delas e uma das galinhas explodiu. O alvoroço se tornou ainda mais intenso quando a ele se misturaram as sirenes que anunciavam o fim daquele ataque aéreo. Yana tapou os ouvidos.

Pouco a pouco, as aves se acalmaram. Ainda perdendo penas, retomaram o ritual de ciscar por toda a parte, na estrada de terra, na relva e entre espinhos. Sem respeitar as fronteiras entre os dois grupos étnicos em conflito, mostravam que não tinham preferência alguma pelo pão sérvio ou albanês, ambos de origem turca.

Yana e Miro abriram o portão de uma casa e pediram para comprar ovos. Era o aniversário de Ivčo, que vinha demonstrando uma estranha agitação nos últimos dias. Mantinha-se calado e com aparência triste, reservado em seus assuntos particulares. Os dois milicianos queriam agradá-lo com a sua grande paixão: ovos cozidos.

Um rosto assustado apareceu atrás da janela. Uma camponesa sérvia olhou pra eles com hostilidade:

— O que vocês querem?

— Comprar ovos — respondeu Yana.

— Quatro marcos alemães cada um.

A inflexão da voz era um tanto rude e o preço, um claro convite para que fossem embora. Decididamente, os soldados de Milošević não eram bem-vindos. Yana teria preferido opor-se àquela extorsão, levantando significativamente o fuzil que sempre carregava consigo, mas evitou discussões para não chamar a atenção dos soldados regulares.

— Não, obrigada — e foram embora decepcionados.

Além de fazer a surpresa a Ivčo, eles também queriam comer ovos.

— Dane-se ela e as suas galinhas — Miro rebateu furiosamente enquanto se afastavam da casa. — Yana, quantos ovos você quer? Eu volto lá e pego todos os ovos que você quiser! E as galinhas também! — ameaçou, furioso.

— Esqueça, vamos embora.

Ela o puxou pelo braço por todo o caminho de terra, seguida por dois frangos e um vaidoso Canterinho do Kosovo, um galo negro local, que tentou bicar o seu tornozelo. Com um chute, Miro mandou o galo escarafunchar no outro lado da rua.

— O que é isso? — Yana o repreendeu.

— Ele ia te bicar!

A miliciana se aproximou do animal ferido, mas ele deu um salto e escapou, deixando um rastro de penas.

— Pobrezinho.

— Para, vai. É só um galo! Mais uma palavra e ele vai para a panela!

Yana riu e continuou a puxar o companheiro pela aldeia. Um pouco mais adiante, sentados em um banco da praça, os amigos de farda tinham o semblante tenso. Branko parecia quase entediado e Ivčo terminava uma garrafa de *slivovica*. Era a primeira vez que Yana o via beber além da conta. O rosto contraído de Ivčo mostrava bem as duas grandes cicatrizes, uma em cada lado da face. Ela nunca tinha tido a coragem de perguntar o motivo daquelas marcas. Dizia-se que o deslocamento de ar da explosão de uma mina tinha destruído o seu rosto. Havia sido muito bem reconstruído, e sua aparência não causava repugnância em quem o olhava. Yana lamentou não ter podido dar os ovos a ele.

— Parabéns, Ivčo!

— Obrigado.

— Como você está? — Yana perguntou.

— Mal — respondeu.

— O que aconteceu?

Inesperadamente, com gestos teatrais e o movimento mais lento característico dos bêbados, Ivčo tirou da boca duas arcadas de dentadura, chocando os companheiros. Sem nenhum dente, transformou-se numa figura grotesca e assustadora.

— Olha, irmãzinha, o que aconteceu comigo na Bósnia! Uma mina me destruiu!

— Eu não sabia disso — Yana disse com pesar.

— Agora estou reduzido a uma larva humana!

Branko deixou o amigo desabafar. Conhecia bem aquela história. Tinha sido ele a prestar os primeiros socorros, depois que a explosão da mina o deixou sangrando e sem dentes.

Com o fuzil na mão, Ivčo se levantou com dificuldade, dando alguns passos cambaleantes. Miro, que já havia visto nos campos de batalha do que o desespero é capaz, ergueu a arma do banco e a deixou em posição de disparo. Yana o imitou. Alguns segundos depois, Ivčo se voltou, apontando a sua semiautomática para os companheiros.

— Agora, vou matar todos vocês! — gritou fora de si.

Miro e Yana apontaram as suas armas para ele. Branko enfrentou o parceiro com determinação e bastante nervosismo.

— Calma, Ivčo! Não se mova, senão eles vão atirar também. Abaixa o fuzil e pensa na tua filha. Olha para nós, somos nós, teus amigos!

— Não chega perto, senão atiro em você! — Ivčo o ameaçou.

— Calma, irmão! Você não pode pirar nesse momento da vida. Sou eu, Branko, teu melhor amigo. Deixa eu te abraçar, você só está um pouco deprimido.

Arrancou a arma das suas mãos, tranquilizou-o com um abraço de verdadeiro amigo e o levou de volta ao banco. Ivčo chorou muito no seu aniversário de 56 anos.

Branko tinha razão, estava velho demais para enlouquecer.

* * *

Em outro ponto da floresta kosovar, debaixo de bombas, Lady Tortura e Konstantin se deslocavam havia semanas em busca de um esconderijo seguro. Tudo se tornava mais intrincado. Até mesmo o Kalashnikov pesava mais do que antes. Sentiam fortemente o cansaço daquele território montanhoso e, acima de tudo, a pressão dos bombardeios aéreos e da grande caçada sérvia. Eram dois os batalhões que agora os procuravam. Precisavam descansar e encobrir os rastros antes de atravessar a fronteira para o território albanês. Ali, sim, teriam o reconhecimento das autoridades pelo trabalho prestado, imaginou Lady Tortura.

Dois anos antes, quando ainda respondia pelo nome de Brunilda, a sua vida sofreu um grande sobressalto e ela se viu obrigada a viver na rua. Foi forçada a deixar a Albânia depois de queimar o seu capital nas pirâmides financeiras. A ambição da tia foi a responsável por colocá-la naquela condição, pois ela a havia convencido a investir, no sistema financeiro proposto pelo governo albanês, todas as economias que os pais deixaram antes de fugir para China, Rússia ou para onde quer que tenham decidido ir.

Também a tia, que havia investido a própria casa, acabou na rua. Mas teve o fim que merecia, pensou satisfeita. E sem que ninguém pudesse supor que tivesse sido ela a disparar o tiro fatal. Na Revolta das Pirâmides, a guerra civil que se instalou em Tirana e outras cidades albanesas, muita gente atirava pelas ruas. Brunilda roubou a arma de um soldado morto para se proteger da multidão enfurecida. Sem que se desse conta, a apontou contra a tia, que implorou para continuar vivendo. As súplicas, no entanto, em vez de convencê-la a desistir de atirar, fizeram com que ela apertasse o gatilho.

Konstantin deu o sinal sonoro para os guerrilheiros que os protegiam, um mais à frente e outro na retaguarda. Lady Tortura se sentou para comer embaixo de uma árvore, no bosque fechado.

Enquanto abria a lata de carne de vitela, perguntava-se como teria sido a sua vida se, em vez do Kosovo, tivesse ido para a Itália, separada da Albânia apenas por um estreito braço de mar. Pelo menos, não estaria fugindo como um animal encurralado, pensou. Se os investimentos nas pirâmides financeiras tivessem dado a renda prometida, diante da economia de mercado selvagem que se formou na Albânia depois do fim do regime comunista, ela teria ido para a Puglia, como tantos albaneses. Já conhecia bem o idioma. Afinal, as imagens da televisão italiana, principalmente da RAI, cujo sinal chegava gratuitamente às antenas do seu país, tinham mostrado aos albaneses muito mais do que as belas paisagens da Itália ou o seu rico patrimônio cultural. Tinham apresentado, para um comunismo agonizante, um estilo de vida de bem-estar, que acabou ajudando a convencer o povo albanês de que se vivia melhor do outro lado do mar Adriático.

— Temos que prosseguir — avisou Konstantin, interrompendo os pensamentos da amante.

— Quanto falta? — perguntou contrariada.

— Duas montanhas, ainda.

Lady Tortura se levantou e reiniciou a marcha, sonhando com as belas planícies e o mar cristalino da Puglia.

* * *

As montanhas se tornariam ainda mais árduas e de difícil acesso. A primeira vez que Yana Milinić ouviu falar de um lugar chamado Bolso, jamais imaginaria que se tratasse de um fragmento do mapa do Kosovo, ruinoso e inoportuno. No extremo sul, na fronteira entre Albânia e Macedônia, na forma do bolso de uma calça.

Naquele dia, foi Aleksandar, com a voz velada, a ressuscitar aquele canto remoto do território kosovar.

— Vamos ao Bolso. Lá, sim, que se morre — afirmou o professor.

Fazia poucos dias que Aleksandar tinha feito o pedido para ir embora, depois de receber um telegrama transmitido pelo capitão.

A mãe estava hospitalizada. Filho único, com o pai morto há anos, cabia a ele assumir aquela situação familiar. Divorciado, sem filhos, não podia nem contar com a ex-mulher, casada novamente com um montenegrino e, sobretudo, distante.

Estava ansioso para voltar a Novi Sad. A mãe tinha implorado que ele não fosse para a guerra. Ele se arrependia amargamente de não a ter escutado.

— Fui um idiota. Não deveria ter vindo aqui — confessou a Javor e Miloš.

O motivo nacionalista não o movia minimamente, nem aos outros meninos de Novi Sad. Tinham ido ao Kosovo por dinheiro, cansados de ganhar uma miséria ou de ficarem desempregados. Quando Marko foi embora com a perna ferida, Aleksandar sentiu os primeiros impulsos de desertar. Ainda que fosse um voluntário, decidiu esperar o momento certo, com cautela.

A sua chance, enfim, havia chegado. Não aguentava mais aquele conflito. Antes, porém, teria que enfrentar, junto com os companheiros, o temeroso Bolso.

A missão começou num bosque nos arredores de Dragaš, em uma noite sem lua. Inseguros, tremendo de frio e carregando as pesadas granadas nos ombros, tinham sido informados de que seria um ataque em grande escala a uma base do ELK que, daquele lado, alimentava as operações dos vizinhos albaneses.

Sentado na grama úmida e gelada, à espera do início de outra longa caminhada, Aleksandar olhava para o nada. Tinha feito de tudo para evitar aquela última missão, naquele lugar. Quem sabe conseguiria se salvar e voltar para casa, pensou.

— Se tem uma vantagem de estar aqui, é não ouvir mais os caças em cima da cabeça — disse Javor, tentando incutir coragem ao amigo.

A noite trouxe com ela uma camada de gelo nas folhas, na lama, nos furgões estacionados nos povoados fora da cidade. Por volta das dez da noite, os milicianos começaram a viagem, que duraria algumas horas, até o ponto escolhido para a ação.

Deram os primeiros passos em um terreno tão escorregadio, que fez lembrar um rinque de patinação. Em poucos minutos, Miloš deslizou em um buraco que se formou na terra, torcendo um pé e caindo cinco metros abaixo.

— Ai! Acho que quebrei um pé! — gritou, enquanto Aleksandar e Javor o resgatavam.

Miša veio lá de trás para repreendê-lo:

— Você é burro? Não viu o buraco?

— E como podia ter visto se tá escuro? — Aleksandar o defendeu.

— Tá doendo muito...

Todos pararam para ajudar o miliciano, e também porque ninguém teria conseguido continuar sem correr riscos. Não restavam dúvidas: Miloš tinha machucado gravemente o pé, ou o tornozelo, e precisava voltar à base. O grupo teria que decidir o que fazer. Miša avisou o Comando e chamou uma ambulância militar. Ele e os voluntários improvisaram bengalas feitas de galhos para todos, somente assim poderiam prosseguir a caminhada.

O incidente atrasou a partida em mais de uma hora. Miloš foi levado pela ambulância. Os milicianos recomeçaram a andar, indo tão devagar para não deslizar, que o líder do grupo entrou em pânico. A segurança da missão dependia daquele princípio que, para as forças armadas sérvias, era fundamental: atacar na hora em que o ser humano é mais frágil.

Quanto mais a fila desacelerava, mais Miša tentava forçá-la a aumentar o passo, sem, no entanto, ter sucesso. O que obteve foi outro escorregão, desta vez do pequeno Vladan.

— Imbecil! — Miša gritou na cara dele.

— Mas foi você que me deu um empurrão! — Vladan respondeu choramingando.

Já era tarde para voltar, e o menino prosseguiu mancando e com lágrimas nos olhos, mais de humilhação do que de dor.

Foi uma marcha nervosa, uma das mais difíceis que a Raposa Vermelha tinha enfrentado. As horas andavam mais rapidamente do que os passos. Subiam muito lentamente a montanha inclinada, em fila indiana, cada um com uma mão no ombro do companheiro da frente para que ninguém se perdesse. A missão sofreu um atraso de mais de três horas, colocando em risco a vida de todos.

No momento em que chegaram à posição indicada, que dominava todo um vale, Miša decidiu não dividir os soldados em grupos, mas mantê-los unidos, posicionados não muito longe de um galpão isolado de uma fábrica de móveis. As teias de aranha nos cantos do telhado indicavam que o local devia estar abandonado há muito tempo.

Rapidamente, predispuseram o terreno para o lançamento das granadas. O nervosismo do técnico de precisão, ao ter que identificar as coordenadas exatas do ataque em poucos minutos, contagiou os operadores dos morteiros. Eles também tinham pouco tempo para montar os aparelhos.

Os que carregavam as granadas apoiaram as ogivas no chão. Estavam prestes a deixar a posição, quando uma rajada de Kalashnikov foi ouvida do lado esquerdo do bosque. Não durou mais do que quarenta segundos, depois tudo ficou quieto.

— Foi um sinal — avisou Miša, muito preocupado.

— Não é melhor renunciar ao ataque? — perguntou Dragan.

— Tá maluco? E como vamos sair daqui?

— Estão esperando uma resposta para atacar — Branko ressaltou.

— Então sabem que estamos aqui? — perguntou Yana.

— Parece que sim — respondeu Miro — e avisaram a base deles.

— O que fazemos? — Ivčo perguntou ao líder do grupo.

Miša não respondeu. A rajada solitária mostrou que não seria mais um ataque surpresa. A Raposa Vermelha precisava mudar de estratégia. Eram quatro da manhã, uma hora além do que consideravam o momento ideal para atacar, e ele decidiu ganhar tempo tentando confundir os seus inimigos.

— Vamos esperar — ordenou Miša.

Seguiu-se um silêncio de tumba. A situação se complicava mais do que poderiam prever. Fugir seria arriscado e os milicianos não teriam tempo de levar as armas pesadas de volta. Também não podiam deixar a preciosa munição ali no chão. A única alternativa seria esperar e, então, bombardear ao mesmo tempo as duas frentes, a base do ELK e a parte da floresta de onde tinham partido os tiros. Só assim teriam alguma chance de sobreviver, disse Branko a Miša.

Prepararam-se para um ataque maciço, a fim de neutralizar aquelas duas frentes. Os dados de lançamento dos morteiros foram recalculados e alterados. Quando o relógio indicou vinte minutos para as cinco, enquanto ainda reinava a escuridão, Miša deu a ordem:

— Preparar!

Os morteiros foram carregados. A metralhadora foi colocada em posição. Os milicianos jaziam no chão prontos para atirar, seja com granada, fuzil ou, num caso extremo, com as duas bombas de mão que carregavam presas aos cintos. No auge do nervosismo, tentavam se manter concentrados. Estavam investindo tudo naquele ataque. Seria vida ou morte.

— Fogo!

As primeiras granadas abriram simultaneamente feixes de luz em dois pontos diferentes da noite. Um mais próximo das Raposas e outro muito mais profundo, tão distante que não se apostaria numa reação dos guerrilheiros. Mas a resposta do inimigo veio depois de menos de trinta segundos. As balas partiam do lado esquerdo e do centro, onde supostamente ficava a base inimiga.

— Para a fábrica! — gritou Branko. E, dirigindo-se a Ivčo: — Nós continuamos lançando!

Aquela, sim, era uma batalha como Deus comanda. Ao lado deles, agachados na terra congelada, as granadas eram entregues por Yana e Miro diretamente nas mãos de Branko e Ivčo. Aleksandar e Javor levavam as ogivas ao segundo morteiro. Dragan arrastou os milicianos para trás das paredes do galpão da fábrica e, ajudado por Verko, arrombou a porta. Barricados no interior, procuraram janelas ou buracos de onde atirar.

A resposta dos guerrilheiros do ELK ficou mais forte.

Atiradores entraram em cena atingindo também o lado direito dos milicianos sérvios.

— Rápido! Movam os morteiros! — Miša gritou, orientando os outros a entrarem na fábrica: — Rápido, ali dentro!

Em segundos, Branko e Ivčo desmontaram parte do tripé, carregaram o tubo de lançamento das granadas e correram bem perto do galpão, deixando uma margem de segurança para não bombardearem os próprios companheiros. Procuraram a proteção das árvores e um chão de terra para suas armas.

— Peguem as granadas! Tomem cuidado! — Miša ordenou, correndo também em direção ao prédio, levando consigo apenas o seu fuzil.

Uma imagem que um tênue raio de lua foi capaz de denunciar, mesmo no escuro da noite. Tinha sido sempre assim, pensou Yana. A covardia do ex-marido deu-lhe coragem e ela se lembrou do pequeno Vladan. Alguém teria que ajudar o jovem miliciano, manco, a se proteger. Yana e Miro o encontraram deitado atrás de uma árvore, tremendo, com as mãos nos ouvidos. Eles o arrastaram até a porta da fábrica e voltaram para recuperar o resto da munição.

— Cuidado com os morteiros! — gritou Miro abalado, com medo de que Yana pudesse ser atingida pelas próprias granadas que tinham carregado.

Enquanto isso, os outros também correram para recuperar as granadas do solo e levá-las para as novas posições dos outros morteiros. O bombardeio deveria continuar sem interrupção para destruir a resistência do inimigo. Aleksandar chegou até Bartolomej e Luka com a mochila cheia. Deixou a munição e se preparava para correr à fábrica, quando percebeu que Javor não vinha atrás dele. Correndo em ziguezague como um louco para evitar as balas, voltou em busca do amigo. Encontrou Javor estendido, respirando com dificuldade e abraçado à sua mochila cheia de granadas. Estava crivado de balas.

— Espera, irmão! Vou te levar para um lugar seguro! — berrou, para ser ouvido naquele estrondo.

Aleksandar agarrou seus braços para arrastá-lo, mas o terreno não permitia. Abaixou-se para entender quanto sangue o seu amigo perdia e o viu chorando, enquanto tentava falar.

— Ale, foge — disse Javor com um fio de voz.

Ignorando-o, Aleksandar tentou, com grande esforço, erguer aquele corpo enorme, mas Javor não respondeu mais às suas palavras. As suas pernas se dobraram, derrubando os dois no chão. Aleksandar teve tempo para um último grito desesperado:

— Socorro!

Ninguém conseguiu ouvi-lo de dentro da fábrica ou detrás dos morteiros. Aquele grito permaneceu no ar, vagando, até ser engolido por uma explosão muito forte que bloqueou os seus ouvidos. Aleksandar pensou na mãe no hospital e tudo escureceu. Uma sucessão de explosões fez os dois amigos de Novi Sad voarem pelo ar. Dos seus corpos, não restava mais nada. O impacto das detonações, além de abalar a estrutura da antiga fábrica, abriu uma enorme cratera onde estavam Aleksander e Javor. O deslocamento de ar arremessou Yana e Miro ao chão. Ambos estavam parados em frente à porta do galpão, e dentro dele todos ficaram em estado de choque.

— Branko e Ivčo! — gritou Yana, nem mesmo ouvindo o som de sua própria voz.

No morteiro mais próximo das explosões, os dois homens estavam inconscientes. Voltaram a si com alguns minutos de diferença um do outro. Branko, com o coração que batia descontrolado e a sensação de ter sido salvo por milagre. Ivčo, apavorado, imediatamente levou a mão à boca, mas os dentes estavam lá. Um pouco mais longe, Luka machucou levemente o pé, traído pelo próprio susto, enquanto Dimitar, Bartolomej e Adam não tinham sofrido nem um arranhão.

A operação foi retomada e todas as bombas, lançadas até o fim, silenciando a resistência dos inimigos. As frentes laterais se renderam. Porém, a base do ELK permanecia disparando no centro, ainda que com muito menos força. E foi diminuindo até parar completamente.

Enquanto isso, o céu mudava de tom, de um preto intenso para raios de um vermelho purpúreo. Era hora de fugir com pressa, chegar o mais rápido possível à estrada onde o caminhão militar os esperava para levá-los dali em instantes. Não poderiam nem mesmo procurar pelos restos mortais dos companheiros caídos.

As granadas que Javor mantinha na mochila tinham explodido, acionadas pela bomba de mão que ele havia removido do cinto e posto junto com a munição dos morteiros. Cometeu um erro muito grave, pagando com a vida e levando consigo também o seu melhor amigo.

Yana não se conformou que tivesse sido o lado bom da Raposa Vermelha a morrer no front. Voltou à base em luto profundo pelos meninos de Novi Sad. E, como os outros soldados de milícia, com a angustiante sensação de ter perdido aquela guerra.

* * *

Canções vinham dos bares, mercearias e até de casas sérvias. Yana Milinić pensava na fragilidade do povo balcânico, tão impotente perante as bombas, que precisava exorcizar a morte com um som ouvido ao máximo. Melodias ciganas, música polifônica popular que a miliciana conhecia bem. Reconheceu os acordes vibrantes de Bregović, da música "Kalashnikov", e abriu um largo sorriso. Caminhando pela calçada atravancada pelos escombros, nada podia parecer mais apropriado.

Nem mesmo o conflito armado conseguia cancelar aquele ar excitante que Gnjilane irradiava. Uma atmosfera de risco, de euforia violenta, comum às cidades de fronteira. Yana se sentia forte. Tinha o seu fuzil e tinha Miro.

Duzentos metros mais adiante, no bar Radost, que já na placa anunciava uma Alegria deslocada naqueles meses de guerra, Georg Jung-Mayer bebeu duas cervejas enquanto esperava uma resposta. Tinha conseguido uma coleção de fotos de prédios destruídos, população em fuga, entrevistas com sérvios e kosovares feitas às escondidas. Precisava partir para Pristina. Se Yana não o acompanhasse, seria impossível fazer a viagem sozinho.

Do outro lado da rua, ela ergueu o polegar para indicar a solução para o seu drama. Georg finalmente conseguiu relaxar.

Agarrada à sua arma, Yana entrou em uma das poucas lojas abertas naquela hora. Um empório dirigido por kosovares.

— Com licença, tá aberto? — perguntou educadamente.

Queria comprar sabonete. Examinou cuidadosamente os dois tipos disponíveis, rosa e lavanda. Imaginou-se removendo a sujeira da pele, impregnada por aquele perfume de rosas. O proprietário da etnia inimiga a serviu, fingindo normalidade. Quando os outros milicianos chegaram, ele se encostou à parede, com um inequívoco gesto de temor, quase de rendição.

Yana tirou o dinheiro do bolso, pagou e agradeceu. Nem todos os sérvios se comportavam como ela. Quando os milicianos saíram da pequena loja, ela conseguiu interpretar facilmente o que podia estar passando pelas suas mentes. Tinha aprendido a reconhecer aquela expressão provocadora e a sua intuição não a enganava. As Raposas Vermelhas estavam decidindo colocar fogo no armazém de alimentos e primeiras necessidades. Mais uma vez, tentou trazê-los de volta à razão. Aquela loja não devia ser tocada.

Na calçada oposta, à mesa do bar, Georg esperava com ansiedade pelos detalhes da partida. Yana se juntou a ele e subitamente informou que a viagem seria no dia seguinte, às sete da manhã.

— Encha o tanque que partimos!

Um copo selou o acordo.

— Saúde! — brindou Georg.

Yana bebeu a cerveja num só gole e seguiu o seu caminho.

No dia seguinte, uma nova aventura começaria naquele Kosovo cor de chumbo, perfurado por mísseis, e ela não tinha a mínima ideia de como tudo iria acabar.

* * *

Os contrabandistas de gasolina e cigarro eram mais numerosos do que os verdureiros ou padeiros. Georg Jung-Mayer, inevitavelmente, tinha voltado ao velho vício. Pegou o rumo de uma casa que lhe tinha sido indicada no hotel, não longe do centro e escondida pela fachada de outro prédio que a protegia de olhares indiscretos. Apresentou-se como hóspede do Krystal e pediu quatro pacotes de cigarro e vinte litros de combustível. Faria uma viagem de sessenta quilômetros que, sob o fogo constante dos aviões da Coalizão Norte Atlântica, poderia aparentar uma eternidade.

Estacionou o carro nos fundos da garagem da casa. Com discrição, dois homens realizaram a entrega.

Georg prosseguiu para o bar Radost. A despedida de Gnjilane seria celebrada com uma bela porção de boreka, que a dona do bar tinha prometido fazer especialmente para ele. O jornalista pensou na companheira, que preparava uma receita incomparável daquela torta de queijo, já tão popular na cozinha otomana.

No dia seguinte, consumiu o café da manhã pontualmente às seis. Seria impróprio chamar de café o líquido preto na xícara. No melhor hotel de Gnjilane, o pó do grão tinha sido misturado a uma generosa dose de farinha de soja. Vestiu com calma o colete à prova de balas, julgando natural o seu nervosismo. As cervejas abundantes da noite anterior causavam-lhe um certo mal-estar. Para Georg Jung-Mayer, aquela não era uma boa sensação. Recolheu os papéis espalhados pela sala, o computador, a câmera, os cigarros.

Na tentativa de falar com Pristina, de madrugada, havia interrompido a arrumação das malas. A ligação caiu várias vezes e ele não tinha certeza se a cunhada o entendia. Então, adormeceu, pensando no desafio da viagem. Pegou o envelope do cofre e o escondeu na cintura. Jogou tudo dentro das bolsas e deixou o hotel com pressa.

Atravessou de carro a cidade kosovar, observando os destroços que se acumulavam às margens das ruas. Instintivamente, abaixou a cabeça ao ouvir o estrondo de um caça. Yana, junto com Miro, ia atrás dele, o escoltava em um carro civil, tirado de alguma garagem. Era sincera na sua tentativa de ajudar o jornalista a encontrar os sogros pela primeira vez, a entregar o dinheiro para que deixassem a região balcânica.

O asfalto molhado talvez não fosse um bom começo. A rodovia, no entanto, estava deserta, nenhum carro vinha na direção deles ou na direção oposta. Nenhum sinal de vida nos campos ou nas fábricas. Havia somente a paisagem chuvosa, que dava à vegetação um toque maior de melancolia com o seu verde queimado, de transição, em que ainda se distinguia algum resquício do inverno já passado, e do verde vivo do auge da primavera.

Aquela estreita faixa preta e áspera de um asfalto velho e maltratado não podia ser percorrida a oitenta por hora. Tinham entrado na estrada a sessenta, mas, para evitar as bombas aéreas, aumentaram a velocidade.

Uma freada em uma curva fez o Fiat Bravo derrapar. Atrás, Miro, que estava ao volante, também freou abruptamente.

— Se segura! — gritou para Yana.

O buraco parecia um pequeno lago. Para atravessá-lo, tiveram que passar muito devagar. Georg fechou os olhos, com medo de se tornar alvo dos aviões.

— Graças a Deus está chovendo! — Yana disse a Miro.

Com o mau tempo e com os caças acima das nuvens, era mais fácil chegar vivo. A estrada, porém, se tornava escorregadia. Georg pisou fundo no acelerador e depois diminuiu a velocidade para que as rodas grudassem no asfalto molhado. Então, acelerou novamente. Ouviu-se uma explosão distante. Tinham que se apressar, estava ficando muito perigoso. Os aviões começavam a voltar para outro dia infernal. Georg acelerou ainda mais, conseguindo percorrer um bom trecho da estrada.

De repente, o carro sinalizou um problema. Georg reduziu o motor até parar completamente. Miro parou logo atrás. Com o fuzil em posição, Yana saltou para vigiar a estrada. Miro acenou para o alemão abrir o capô do Fiat e o examinou. Bastaram poucos segundos.

— Gasolina suja!

Misturar água ao combustível era hábito não só dos traficantes, mas até de postos de gasolina legais. Em poucos segundos, Georg foi jogado no banco de trás do carro de Miro junto com seu computador.

— Os cigarros! — o alemão gritou em vão.

Os dois milicianos não ouviram. Enquanto Yana pegava a câmera, Miro tirava a bolsa grande do porta-malas e entrava no carro, dando partida e acelerando com grande fragor. Georg se virou para olhar o Fiat, que ficava naquela estrada vazia.

— O que vou fazer sem carro no Kosovo no meio de uma guerra?

— Escuta aqui — Yana respondeu impaciente —, meu trabalho é te levar em segurança a Pristina. E assim o farei!

— Sem cigarro! — suspirou o alemão, um tanto irritado com os desdobramentos.

— Juro pela imagem de São Jorge que te largo vivo em frente ao Grande Hotel — desabafou a miliciana.

Yana tirou um maço do bolso, oferecendo seus últimos cigarros aos companheiros de viagem. Estava frustrada. Ela também contava com o suprimento de tabaco do alemão.

Um aguaceiro começava a engolir a estrada. O tapete preto, cheio de poças, refletia nuvens ainda mais carregadas. Depois da trégua dos aviões, o único ruído a quebrar o silêncio veio da chuva no para-brisa e no teto do velho carro.

Uma cólica repentina forçou Yana a contrair os músculos do abdômen. Era a dor que a incomodava uma vez por mês, lembrando-a de que era uma mulher.

Quando a chuva parou e o céu clareou, algo irreal apareceu do outro lado da rodovia, alarmando a todos. Dois faróis brilhavam sob os raios de um sol fraco. Um carro civil, um Lada azul metálico, avançava na direção deles. A miliciana pegou a arma e esperou. Miro diminuiu a velocidade. Os ocupantes do Lada dispararam dois tiros para o ar. Os dois milicianos deram um suspiro de alívio. Tratava-se de um sinal sérvio para informar que não atirassem. Mas e se dentro do Lada tivesse um albanês que conhecesse aquele sinal combinado entre os sérvios? Yana respondeu com dois tiros de reconhecimento, permanecendo em alerta. Miro parou no meio da estrada, a cerca de dez metros do carro de fabricação russa. Yana saltou, mirando o fuzil nos dois homens, que também avançavam com as armas apontadas.

— Estamos com vocês! — um deles gritou ao reconhecer o uniforme sérvio.

Sorrindo, porque Miro ria mesmo quando atirava, ele perguntou aos estranhos:

— Vocês são dos nossos? Mostrem os documentos!

Yana manteve a arma apontada enquanto os dois pegavam os documentos. Seu rosto estava impassível como o mármore, e não se alterou nem mesmo quando Miro, com uma expressão ao mesmo tempo maldosa e divertida, os ameaçou:

— Não se movam, senão vou soltar a soldada contra vocês!

Os papéis confirmaram que eram policiais sérvios, à paisana, que voltavam para casa por dois ou três dias. A polícia e as forças de segurança ajudavam o exército com milhares de homens.

— Aonde você vai? — Yana perguntou.

— Bujanovac — respondeu um deles, olhando atentamente para dentro do carro.

Imóvel no banco de trás, Georg espiava os dois estranhos assustado e, ao mesmo tempo, interessado nos bolsos deles, caso conseguisse reconhecer um maço de cigarros. Ouviu, no entanto, a voz suplicante de um dos policiais:

— Você tem um cigarro?

Georg queria sair dali com a fugacidade dos caças que, de novo, voltavam a voar com o seu barulho medonho.

Descontrolado, gritou em alemão:

— Vamos para a estrada, pelo amor de Deus!

* * *

Dois arco-íris tinham se formado à esquerda da rodovia deserta, atrás da vegetação ainda molhada. Yana observou os espectros de luz. Por um momento, temeu que até mesmo a guerra pudesse se tratar de um fenômeno óptico, capaz de desaparecer em poucos segundos. Mas, ao contrário, era sempre mais longa do que o anunciado. Se fosse por sua vontade, em nome da felicidade que experimentava com Miro, duraria ainda muito tempo.

Um silêncio quase religioso pairava sobre os três viajantes. Como se perseguisse aquelas listas multicoloridas, Miro pegou a saída para Gračanica. A prioridade era conseguir acalmar o jornalista alemão. A adrenalina, o medo e a abstinência do vício o deixavam muito agitado.

Todas as portas das lojas ainda estavam fechadas na primeira aldeia. Não havia quem vendesse cigarros ou similares e, olhando mais adiante, só conseguiram arranjar uma *slivovica*. Chegando a outro município, obtiveram a indicação de um vendedor de tabaco.

— Graças a Deus! — disse Georg.

Pagou os cigarros em marcos alemães, dando, sem reclamar, cinco vezes o valor pelo qual eram vendidos antes da guerra. Yana teve até que pagar para ir ao banheiro. A confirmação de que o seu fluxo não havia causado grandes manchas na calça militar a deixou aliviada. Depois de fumar dois cigarros seguidos, Georg finalmente se acalmou.

Miroslav não voltou para a estrada que levava a Pristina. Continuou na M25 para Gračanica, buscando, talvez, a beleza do famoso monastério. Ou a força espiritual daquela terra.

A obra monumental apareceu diante dos três como algo nunca visto antes no cenário kosovar. O mosteiro de Gračanica, uma imensa arquitetura medieval, de tradição bizantina, era feito de blocos de pedras de diversos tons, que refletiam raios de luz vermelhos, rosas e amarelos. Uma igreja com cinco cúpulas, quatro nas torres laterais, menores, e uma grandiosa no centro. Yana considerava os mosteiros os bens mais valiosos naquele Kosovo devastado. O edifício, que existia desde 1321, antes da invasão turca, agora estava ameaçado pelas bombas. Seria uma dor terrível para a ex-camponesa.

Georg queria entrar para fotografar o monumento, e Miro pensou que, desde o vexame da bebedeira na igreja, Yana tinha os seus bons motivos para fazer as pazes com São Jorge. Chegando ao grande portal de entrada, colocaram as armas nos ombros e tocaram a campainha. Ninguém respondeu.

— Não está trancada — disse Georg, golpeando a porta com o batedor.

Ainda que tivesse pressa de chegar a Pristina, aquele lugar o fascinava. Precisava saber se a coalizão de países ocidentais o tinha bombardeado. Em cima do muro fortificado, uma cerca de arame farpado denunciava a hostilidade da região. Enquanto Miro batia ainda mais forte na porta em arco, Yana espiou por uma fresta da entrada. Ficou petrificada com o que viu.

— Santo Deus!

— O que é? — perguntou Georg, preocupado.

— Tem um urso lá dentro!

Um farfalhar de ferro enferrujado antecipou a abertura parcial da grande porta. A figura de uma jovem noviça os examinou, titubeante.

— Viemos em paz — assegurou a soldada.

Muitos refugiados estavam alojados no jardim do mosteiro, indiscriminadamente. Sérvios ortodoxos, albaneses de religião islâmica. Lá, estranhamente, a presença dos inimigos não despertou a aversão de Yana, e o poder do fuzil tampouco a exaltou. Aquele lugar a encantou à primeira vista. Parecia verdadeiramente aberto e distante de qualquer preconceito étnico ou religioso. Ali não existiam hostilidades: qualquer um era bem-vindo.

Cruzaram o jardim. Miro dirigiu-se à igreja. Georg o seguiu sem esconder a admiração:

— Maravilhoso!

Uma beleza chocante, diferente de tudo o que ele conhecia das igrejas católicas. Sobre um fundo azul-marinho, os afrescos cobriam as paredes de ouro, com uma infinidade de personagens sagrados ao lado de Milutin, o rei da Sérvia que construiu a aliança com Bizâncio.

— Uma arte verdadeiramente notável, que mistura diferentes estilos e épocas — observou Georg.

Yana se apegava a um forte argumento para ficar do lado de fora. Quando criança, havia sido ensinada que mulheres menstruadas não podiam entrar na igreja. No fundo, estava feliz por ter recebido o fluxo, pois não se sentia limpa o suficiente para encontrar o divino.

Atraída pelo jardim incomum, caminhou entre as barracas armadas na grama, revivendo uma das memórias da infância. Em um canto, mais afastado do que os refugiados exaustos, o urso descansava sob uma árvore, amarrado a uma carroça ligada a dois cavalos. A focinheira de ferro dava a ele uma expressão de desamparo, uma aparência cansada e envelhecida, com os pelos no focinho de um castanho pálido, quase amarelo.

Tal qual nos pequenos circos de família, sob a carroça de madeira, marido e mulher responderam à saudação de Yana. O olhar perdido do cigano dirigiu-se ao banco, convidando a hóspede a se sentar. Ao lado dele, a cigana levantou-se e sorriu. Naquele instante, Yana percebeu vozes vindo da carroça. Duas crianças brincavam com dois filhotes de urso na coleira.

— Cuidado para não se machucarem! — gritou a mãe.

Nem parecia real. Yana deu um salto no tempo, para quando os grupos de teatro de rua chegavam à sua aldeia. Lá, a mãe ursa e seus dois ursinhos dançavam saltitando. Somente uma vez a avó a tinha levado a um espetáculo em frente à igreja, e ela nunca mais se esqueceu. O homem do tambor, a mulher da saia longa e colorida, que passava com a cesta recebendo as ofertas em dinheiro. A música era tão inebriante, que Yana fantasiou uma vida errante, livre, com animais e uma família que a amasse.

Anos mais tarde, descobriu que os ursos não pulavam para acompanhar a música ou para divertir o público, mas para evitar de queimar as patas em uma superfície de metal fervente. O método cruel com o qual os animais eram ensinados a dançar fazia com que eles associassem, desde cedo, a música à dor das queimaduras. Ursos bailarinos nunca tinham existido.

— De onde vocês vêm? — Yana iniciou a conversa, tentando esconder o desconforto que o animal prisioneiro lhe causava.

A cigana olhou para o marido, buscando aprovação. Depois de alguns segundos, respondeu:

— De Pristina. Estávamos indo para a Macedônia quando a guerra estourou — a cigana falou em sérvio com um leve sotaque búlgaro.

— Aqui dão de comer para a gente — acrescentou.

A cruz de ouro com oito braços, símbolo da religião ortodoxa que enfeitava o pescoço da cigana envelhecida precocemente, não passou indiferente a Yana. A miliciana gostaria imensamente de continuar ali, aproveitando cada segundo daquele ambiente doméstico, daquela paz irreal no meio da guerra. Mas viu Georg no portão, parecendo ansioso, e se despediu:

— Deus os proteja.

— Que proteja você também — respondeu o casal de ciganos.

— Tomem cuidado — aconselhou Yana.

Deixou para trás o urso no seu letargo forçado, fechando na memória as suas recordações de infância que, afinal, pensou, não eram tão dignas de serem evocadas.

* * *

O toque de recolher começava às nove da noite na cidade em ruínas. O cheiro de morte aumentava com o passar das horas. Nas ruas esvaziadas de presença humana, viam-se apenas um ou dois vultos em fuga e alguns cães vadios, com olhares perdidos. Viviam-se dias com a respiração suspensa em Pristina, onde o tempo tinha parado à espera de que algo acontecesse.

Nas primeiras semanas da guerra aérea, também ali na capital do Kosovo, uma fila interminável de refugiados se encaminhou para a estação ferroviária. Os soldados sérvios faziam revistas em todos os lugares. Testemunhas viram os mais velhos, que resistiam em deixar as suas casas, morrerem brutalmente. Mas Yana Milinić ainda conhecia apenas parte dessa história quando, naquela manhã, entrou em Pristina, observando a fila de tanques sérvios à sua direita.

O Grande Hotel, prédio de dez andares e o mais importante da cidade moribunda, ainda não estava ao alcance da vista. Agora era ocupado por técnicos de guerra, oficiais e operadores humanitários. As equipes de televisão tinham partido no início dos ataques aéreos, expulsas por ordem de Milošević, que, segundo relatos de jornalistas, havia bloqueado os satélites de transmissão de imagens. No bar do Grande Hotel, uma mulher loira de meia-idade esperava por Georg Jung-Mayer, e ele já estava atrasado. Ela esperou duas horas e depois foi-se embora.

As cenas de caos urbano deixaram Yana e os seus dois companheiros de viagem desnorteados. Prédios semidestruídos, vitrines quebradas, lojas saqueadas, carros capotados. Georg continuou olhando para o relógio. O aumento das vibrações causadas pelos caças que se aproximavam o deixava em pânico.

— Acelera! — Georg gritou.

— Fica calmo! Não sabemos o endereço — Miro replicou, nervoso.

Indiferente ao barulho dos aviões, Miro, em vez de pisar no acelerador, diminuiu a velocidade. Yana perguntou a um homem que se afastava rapidamente, arrastando uma mala, onde ficava o hotel.

— É perto, são três quarteirões — indicou.

Não obstante ele falasse bem o sérvio, Yana reconheceu seu sotaque albanês e a confusão natural com as palavras masculinas e femininas. A miliciana se esforçou em ser gentil e agradeceu.

Dentro deles, a adrenalina queimava como febre. O barulho dos aviões foi crescendo e, quando Miro parou o carro na esquina do Grande Hotel Pristina, transformou-se num estrondo assustador. A viagem chegava ao fim. Ao pegar a bagagem, Georg lançou um pacote de cigarros aos seus anjos da guarda.

— Obrigado, de coração!

— Vai, corre! — Yana gritou, segurando a emoção.

O rosto tenso da soldada de milícia acompanhou o amigo com um olhar protetor. E Yana não viu mais nada. O deslocamento de ar veio antes do barulho da explosão. Um rumor abafado, depois um estampido ensurdecedor.

— Santo Deus! — Yana só enxergava chamas e poeira.

O carro tinha se movido meio metro e Miro foi jogado contra o volante.

— Miro! Tudo bem?

— Acho que sim — respondeu, ainda sem forças.

Ela o abraçou e ouviu o seu pulso. Miro se recuperava do impacto. De repente, Yana se lembrou:

— Georg!

O alemão estava caído no chão, com uma perna fora de lugar e a barriga ensanguentada, atingida por um estilhaço do míssil que explodiu não muito longe do hotel. E que, como uma lâmina, conseguiu furar o colete à prova de balas. O fragmento de metal tinha deslizado para dentro de seu abdômen, na altura do baço. Yana e Miro correram. Recolheram a bolsa do computador, que estava a dois metros dele, e a câmera, um pouco mais longe. Enquanto Miro procurava uma ambulância, Yana tentava manter Georg consciente:

— Fica calmo, vamos te levar ao pronto-socorro!

— Por favor... — disse Georg, expressando com os olhos a dor que sentia.

— Não fala! Fica acordado!

— Pega o envelope aqui na minha cintura e entrega por mim — pediu Georg.

Yana rapidamente pegou o envelope e limpou as manchas de sangue no papel grosso.

— Tem o endereço aí.

— Eu vou, mas antes vamos para o hospital!

— O computador, guarda com você — pediu Georg.

— Não se preocupe. Tudo vai ficar bem. Mas fique acordado — pediu Yana com grande aflição.

Georg foi levado ao hospital por uma ambulância militar. O médico o acompanhou até a sala de cirurgia, seguido por Yana e Miro, ambos em traje de combate.

— Qual é o seu nome, doutor? — perguntou Miro.

— Milan Berović.

Yana lançou-lhe um olhar de advertência.

— Doutor Berović, salve o nosso amigo! E certifique-se de que nem o computador nem a câmera desapareçam! Ambos serão de sua responsabilidade. Caso contrário, voltaremos aqui! — disse Yana, enquanto mantinha bem visível o inseparável fuzil.

— Não se preocupe, farei o meu melhor — disse o médico sem jeito.

Yana e Miro desapareceram no corredor. O envelope foi entregue no subúrbio para a irmã da companheira de Georg, que o tinha esperado em vão no Grande Hotel. O dinheiro serviria para tentar levar os pais doentes à Alemanha. Os dois milicianos garantiram a ela que Georg se recuperaria, e saíram voando.

Ainda tinham pela frente a estrada de volta, os aviões de guerra, e o seu amor não resolvido.

* * *

O doce e ferroso cheiro de sangue penetrou fortemente nas suas narinas, espalhando-se como uma droga. Yana questionou se o plasma não possuía, quem sabe, substâncias sedativas. Antes de responder a si mesma que talvez fosse puro delírio, lembrou-se dos animais selvagens que, depois da caça, se acalmam instantes antes de devorar a presa. A miliciana teve a mesma impressão quando sentiu aquele cheiro. Considerou um pensamento cruel, mas não gostava de esconder uma sensação tão precisa: o fluido vermelho trazia uma serenidade infinita. E foi um turno de patrulha no campo a revelá-lo.

Sofria a cada minuto a ausência de Miro, que foi para casa no dia anterior com uma licença de quarenta e oito horas. Ao pensar que ele estaria com a mulher, na intimidade, ficava possuída pelo ciúme. Tinha começado assim a sua ronda naquela manhã, que ficaria impressa na sua memória através das endorfinas, que ajudam a fixar também os cheiros. E a anestesiar as dores mais ocultas e profundas.

Caminhando na companhia de Branko e Ivčo, a sua atenção foi desviada para três civis albaneses que vinham em sua direção. Uma mulher de cerca de sessenta anos acompanhada por dois homens mais jovens. Yana a revistou enquanto seus colegas faziam o mesmo com os dois homens. Nenhum deles portava armas.

— Aonde vocês vão? — Yana perguntou bruscamente.

— O que vocês têm a ver com isso? — respondeu um dos homens em tom de desaforo.

Yana apontou o fuzil e ergueu a voz:

— Espero que você esteja brincando. Aqui sou eu que faço as perguntas!

— Estamos procurando os nossos animais — interveio a mulher.

Yana indicou o caminho de onde eles tinham vindo.

— Voltem pra lá que nós vamos atrás de vocês — ordenou.

— Mas temos que encontrar nossos animais e meus pés doem — respondeu a mulher.

— Vai em frente! Não me faça falar muito, porque fico irritada.

— Não posso — respondeu a mulher.

Yana sentiu o sangue subir para o seu rosto.

— Cale-se!

— Mas esses animais são a nossa vida!

Yana continuou, com a voz alterada:

— Olha, vocês vão para casa agora. Peguem as suas coisas e saiam desse território!

— Mas eu nasci aqui. E aqui vou ficar — protestou a kosovar.

A miliciana não aguentou. Depois da partida de Miro, a sensação de abandono e rejeição envenenava ainda mais a sua existência. E agora tinha que aguentar também a provocação daquela mulher, pensou. Yana estava mudando com uma velocidade que fugia do seu controle. Na ansiedade do momento, dominada pelo temor de que os três kosovares pudessem ser uma isca para distrair os soldados sérvios, imaginou um ataque iminente do ELK. Naquela guerra, a imaginação criava armadilhas que ela considerava difíceis de evitar. Olhou para Branko e Ivčo, pedindo um sinal de apoio.

Tudo aconteceu em poucos segundos. A miliciana sérvia deu uma joelhada por trás das pernas da kosovar, obrigando-a a se ajoelhar, enquanto os dois homens eram imobilizados por Branko e Ivčo. Com a mão esquerda, Yana agarrou a mulher pelos cabelos, puxando a cabeça para trás, e, com a outra mão, cortou rapidamente a sua garganta, deixando o líquido vermelho escorrer. A mulher não conseguiu esboçar qualquer reação. A faca na garganta não deixa voz para gritar...

— Agora você não precisa mais andar, velha!

Os outros dois já tinham sido abatidos por Ivčo e Branko.

Todo aquele sangue havia deixado no ar um cheiro que obrigava Yana a permanecer ali. Reconhecia no olfato alguma familiaridade, mas era incapaz de associá-lo a qualquer coisa conhecida. Mais tarde, lhe veio à mente o avô, que a ensinava a segurar os porcos enquanto os abatia.

— Segura bem as patas, não tão forte, não deixa ele escapar! — repetia.

O pai, bruto e covarde, tapava os ouvidos para abafar os grunhidos.

O sofrimento dos animais da sua infância, entretanto, exalava um odor de morte diferente daquele. O líquido vermelho que vazava dos três corpos kosovares difundia uma essência à qual Yana não conseguiu renunciar. E se acalmou.

Então, se deu conta de que o cheiro do sangue a levava de volta ao afeto do pai. Às surras que ele não poupou. Ao amor perverso, que se manifesta também com a violência.

* * *

Foi num dia frio de fevereiro, coberto de neve, que o pequeno coração de Yana Milinić congelou para sempre. Tinha sete anos e meio e, quando estava prestes a ir para a escola, a mãe a cumprimentou com um beijo cheio de ternura.

— Seja obediente!

Ao voltar, a menina chamou a mãe, mas ninguém respondeu. Vasculhou toda a casa, o estábulo onde vivia o único cavalo daquela propriedade de três hectares, herdada dos bisavós. Correu pelos campos, sem fôlego, tirando a neve dos sapatos, com os pezinhos gelados. Procurou entre as cabras com um triste pressentimento.

— Mamãe!

Para além da janela, na rua, branca e imóvel como uma fotografia, nem uma única folha se mexia. Naquela tarde, enquanto fazia o dever de casa, sentada perto da lareira, leu uma fábula sobre um pássaro que aprendia a usar as asas. Por muito tempo, se viu como um passarinho, tentando fazer o primeiro voo sob um céu branco, caindo no chão com as asas quebradas. Aquele conto falava dela, Yana tinha certeza. Daquele dia em diante, nunca mais sorriu. Tornou-se a mãe das suas duas irmãs, de seis e quatro anos. Os avós tentavam consolá-la, mas, assim como as asas quebradas são irrecuperáveis, para ela, também, nada voltaria a ser como antes.

O pai, um comerciante de cabras e galinhas, ficava ausente, às vezes, por quinze dias seguidos. Comprava os animais em algum lugar nas montanhas e os revendia em outra parte do país, onde eram muito bem pagos.

Quando voltou para casa de sua última viagem, não encontrou a mulher, a quem, uma semana antes, havia espancado, agredindo com um pedaço de pau na cabeça e no pescoço, dando tapas no rosto até derrubá-la, enchendo-a de chutes que a fizeram desmaiar. Era assim que agia aquele homem, que se tornou cruel ninguém sabia direito por quê. Também batia nas filhas, com maior frequência nela, a mais velha, e só parava quando o sangue começava a escorrer.

Entendeu que a mulher tinha fugido e não disse uma palavra. Se fechou no quarto, abandonando-se a um choro solitário. A odiava na mesma medida em que sentia que ainda a amava. Vinte dias depois, o pai levou para casa uma nova companheira e a impôs às três filhas, obrigando-as a chamá-la de mãe. As três irmãzinhas aceitaram mudas, para evitar mais uma tragédia em família.

Nos primeiros meses, Yana Milinić deu razão à mãe. Tinha motivos para partir, não podia continuar vivendo ao lado de um homem que, além de espancá-la, a traía abertamente com uma nova amante a cada seis meses. Tinha sido uma escolha sábia, a da mãe, um direito seu, e Yana se esforçava em acreditar nisso. A defendia para os avós paternos, ressaltando a sua coragem. Mas, no fundo, aquela psique frágil e complexa que estava começando a se desenvolver fez com que ela passasse a odiá-la por não a ter levado junto. Como compreendeu então a pequena e inconsolada Yana, não existe nada pior do que o abandono, nem mesmo a morte.

* * *

Uma vez por ano, a mãe de Yana Milinić voltava à Sérvia para ver as três filhas que tinha deixado sem uma explicação. Alugava um quarto de hotel na cidade mais próxima para desempenhar, por algumas semanas, o papel de boa mãe. As três irmãzinhas esperavam o ano inteiro por aqueles vinte dias, quando o pai as levava para ficar com ela.

Como eram lindos aqueles verões! Comiam o que queriam quando a mãe estava com elas, todas as delícias turcas. A sedutora vitrine da confeitaria Adana, com os seus minúsculos quadrados coloridos em meio a tantos outros doces macios, cobertos de mel e cristais de açúcar, não era mais proibida. Foi lá que Yana conheceu Ilìria. A menina muçulmana brincava sozinha entre as mesas ao ar livre. Imediatamente se tornaram confidentes. A mãe via aquela amizade com grande simpatia. Na Dinamarca, muitos de seus amigos tinham vindo da Turquia.

Eram as únicas férias de infância de que Yana se lembrava. Os camponeses na Iugoslávia não tinham dinheiro para viajar, disso ela se recordava. As famílias muito religiosas não pertenciam ao Partido, como os operários. E, para quem não era comunista, os feriados custavam bem mais caro.

Mas ela tinha Tito. Com ele, aprendeu que eram todos irmãos, eslavos do sul. E só secretamente assumia a sua verdadeira identidade.

— Eu sou sérvia!

Muitas vezes, como cristã ortodoxa, se sentia humilhada e marginalizada pelos comunistas. Os cristãos ortodoxos eram mais isolados politicamente, não tão importantes quanto os católicos da Croácia. Quem entrava na igreja não podia se tornar comunista e vice-versa.

E para aqueles que defendiam os dois credos, o ortodoxo e o comunista, e essas pessoas existiam bem perto dela, era necessário fazer esforços até patéticos. A prima Maria, com quem trocava longas cartas na infância, possuía a credencial comunista. Para batizar a filha, escondeu-se atrás do altar, desistindo de aparecer em retratos para não ser descoberta e expulsa do Partido, perdendo os benefícios.

Mas Tito, o presidente da sua juventude, permitiu que os camponeses não fossem comunistas. Com o marechal no poder, não havia Cortina de Ferro, era possível viajar e trabalhar em outros países para acumular dinheiro. O pai de Yana tinha sido pedreiro na Suíça por muito tempo. Aumentou a casa da roça gastando o que ganhou fora, na Iugoslávia de Tito, embora não o apreciasse como político. O avô odiava o titoísmo e os sacrifícios que o regime impunha à Sérvia para ajudar a financiar as outras nações. Também ouvia falar dos campos de concentração iugoslavos, onde muitos morreram de fome e tifo. Contavam-lhe histórias sobre Goli Otok, a ilha na Croácia que abrigou nos seus porões muitos opositores do regime de Tito depois que o marechal rompeu com a União Soviética, em 1948.

Quando jovem, Yana se orgulhava da liberdade de Belgrado, que se abria para os estrangeiros. O mundo inteiro ia até lá. Os cantores famosos, as estrelas de cinema. A Sérvia, naquela época, era o centro mais importante da República Socialista Federativa.

No último ano do ensino médio, ela havia vencido um concurso promovido pelo Ministério da Escola, para quem tivesse os pais no exterior. A sua carta para a mãe, que ganhou o primeiro prêmio, levou para a sua modesta casa na zona rural mais de dez pessoas da JRT, a Rádio e Televisão da Iugoslávia. A corrente elétrica não suportou a carga do equipamento e a menina teve que ler a sua cartinha muito concreta, de uma filha que esperava o retorno da mãe, do lado de fora, em frente ao portão. Para não atrapalhar a gravação, a equipe interrompeu a passagem de carros na frente da casa.

Quando o pai chegou, cumprimentou-a como sempre fazia:

— Bloquearam até a estrada pra você, putinha! Quem você pensa que é?

E se não a espancou naquele dia, foi porque o avô da menina, ainda forte fisicamente, o impediu.

* * *

Os treinamentos militares que Yana Milinić recebeu depois da escola média serviam, essencialmente, para imprimir aos aspirantes a soldado uma paciência bovina. O oficial os levava à sua sala, separadamente, e os cobria de insultos. Descobrindo as fraquezas de cada um, os torturava psicologicamente, tentando esculpir nos candidatos um cérebro frio e impassível. Aquele especialista tinha sido uma das razões pelas quais Yana nunca quis entrar para o exército. Reconhecia, no entanto, que enfrentar pacientemente as humilhações a que ele a sujeitou acabou sendo útil para os maridos que escolheu.

Em seu primeiro casamento, foi massacrada por um homem que a forçava a manter relações sexuais quando não queria. Como o pai dela, usava repetidamente da violência. Apesar da possibilidade de divórcio rápido, obtido em poucos dias, uma das vantagens da República Socialista da Iugoslávia, Yana demorou quase dez anos para se libertar daquele que os seus arquivos de memória catalogaram como um grande canalha.

O período mais difícil da sua vida adulta começou em 1992, com a Sérvia sob embargo geral. Naquela época, faltavam ali todos os tipos de alimentos. Divorciada do primeiro marido, sem ter o que comer, acabou envolvida em contrabando, uma prática muito comum na época. Yana tinha herdado alguma ideia daquele ofício de seu pai, comerciante ilegal. A diferença, no entanto, é que a mercadoria que ela escolhia para contrabandear não seriam cabras ou galinhas, mas algo mais perigoso, para o qual o Código Penal previa uma pena bastante longa: a gasolina e o óleo diesel.

Em uma velha van com um motor um pouco mais robusto de um Fiat 500, Yana deixava a Sérvia rumo à fronteira com a Bulgária, a setenta por hora. Chegava a um imenso estacionamento, que ela calculava como dois campos de futebol juntos. Cinco caminhões cisterna ficavam enfileirados ao lado de centenas de barris, de duzentos litros cada. Yana comprava um grande barril e alguns recipientes de cinquenta litros, até a soma total de quatrocentos litros.

Então, voltava à pátria com o rádio e a adrenalina ao máximo. Quando chegava no Kosovo, separava a mercadoria e ganhava a maravilha de quarenta por cento. Lucro muito alto, assim como os riscos. Os parentes, os únicos a quem confessava o seu crime, perguntavam frequentemente se valia a pena.

— Melhor do que ser puta — respondia com alguma ironia.

Na Sérvia daquele período, as prostitutas eram muito numerosas, e até mesmo donas de casa vendiam o corpo para poder comprar alimentos. Yana recebia propostas de vários homens.

— Vem pra minha casa, vou cuidar de você — diziam.

Num outono frio e nublado de uma noite de novembro, um policial levantou o braço e parou a sua van no meio de uma estrada kosovar.

— Documento! E abra o porta-malas!

Os recipientes de diferentes tamanhos foram desmascarados imediatamente pelo policial.

— O que tem aí? — perguntou.

— Água mineral — Yana respondeu com cinismo.

— Água mineral?

— O que você acha?

— Acho que é diesel — respondeu ele —, e agora vamos para a delegacia!

— Mas por aqui passam tanques inteiros. O que sou eu comparada a eles? — questionou Yana.

— Meu irmão foi pego na Sérvia e roubaram tudo dele. Agora é a minha vez de sacanear alguém. Fico feliz em pegar você!

Foi presa em flagrante com quatrocentos litros de gasolina contrabandeada, e não pôde contar com nenhum amigo. Ilìria tinha se mudado. Fazia alguns meses, desde o início da guerra na Bósnia, que a relação entre as duas não era mais a mesma. A vida na Sérvia tinha se tornado muito perigosa para os turcos muçulmanos. Os sérvios incendiaram uma padaria na cidade onde as duas haviam estudado, alegando que os turcos punham cacos de vidro na massa do pão. Por causa dessas hostilidades contra os muçulmanos, o namorado de Ilìria não queria que ela continuasse vendo Yana. Durante algum tempo, ainda conseguiram se encontrar em segredo. Então, Ilìria se casou com o kosovar e foi embora. As duas irmãs de Yana também tinham se casado. A dor, em vez de uni-las, as tinha separado. Até Maria, a prima próxima, tinha emigrado para Viena com os filhos. E o pai de Yana vivia na Suíça.

Julgada por contrabando em total solidão, só não foi para a cadeia pela ausência de antecedentes criminais.

Passada a aventura amarga, casou-se com o segundo marido, Miša, que, anos mais tarde, se tornou o chefe das Raposas Vermelhas. Essa união não aliviou em nada a sua vida. Miša não mantinha a casa nem com uma porção cotidiana de arroz. Foi então que Yana teve que trabalhar no quartel, aceitando a tarefa que a obrigava a ficar oito horas em pé, na cozinha, lavando louça. Mas não era o bastante. Do outro lado da cidade, em um trailer noturno, fritava hambúrgueres por mais oito horas seguidas. Voltava para casa às sete da manhã, dormia quatro horas e regressava ao quartel. O segundo marido tinha se transformado num estorvo do qual, mais uma vez, não conseguiria se livrar tão facilmente.

* * *

No terraço romano, Paola se deixou transportar pelo perfume delicado, quase neutro, do óleo de Argan. Aquecido por uma pequena chama, exalava ainda mais a atmosfera de mundo árabe. A massagista subia do tornozelo até o joelho com um gesto repetitivo das mãos, acalmando o sistema nervoso da jornalista.

Reconstruir a dinâmica do conflito do Kosovo parecia mais assustador do que um ninho de vespas. Cada parte em disputa não assumia os próprios erros e só fazia por difamar a outra.

— Por que os Estados Unidos apoiaram a guerrilha albanesa no Kosovo? — perguntou a massagista.

— Uma possível razão pode ter sido que, em troca da ajuda concreta à Albânia para a independência do Kosovo, os Estados Unidos obtiveram uma base aérea. Puderam construir a sua maior base no exterior, um colosso militar do tamanho de uma cidade, feito logo depois da guerra.

— Em Kosovo?

— Sim, perto da fronteira com a Macedônia. É chamada de Camp Bondsteel. Uma base imensa para sete mil militares, com cinemas, campos esportivos e vários centros comerciais.

— Por que a base no Kosovo?

— A principal motivação podia ser controlar o petróleo do Mar Cáspio.

A jornalista pegou o laptop e mostrou uma imagem que reproduzia a rota dos gasodutos russos para a Europa.

— Alguns dos oleodutos e gasodutos mais importantes da Europa passam nos subterrâneos do Kosovo. Um deles, que você pode ver aqui, está bem próximo à grande base americana.

A terapeuta conferiu as linhas azuis e vermelhas, que percorriam a Europa e a Rússia, divididas em um tabuleiro de xadrez assimétrico, como fazem hoje as linhas do metrô com as cidades mais movimentadas.

— Nunca se falou muito nessa base militar porque, dois anos depois do fim da guerra no Kosovo, as preocupações e prioridades americanas mudaram após os ataques terroristas de Onze de Setembro, e aquela base perdeu a sua importância estratégica.

O vento apagou a chama que esquentava o óleo. A massagista notou as folhas do pé de azeitona, que tremulavam, ainda mais azuladas. Paola reagiu ao estímulo circulatório da massagem, sentindo a sua energia voltar a se propagar. Ergueu-se ligeiramente na espreguiçadeira para servir duas xícaras de chá verde.

Degustou como um fumante quando acende um cigarro. Mais de dez anos antes, tinha iniciado a rotina do chá para acabar com o vício da nicotina. Talvez não fosse sensato substituir um vício pelo outro, mas no seu caso só tinha a ganhar.

A sessão estava no fim e ela não queria deixar a sua ouvinte com informações parciais.

— Poucas pessoas se lembram de que o então presidente americano, Bill Clinton, considerava os guerrilheiros kosovares terroristas antes do conflito. Depois da guerra, ele ganhou uma rua com o seu nome e uma estátua gigantesca na capital do Kosovo.

— Como um herói — comentou com ironia a interlocutora.

Ofuscada pelo céu cinzento, a cúpula de Santa Inês não perdia o seu fascínio, pensou, enquanto começava a retirar o óleo em excesso dos pés da sua paciente. Uma chuva fina molhou os telhados romanos e um som forte de buzinas subiu ao terraço. A jornalista pegou o laptop. Previa-se uma manhã barulhenta e caótica em Roma, e o seu pensamento voou para o tumulto dos aviões de guerra.

III

A ORDEM ERA chegar antes do crepúsculo. Miro abriu o mapa e procurou o ponto marcado. Ainda estava longe. O Comando o tinha despachado para uma área muito distante, junto com três companheiros, numa operação que ele assumia feliz: de reconhecimento de território. Essa tarefa exigia uma observação meticulosa da natureza, e era disso que o miliciano mais gostava.

Para planejar uma emboscada, ou para evitá-la, era necessário considerar todos os aspectos do terreno, ler a sua composição, sentir as árvores, os animais, examinar as eventuais pegadas das botas de soldado e imaginar uma história.

Do outro lado da estrada de terra, o trigo e o milho primaveris já estavam altos o suficiente para alguém se esconder. As duas plantações tornavam o solo macio, e assim era fácil de escavar uma área de trinta ou quarenta centímetros, onde cada soldado conseguiria se abrigar à espera da sua presa. Em caso de emboscada, o plano era que todos se jogassem ao chão, a sete ou dez metros um do outro. Dessa forma, alguns deles teriam a chance de sobreviver e responder aos inimigos. Até aquele dia, porém, Miro e os seus companheiros nunca tinham aberto um buraco que não fosse para enterrar cadáveres. No entanto, pouco tempo depois de sentir o solo almofadado das lavouras, entenderam que os cadáveres poderiam ser eles mesmos. Porque os inimigos já haviam avaliado aquele mesmo terreno.

— Mina! — Ivčo tentou gritar, mas a sua voz saiu pela metade.

Desta vez, Branko não brincou. Os quatro milicianos da Raposa Vermelha ficaram paralisados. Na plantação de milho, onde era mais fácil de cavar, o solo tinha sido remexido e a terra era visivelmente de outra cor, o que indicava a presença de minas antipessoais enterradas poucas horas antes, ao que tudo indicava, pelos guerrilheiros do ELK.

Tentaram analisar aquela condição dramática. Terreno fresco, potencialmente ainda mais explosivo. Era preciso manter os pés colados à terra e não fazer nenhum gesto brusco, nem mesmo com os braços.

Ivčo, especialista no assunto, passou a chefiar a operação naquele momento, calculando que tinha pela frente a missão mais árdua da sua vida de paramilitar. Precisaria de nervos de aço para cumpri-la.

— Não se mexam, vamos ver como sair dessa — disse, tentando demonstrar calma.

— Yana, cuidado! — acrescentou Miro apreensivo, temendo que ela fizesse um movimento errado.

O terror de voltar para a mãe em pedaços a deixou sem nenhuma cor no rosto.

Ivčo começou a suar. O efeito emocional da velha explosão era um fantasma que o rondaria para sempre. Movimentando os braços muito lentamente e com máxima prudência, tirou a baioneta do seu estojo. Fixou o punhal no cano do fuzil, transformando-o em uma lança, e foi se abaixando muito devagar. Levou os joelhos à terra e, suavemente, começou a procurar por sinais de objetos metálicos no terreno ao seu redor. Enfiou a lâmina horizontalmente no solo macio, perfurando-o para tentar tocar delicadamente o explosivo mais próximo e identificá-lo.

Sim, lá estava, tinha encontrado a primeira mina. O toque sutil da ponta da lâmina contra o metal causou-lhe uma forte descarga de adrenalina. O próximo e vagaroso passo foi deitar-se ao lado para procurar pelo segundo explosivo, repetindo o mesmo gesto com a lança que, em posição horizontal, atravessava a terra. E assim com todas as outras.

O tempo passava e nenhum dos milicianos se arriscava a dizer uma palavra. Branko observava o amigo no seu propósito, Yana rezava para escapar do pesadelo com o corpo íntegro e Miro a protegia com os olhos.

A lâmina do punhal percorreu um caminho na forma de um favo de colmeia. Ivčo arrastou o corpo, pausadamente, no espaço estreito que havia identificado entre uma mina e outra. Começou a criar novas colmeias para construir uma passagem em segurança até a estrada.

Tentando conter a exasperação, os outros três milicianos o seguiram, prolongadamente, com o ventre colado ao chão.

Ivčo salvou a todos. Inclusive os seus próprios dentes, pensou, acariciando o maxilar. Tinha aprendido com os erros do passado.

* * *

Miro marcou o ponto no mapa que sinalizava as minas, tentando entender a extensão do campo minado. Ainda sentia o coração palpitar. A parte do cérebro responsável por controlar o medo fez com que a pulsação dos quatro milicianos acelerasse. Yana respirava profundamente para recuperar oxigênio. Era a excursão mais longa que enfrentavam. Haviam passado mais de dezesseis horas longe da base, em alguns momentos no jipe e, em outros, a pé. Marchavam agora ao redor de uma montanha coberta de árvores que lhes servia de proteção, impedindo a ação dos atiradores de precisão, escondidos no alto. Ocasionalmente, o grupo entrava em alguma trilha lateral, procurando sinais da passagem dos guerrilheiros.

Malgrado o cansaço, desfrutavam da quietude contemplativa da floresta. Miro tinha confiança de que Yana, ao mesmo tempo em que se alimentava daquela energia da floresta, mantinha a emoção dominada para reagir instantaneamente a um possível ataque inimigo. Era como se o seu cérebro fosse dividido em duas partes e cada uma desempenhasse uma função complementar à da outra. A atração que ele sentia por ela crescia na medida em que aumentavam os riscos.

Naquele momento, uma dúvida incomodou a soldada de milícia.

— Por que nos mandaram para uma inspeção tão longe? — ela perguntou.

Miro não sabia o que responder. Precisavam chegar perto de Gjakova para comunicar o que tinham descoberto na operação de reconhecimento. Após superarem um outro campo minado, desta vez anunciado no mapa, ficaram alarmados: ao longo da estrada, revelava-se uma parte desmatada da montanha, coberta apenas pelo capim rasteiro usado para o feno de inverno. A proteção das árvores tinha acabado. Isso significava que, a partir dali, um franco-atirador teria a vista livre para disparar de cima.

E, de fato, ouviu-se um primeiro tiro.

— *Snipers!* — gritou Branko.

Yana e Miro se jogaram numa sarjeta funda que corria ao longo da estrada.

— Corre pro mato! — Branko gritou para Ivčo.

Os dois milicianos correram para encontrar abrigo no bosque que tinha acabado de ficar para trás. Um disparo seguiu-se de outro, vindos do alto e direcionados para o mesmo lugar. Miro entendeu a estratégia dos atiradores de precisão.

— Fique esperta! Eles querem nos mandar para as minas — avisou.

O atirador parou com os disparos por alguns segundos. A pausa foi necessária para que mudasse de posição, calculou Miro. A imobilidade momentânea, entretanto, foi interrompida pela explosão da resposta de Ivčo e Branko, que começaram a atirar na linha do sniper para distraí-lo, permitindo que Miro e Yana cruzassem a estrada e se juntassem a eles.

— Para o mato! — gritou Miro. — Corre!

Correram até alcançar as primeiras árvores que poderiam salvá-los, mesmo que por pouco tempo. Então, os quatro milicianos, juntos, continuaram numa corrida quase cega. A luz do pôr do sol tingia de laranja o topo das árvores, mas não iluminava o caminho. Fugiram tropeçando em raízes. O *sniper* recomeçou a sua fúria. As balas foram ficando mais distantes até cessarem completamente.

— Temos que correr enquanto ainda tem um pouco de luz — pediu Miro.

Quando finalmente puderam abandonar-se na relva, tutelados pelo escuro da noite, Yana não se conteve.

— Felizmente, o atirador não era grande coisa — disse, soltando uma risada.

Não era recomendado, pela sua sobrevivência e a dos outros, que fosse ouvida. Então, um pouco para abafar o som daquele riso, um pouco por amor, ele a abraçou.

Duas horas antes do amanhecer, partiram para encontrar o outro grupo de reconhecimento.

Cinco soldados do batalhão com sede em Gjakova os esperavam no lugar assinalado no mapa.

— Estávamos preocupados! — disse um deles. — O que aconteceu?

Miro abriu o mapa.

— Minas recentes, não reportadas.

— Vocês se feriram?

— Não.

— Qual é o tamanho do campo minado?

— O maior perigo está nesses cinco pontos. Minas terrestres e atiradores — informou Miro.

— É possível entrar com o jipe nas trilhas, subindo por entre as árvores? — perguntou o soldado.

— Sim, são acessíveis, um jipe passa.

O soldado de Gjakova anotava tudo, pesquisava o mapa e observava todos os detalhes indicados por Miro.

— E vocês, o que têm pra sinalizar? — Miro perguntou por sua vez.

— Nosso lado é mais complicado, a fronteira com a Albânia é logo ali. Ainda há pessoas saindo aos milhares pra Kukes.

— E como tá a situação? — perguntou Yana, preocupada.

— Melhor vocês verem com os próprios olhos — respondeu o soldado regular.

* * *

Chegar a Morin deixou Yana desorientada. Parecia o cortejo de um grande funeral. Mulheres choravam enquanto caminhavam para a fronteira. Os homens também choravam, como se estivessem indo enterrar uma pessoa querida. Aquele pranto coletivo comoveu Yana Milinić. Uma multidão exausta de kosovares marchava desolada, expressando no rosto toda a humilhação de ter sido retirada à força da própria casa, expulsa do próprio território. Seguia devagar, por uma passagem na colina que dividia o Kosovo e a Albânia. A multidão chegaria à Terra de Ninguém e atravessaria para o outro lado. Depois, a trinta quilômetros, entraria em Kukes, cidade albanesa já invadida por milhares de refugiados.

— Agora a fronteira tá vazia. Vocês não imaginam quanta gente tinha no começo — disse um dos soldados de Gjakova.

— Teve dia em que passavam quatro mil por hora — acrescentou outro soldado.

Muitas famílias não puderam levar os seus objetos importantes, as suas roupas. Outras puxavam carriolas onde tinham jogado o que foi possível, cobrindo-as então com plástico. A lenta fila dos carros também incluía ônibus e caminhões repletos de gente em fuga.

Idosos, completamente indefesos depois de uma vida de trabalho, viam-se privados não apenas de todos os seus bens, como também de seus direitos fundamentais. Alguns caminhavam doentes, com frio, em direção àquele futuro imediato dos campos de refugiados, e havia até aqueles que eram carregados em macas.

Um filho empurrava o pai num carrinho de obras.

Yana escutava o conteúdo das conversas, que se repetia.

— Chegaram apontando as armas e gritando, dizendo que tínhamos que sair logo.

— Atiraram no meu vizinho porque ele não quis deixar a casa.

Crianças, amadurecidas em poucos dias, com os olhos tristes e os músculos da face contraídos, se mantinham agarradas aos pais, que mal podiam ampará-las naquele destino incerto.

Uma imagem da guerra que Yana Milinić via, pela primeira vez, fora da tela da TV do Repouso.

A primeira reação da miliciana foi abrir a mochila e pegar a meia baguete que tinha para dar a alguma criança.

— Melhor não fazer isso — aconselhou Ivčo.

— Por quê?

— Pode causar problema com os soldados.

— O pão é meu e eu dou pra quem eu quiser — respondeu na defensiva.

Miro a olhou e fez um sinal afirmativo, encorajando-a ao gesto.

Yana se aproximou de uma menina que parecia ter fome e lhe entregou o pão e uma lata de carne.

Depois, voltou-se e pediu para ir embora.

— Por favor, me tirem daqui.

Os milicianos entraram no jipe com os soldados de Gjakova. Dirigiram-se para o ponto de onde Miro e Yana voltariam para a base. Em outra parte de Morin, ainda se via gente indo para a fronteira, pequenos grupos que vinham de outras cidades e que, depois, se juntariam à imensa e dolorosa fila. Atrás deles iam os soldados sérvios, empurrando e expulsando todos.

Miro quis assinalar os possíveis esconderijos do ELK.

— Qual é a localização deles?

— Dentro das casas das aldeias, até nas menores delas. Ou nas grutas.

— Estavam se preparando há anos — comentou Miro.

Examinou no mapa as aldeias e cavernas sinalizadas, que poderiam dar abrigo aos guerrilheiros. Fez os cálculos das distâncias. Yana estava certa, pensou. Por que viemos até aqui?

— Como tá a situação no teu batalhão? — interrogou o jovem soldado de Gjakova.

— Pelo que sabemos, tem alguns mortos, mas felizmente não muitos — respondeu Yana.

— Aqui se morre, e como! Perdemos muitos dos nossos — disse o soldado consternado. — Não vejo a hora de ir embora — desabafou.

Comeram todos juntos, sentados sob uma árvore. Uma lata de carne para cada um. Miro dividiu a dele com Yana, que tinha doado a dela à criança refugiada.

— Desculpem, tenho que esvaziar a bexiga — disse ela, levantando-se.

Procurou um canto resguardado, meditando sobre as imagens fortes que tinha visto, perguntando-se se era justo tudo aquilo.

Embaixo da árvore, Miro ouvia as orientações dos soldados.

— Vocês têm que ficar duplamente atentos nesta área.

— Por quê? — perguntaram juntos Miro e Branko.

— Ouvimos dizer que Lady Tortura pode estar por aqui — anunciou o soldado. — Vocês sabem quem é? — acrescentou.

A resposta veio através dos olhares perplexos de Branko e Ivčo.

— Sim, já ouvi falar — Miro confirmou.

— Ela pode estar se aproximando de vocês — concluiu o militar.

— Adoraria ter o prazer de cortar eu mesmo a cabeça dela — desabafou Branko, com a raiva distorcendo o seu rosto.

— Cabeça de quem você quer cortar? — Yana perguntou, reaparecendo detrás das árvores.

Branko não respondeu. Ela, então, se virou para Miro:

— O que tá acontecendo?

— Estávamos falando de Lady Tortura — disse Miro. — Ele falou que ela pode estar por perto — completou, apontando para o soldado de Gjakova.

O jovem soldado continuou, com voz apreensiva:

— Dizem que ela carrega uma maleta azul cheia de ferramentas horríveis que usa em suas vítimas.

Outro soldado, que até então se mantinha indiferente, falou aflito:

— O ELK esvaziou um dos nossos depósitos subterrâneos de armas. O chefe de polícia e o seu filho estão desaparecidos. Estão falando que a Lady Tortura está por trás disso.

— Todo mundo tem um ponto fraco. Temos que descobrir o dela — disse Miro.

— Talvez seja o excesso de confiança — arriscou Yana, quem sabe pensando em si mesma.

Então, de repente, ela entendeu o motivo daquela patrulha tão longe do acampamento base. Miro intuiu a mesma coisa. O Comando estava estudando outro pedaço de terra para dar caça a Lady Tortura.

* * *

Impetuosa, a carga erótica que unia Yana e Miro era tão potente quanto a droga que a própria guerra produz em quem a vive. Os boatos sobre eles circulavam. O ex-marido, julgando-se ofendido, passou a ignorá-la. Uma punição que não agradou Yana, mas que também não durou muito tempo. Naquele dia, enquanto limpava a sua arma no Repouso, desmontando, lubrificando com perfeição e remontando, Miša a abordou:

— O comandante quer falar com você. Te levo lá.

E acrescentou, irritado:

— Ele tá com pressa!

Havia entendido bem a importância do chamado do Comando. Yana não reagiu. Pensou por alguns instantes. Não podia ir até o chefe com aquele cheiro forte de óleo. Ainda que transmitisse tantas vibrações positivas a ela, poderia, para ele, apenas representar um fedor desagradável. Não deixou a base sem antes lavar cuidadosamente as mãos e limpar as manchas amarelas das pontas dos dedos.

— Estou pronta.

Goran a esperava com um mapa aberto sobre a mesa.

— Bem-vinda, Milinić!

— Bom dia, comandante! Às ordens!

— Tenho uma *pequena* missão para você — ele disse, em uma tentativa de minimizar o tamanho daquilo que estava para encomendar à sua soldada.

Goran fez uma expressão séria e ao mesmo tempo culpada. Sabia qual seria o preço de tal missão, e que poderia não ser alcançável. No entanto, confiava particularmente nela. Yana havia, repetidamente, demonstrado a sua vocação para o sacrifício, que muitas vezes escondia as suas intenções suicidas.

— De que se trata?

— Encontrar e eliminar uma pessoa que já esteve operacional na área de Gjakova, mas que agora provavelmente está mais próxima, mais precisamente aqui.

Com o lápis, fez um círculo ao redor de Orahovac. Yana fixou atentamente o ponto indicado. Sentiu um arrepio incomum no corpo, da cabeça aos pés, ao imaginar quem fosse a pessoa a quem o comandante se referia. O nome lhe veio à mente, mas não o pronunciou.

O comandante retomou:

— Trata-se de uma mulher que, certamente, não se move sozinha, e que deve estar tentando fugir para a Albânia.

— E por que deveria estar em Orahovac se Gjakova está mais perto da Albânia?

— Seria muito mais difícil passar ilesa de lá. Tem muita gente atrás dela. Pelo que apuramos, ela pode estar escondida em alguma caverna de Orahovac, esperando o momento oportuno.

— E o que sabemos sobre ela? Existe uma descrição? — perguntou a miliciana sem esconder a curiosidade.

— Não temos muitas certezas. Parece ser baixa, magra, de cabelo escuro de comprimento médio. Esta é a foto de seu parceiro, um tipo do ELK.

— E ela é uma mulher muito perigosa, comandante?

— Sim, muito — disse Goran, manifestando o seu desprezo.

— Então vale a pena ir até lá — concluiu Yana.

— Ela é simplesmente ideal para você. Uma pessoa que realmente odeia os sérvios.

— Ok, comandante.

— Por não ter muita experiência na área, você será acompanhada por outro miliciano que vai liderar as operações. Tem alguém em mente?

Instintivamente, pensou em um nome. Só confiava nele para tal missão.

— Miroslav Matić.

— Está bem. Um guia vai esperar por vocês no quartel de Orahovac. Boa sorte!

— Sorte para encontrá-la ou para voltar com vida?

— As duas coisas, ora!

— Obrigada, comandante!

Após a saudação, Yana se lembrou de uma última pergunta:

— Qual o nome dela?

— Ninguém sabe, mas é conhecida como Lady Tortura. Agora você entende que tipo é?

Yana tinha uma fisionomia determinada, quase satisfeita.

— Sim, senhor!

Homem de poucas palavras, Goran encerrou a conversa dando-lhe o mapa e um forte aperto de mão. Yana se considerava a pessoa certa para a tarefa. Com Miro ao seu lado, então, se tornaria invencível.

* * *

Partiram naquela mesma noite para cumprir a perigosa incumbência que os uniria ainda mais.

— Para onde vamos? — Yana perguntou.

Miro olhou para os dois lados da rodovia deserta, sem responder de imediato.

— Na guerra, você deve sempre seguir o primeiro instinto. Se você pensa muito, você erra — acrescentou enquanto avançava com os faróis apagados.

A lua cheia foi a responsável por indicar o primeiro instinto de Yana: entregar-se àquele homem, acesa por um desejo que as inseguranças da guerra agigantavam. Incapaz de resistir até chegar em Orahovac, ela propôs uma cidade mais próxima.

— Vamos apostar em Uroševac, quem sabe encontramos alguma coisa — disse decidida.

Lady Tortura podia esperar. Ela não. Afinal, passou anos procurando um homem que atendesse aos seus ideais e, agora que o tinha encontrado, sob as bombas do Kosovo, queria mantê-lo perto como sempre havia sonhado. Era consciente dos altos riscos da missão. Podia ser, de fato, a última.

O mapa indicava uma hora de viagem. E se a estrada não apresentasse surpresas, apenas trinta minutos. E assim foi.

— Boa viagem! — ele desejou.

Miro apertou o acelerador e partiram com um romantismo vestido de farda. A ilusão de felicidade trouxe coragem à miliciana. Por alguns minutos, tudo lhe pareceu irremediavelmente belo. A emoção se fundia à luz prateada da lua, que clareava o asfalto na frente deles. O voo baixo dos caças-bombardeiros, semelhantes a uma invasão de morcegos, fazia tremer as paredes do coração. As explosões dos mísseis iluminavam o céu com um vermelho vibrante, pleno de vitalidade. Mas o tempo era escasso, sob todos os pontos de vista. E a sua presa poderia estar fugindo já há vários dias.

Quarenta minutos depois, chegaram a Uroševac. Tinham pouco tempo um com o outro, pois logo o guia se juntaria a eles para a grande missão. Nem perderam tempo procurando um refúgio. Miro parou o carro num terreno escuro, debaixo de uma pequena ponte. Amaram-se com a adrenalina de uma perseguição, como se a união de seus corpos tivesse que compensar todas as frustrações de uma vida. Beijaram-se intensa e violentamente, intoxicados pela luxúria que a guerra produz. O mundo de onde vieram ia ficando cada vez mais distante, inadequado, até. Foi o rugido ensurdecedor dos aviões que abafou os gemidos. Yana e Miro se amaram de novo, como se fosse a última vez. Era o início de uma grande caçada e eles se tornavam terreno de caça um para o outro.

* * *

Ao chegar à cidade evacuada, tripulada por soldados sérvios, andaram à procura de uma pista qualquer. Daquele momento em diante, toda informação seria útil. As fachadas dos edifícios jaziam no chão, reduzidas a pilhas de tijolos vermelhos. Não longe dali, estava a estação de trem de Uroševac, centro de cruzamento de várias linhas ferroviárias. Lá, amontoavam-se ainda milhares de refugiados que esperavam há dias para fugir subindo em um dos vagões e escapando para a Macedônia. Muitos levariam consigo histórias da violência dos soldados sérvios, de execuções sumárias. Vinham de várias partes do Kosovo. Para lá da fronteira, em Blace, território macedônio, enfrentariam os campos de refugiados ou a expulsão para a Albânia. Mas Yana Milinić não viu nada disso naquela noite.

Ao passar pela praça central, avistou uma mesquita e uma igreja ortodoxa construídas lado a lado, testemunhas concretas dos dias em que as duas religiões tinham convivido com normalidade. Isso, no entanto, não mais a enterneceu.

Uma blitz na estrada vazia obrigou Yana e Miro a encostar. Dois soldados armados determinaram que saíssem do carro:

— Mãos para o alto!

Os dois milicianos levantaram as mãos, segurando o livro militar. Na guerra, era essa a carteira de identidade. Um dos soldados levou os livretos para uma casa ocupada por militares. Ao telefone, pediu as informações de controle. A resposta foi rápida.

— Vocês querem um café?

Na esperança de encontrar uma pista, entraram na casa. Rastrear a misteriosa mulher sem rosto exigia, antes, que procurassem pelo parceiro, que descobrissem os movimentos dos guerrilheiros do ELK.

— Pra onde vocês estão indo? — perguntou o capitão.

— Você conhece este homem? — replicou Miro, mostrando a foto.

— Sim, conheço.

— E em qual área você acha que está agindo nas últimas semanas?

— Difícil dizer.

— Vocês prenderam alguém ultimamente, ou têm notícias de bases do ELK por perto? — Yana perguntou ao capitão.

— Destruímos algumas próximas, mas existem muitas. Recentemente, recebemos novas indicações — especificou o capitão.

Yana abriu o seu mapa e pediu que ele mostrasse um ponto preciso.

— Aqui deve ter uma base — explicou, desenhando o símbolo de um pequeno minarete.

Miro quis saber onde ficava a área montanhosa de cavernas, e o capitão assinalou no mapa. Depois, se despediram.

A cor do céu mudava de hora em hora quando retomaram a viagem para Orahovac.

Na entrada da cidade, o guia já os esperava em frente ao quartel. Então, abandonaram o carro, escondendo-o sob árvores, e foram para a floresta passar a noite. De lá, teriam que prosseguir a pé depois das quatro da manhã. Procuraram um terreno plano no meio do bosque. Estenderam a coberta e deitaram-se, não muito próximos um do outro. Yana fechou os olhos. Sabia que a missão que os levaria a livrar-se de Lady Tortura dava apenas garantias de morte.

— Vocês podem descansar, eu cuido da guarda — disse o guia.

— Você é daqui? — ela perguntou.

— Eu nasci aqui nesses bosques. Os meus pais são agricultores. Meu filho nasceu aqui também.

— Quantos anos ele tem?

— Quatro.

— Está em segurança? — Yana perguntou.

— Nada nem ninguém está seguro — replicou o guia, resignado.

— Você sabe se nesta região existem cavernas subterrâneas? — Miro quis saber.

— Sim, há diversas passagens internas que formam verdadeiros labirintos — explicou.

O peso da missão recaía sobre as mandíbulas. Yana acordou num sobressalto, rangendo os dentes e pensando naqueles labirintos. A caçada tinha apenas começado e ela já podia sentir o cheiro de sangue. No mutismo ao qual a madrugada os obrigava, caminharam para o oeste, fortalecidos por uma suposta vantagem que levavam sobre os torturadores. Lady Tortura podia contar com autênticos especialistas em guerrilha, treinados para a floresta e para a escuridão, mas a fugitiva era ela.

O amanhecer chegou envolto em um céu rosa, ao mesmo tempo esplêndido e bizarro, fervilhado de mosquitos. O guia procedia na frente dos milicianos, controlando a passagem. Irritada, Yana puxou a manga para coçar o braço já repleto de picadas de inseto, mas não teve tempo.

— Para o chão! — gritou o guia, abaixando-se.

Três guerrilheiros emergiram do lado oposto, vindos de trás de árvores, a cerca de duzentos metros de distância. O guia atirou primeiro, derrubando um deles, mas também caiu ferido de morte. Do chão, Yana e Miro abriram fogo para neutralizar os outros dois inimigos. E as armas se calaram.

Os dois milicianos esperaram, convencidos de que os inimigos pudessem estar fingindo. A quietude foi interrompida por pássaros no alto, que pareciam farejar a presença de sangue. Talvez ainda fosse cedo para senti-la.

Ninguém apareceu do outro lado para resgatar os guerrilheiros mortos. Os dois sérvios arrastaram o corpo do guia para baixo de uma árvore. Seus olhos estavam abertos, mas não exprimiam desespero. "Não é tão feia a face da morte", pensou Yana.

Miro fechou os olhos do morto, tirou-lhe o casaco e cobriu o seu rosto para evitar que fosse dilacerado por animais. Cabia ao Comando recuperar aquela vítima. Estavam com pressa e, a partir de então, também ficariam sem um guia.

Recomeçaram a caminhar na mesma direção, mas Yana quis espiar as mochilas dos inimigos caídos. A primeira estava cheia de comida, provavelmente destinada a alguém com quem os três guerrilheiros se encontrariam.

Latas de carne de vaca e vitela, biscoitos e tabletes de chocolate. A segunda bolsa também continha alimentos, além de muitos remédios, antibióticos, analgésicos fortes, curativos, agulha e linha. Na terceira mochila, encontraram um mapa com placas que indicavam um ponto de partida e um local de chegada, destacados por um círculo. Miro estudou o círculo e a flecha que conduziam ao destino marcado na carta geográfica: apontavam para um ponto diferente do rumo dado pelo comandante Goran.

— E se a trilha dos guerrilheiros nos levar pra outro lugar? — Yana perguntou, duvidosa.

— Não me atrevo a pensar — respondeu Miro.

Trocaram um olhar de cumplicidade que selou o acordo. A partir dali, seguiriam os rastros dos guerrilheiros, e não mais os do Comando.

* * *

Sem um guia para encurtar os caminhos, tudo ficava mais distante e enfadonho. De tempos em tempos, Yana e Miro paravam para recuperar o fôlego. Precisavam compreender o cenário desconhecido no qual se moviam. Eventualmente, erravam alguma das instruções traçadas no mapa capturado e, então, voltavam atrás.

Após quatro horas de caminhada, num calor de quase verão que consumiu boa parte da resistência dos dois milicianos, Yana e Miro se viram diante de uma imponente montanha negra, coberta somente em parte por vegetação. Podia ser aquele o centro do círculo ressaltado no mapa. Acreditavam que a alta flora acobertasse a caverna onde Lady Tortura estava escondida.

Yana pegou o binóculo e observou a base da montanha, até descobrir uma rachadura na rocha.

— Olha isso — disse ela, passando o binóculo para o companheiro.

Miro examinou cuidadosamente e, depois de deslocar o binóculo por toda a parede da grande rocha, seus braços caíram, desanimados.

— Oh, não! — exclamou.

Yana pegou o instrumento de volta e apontou na mesma direção.

— Agora, sim, teremos diversão — disse ironicamente, depois de constatar, ao avaliar as rachaduras, que havia sete cavernas.

O sol alto a incomodava e ela precisava refrescar o rosto. Aproximou-se de um arbusto para coletar a umidade das folhas, mas um galho quebrado levantou suas suspeitas.

— Miro!

Como um detetive investiga a cena de um crime, ele inspecionou o arbusto e os galhos daquela área. Viu apenas folhagem.

— Espera — sussurrou.

Depois analisou a terra, perseguindo possíveis sinais de presença humana. Ao se abaixar para remover a ramagem que cobria a passagem, notou marcas de botinas. Alguém havia passado ali tentando esconder os vestígios dos próprios passos. Seguindo os rastros, Miro percebeu que aquela pista os levaria direto a algum lugar, quem sabe uma toca. Yana experimentou uma nova e inquietante descarga de adrenalina.

Andaram ao longo daquela trilha. Escalaram arbustos e a densa vegetação, evitando cuidadosamente qualquer barulho que pudesse denunciá-los. Mais de uma hora se passou.

Finalmente, chegaram a uma espécie de clareira plana. Miro chamou a atenção da companheira para uma construção dentro do bosque. Foi Yana, porém, a reparar que não estavam sozinhos. Com grande desassossego, apontou para Miro o guerrilheiro de guarda, deitado atrás de algumas pedras de onde podia controlar as vias de acesso. Felizmente para eles, o cansaço havia diminuído a sua capacidade perceptiva, então não foi difícil para Miro se aproximar por trás do guerrilheiro e silenciá-lo com um golpe de faca.

Nem perderam tempo em esconder o corpo. Miro decidiu que era melhor deixá-lo ali, na mesma posição que tinha em vida. Aquele homem de sentinela era a confirmação da presença de um covil.

O galho quebrado os tinha levado a um bosque fechado de árvores altas, e a uma pequena casa branca encravada entre elas. Uma casa de caça, Yana imaginou. Em todo o território iugoslavo, esses refúgios de caçadores, administrados pelo governo, ofereciam não apenas abrigo, mas também algum estoque de comida em conserva. As portas nunca ficavam trancadas e qualquer um podia usá-los. Avizinharam-se devagar, prontos para atirar.

Fazendo um giro ao redor do refúgio, descobriram que a parte de trás da casa ficava à beira de um precipício, protegida por uma fileira de árvores que havia crescido bem na linha do abismo. Parte das raízes estava bem enterrada no solo, enquanto a outra parte se projetava para a frente, pendurada no ar, como se a terra as tivesse separado pela força de um terremoto.

Os dois entraram no refúgio com as armas em punho, certificando-se de que ele estava vazio. Perceberam que alguém tinha passado por lá, deixando latas de carne consumidas. Yana entrou no primeiro cômodo onde ficava a sala e a cozinha, depois no quarto, e encontrou a janela aberta. Inspecionou cada canto, fixando o olhar nos dois cinzeiros cheios de pontas de cigarro. Cinco latas vazias de carne e feijão permaneciam sobre a mesa de jantar. Não havia, no entanto, nenhum indício de carne de porco enlatada, então os últimos visitantes a terem passado ali podiam ser muçulmanos. As duas camas não apresentavam sinais de uso.

— Ainda estarão por aí ou já foram embora? — Yana perguntou.

— E onde dormem? — Miro seguiu o mesmo raciocínio. — Deve haver alguém em algum lugar muito próximo — disse.

Yana se esforçou para ouvir algo suspeito. Nada. O silêncio absoluto não oferecia nenhum rastro possível. Decidiu olhar com mais cuidado para cada objeto da casa. As poucas panelas, que pareciam sujas há bastante tempo. O sofá velho e surrado. As camas com cobertas que cheiravam a mofo. Quando voltou à porta de entrada, escutou um leve barulho.

— Espera, eu ouvi alguma coisa — sussurrou.

Miro apontou a arma.

— Não! É barulho de água — Yana o tranquilizou.

— Vem, vamos dar uma volta — sugeriu Miro.

Seguindo a pista dos ouvidos perspicazes de Yana, foram em direção a um suposto riacho. Mas foram os olhos agudos de Miro que avistaram, a uns vinte metros de distância, bem em cima deles, o que poderia ser a entrada de uma caverna que em nada se assemelhava àquelas analisadas através do binóculo. Uma gruta tão bem camuflada entre os galhos, que representaria o esconderijo perfeito. Se o especialista Miroslav não tivesse passado por ali.

— Jogamos uma bomba ali, e quem se importa?! — sugeriu ele, já que a paciência não era o seu ponto forte.

— Quieto! — disse Yana desconfiada.

Duas das principais virtudes de Yana Milinić entraram em ação para liderá-los: a paciência e a tenacidade. Esperaram escondidos do lado direito da caverna. Encontravam-se em um terreno ligeiramente inclinado, e de lá conseguiam enquadrar a entrada da gruta. Também seria possível escapar, se necessário. Fumar seria muito arriscado, e Miro sempre ficava nervoso quando não conseguia engolir fumaça.

— Yana, podemos fumar um cigarro?

— Tá maluco?

— Mas e se o vento soprar do lado oposto?

— Não! Tenta ficar calmo.

— Temos que dar uma volta ampla para dar uma olhada por trás — Miro recomendou, impaciente.

Protegida pela primeira catacumba, encontraram uma outra, provavelmente conectada à anterior. Isso significava que quem estivesse escondido teria a possibilidade de fugir por dois pontos diferentes.

— Vamos nos dividir. Eu fico desse lado e você do outro — sugeriu a miliciana.

— E perder a melhor parte do show? De jeito nenhum — brincou Miro.

Não pensava minimamente em deixá-la sozinha com a terrível algoz, caso realmente estivesse encarcerada lá. Precisava de algo que funcionasse como uma armadilha. Tentou improvisar. Tirou duas granadas de mão e uma longa linha de náilon de sua mochila. Prendeu o fio nos anéis das bombas, cobriu-os com folhas e esticou o fio na entrada da caverna, amarrando-o a um tronco alguns centímetros acima do solo. Se alguém tentasse sair por lá, certamente iria tropeçar no fio e a pressão faria com que os anéis rasgassem, detonando as bombas.

— Você acha que funciona? — perguntou a Yana.

— Temo que sim — ela riu nervosamente.

O retorno à gruta principal foi rápido, para não perder nada do que pudesse acontecer. Plantaram-se próximos à outra entrada do covil, na espera do encontro com Lady Tortura que, naquela altura, Yana imaginava que fosse mesmo o seu destino.

* * *

Duas ou três horas intermináveis se passaram. Yana contou cada minuto a mais que a vida lhe dava ao lado de Miro. O sol forte se escondeu nas nuvens, a vista escureceu. Sentiu um atordoamento próximo da insolação. Ouviu um movimento, ainda dentro da gruta.

— Atenção! — Yana sussurrou.

Alguém começava a sair da toca, apoiando-se com os joelhos e as mãos no chão, como um animal. Um homem corpulento, de calça e camiseta pretas, com um Kalashnikov pendurado no ombro, deslocou-se seguido imediatamente por outro, vestido do mesmo modo.

Miro procurou a ajuda dos binóculos.

— Parece ele — disse, referindo-se ao segundo homem.

— Deixa eu ver — Yana pegou as lentes. — Meu Deus, é ele! — confirmou em voz baixa.

O que Yana via através do binóculos era o amante de Lady Tortura, o mesmo homem da foto que o comandante havia mostrado. Espiava desconfiado em todas as direções. Então, o homem se virou abruptamente, fazendo um sinal para quem ainda estava lá dentro.

Foi naquele exato instante que uma mulher saiu da gruta, com uma mochila nas costas, também armada com uma metralhadora. A Yana, pareceu um tipo insignificante.

— Deixe-me ver! — pediu Miro.

A mulher seguiu os dois companheiros com passos rápidos pela trilha que descia da caverna. Estava inquieta como o seu amante, a desconfiança estampada em seu rosto. Provavelmente, esperavam os companheiros que não tinham chegado com a comida e as novas ordens, pensou Yana.

Talvez estivessem indo para o riacho. Desta vez, Yana e Miro se separaram. A miliciana moveu-se sorrateiramente na direção da casa de caça, enquanto Miro seguia de longe os guerrilheiros.

O som da água aumentava a cada passo. A beleza do lugar provocou um impacto tão grande em Miro que, por um segundo, o miliciano se esqueceu da missão que o tinha levado ali. A cachoeira ficava escondida entre árvores de um verde brilhante. A sua queda d'água branca, que alternava raios rosados e lilases, formava aos seus pés uma piscina natural cor de esmeralda.

O guerrilheiro se pôs em guarda. A mulher e o amante se aproximaram da água, refrescaram seus rostos e encheram os cantis. O homem deu algumas instruções ao sentinela e depois voltou. Com a arma pronta para o uso, ela se afastou da cascata. O amante molhou repetidamente a cabeça. Depois, pegou seu Kalashnikov e, abaixando as calças, agachou-se em um canto para fazer as suas necessidades, mas não teve tempo. Com a habilidade de uma raposa, Miro, que estava atrás dele, o imobilizou e cortou a sua garganta. Pegou as suas armas e esperou.

Yana também esperava, escondida perto do abrigo de caça, ansiosa para pôr as mãos naquela que havia torturado e assassinado tantos sérvios. Não demorou muito para que ouvisse passos entre as folhas. Finalmente, pensou.

A mulher entrou na casa de caça, pousou a mochila sobre a mesa e, com a arma no ombro, começou a preparar um café. Pôs a água para ferver, abriu várias latas de carne e sentou-se no sofá com os olhos fixos na porta. O tempo passou e o amante não chegava da cachoeira. Impaciente, voltou ao fogão.

Agachada atrás de uma árvore e com o fuzil ainda apontado na direção da porta, Yana esperou a saída da sanguinária. O grande momento da soldada de milícia naquela guerra estava por vir. Não tinha sido capaz de morrer, mas estava muito próxima de capturar Lady

Tortura. Se tudo tivesse dado certo, o companheiro da albanesa estaria fora do caminho, e a ela, Yana, bastaria ficar calma e concentrada.

Olhou para um ponto fixo e prendeu a respiração. Mas foi distraída por uma voz feminina ameaçadora, especialmente áspera.

— Levanta! Com movimentos muito lentos, ou terão que recuperar o teu cérebro nos galhos das árvores.

Yana arrefeceu, aterrorizada, sentindo o cano da arma pressionado com força contra o seu pescoço. Numa questão de segundos, sentiu o coração descompassado e o terror penetrou como gelo nos seus vasos sanguíneos.

— Você tem dois segundos para pôr a arma no chão e cruzar os braços atrás das costas.

Yana tentou pelo menos ganhar tempo. Não conseguia pensar numa saída. Apostando no fato de que Miro estava para chegar, e que entenderia rapidamente o que estava acontecendo, continuou imóvel.

— Se você não me obedecer, vai acabar mal — ordenou a voz, pressionando o cano com ainda mais força no pescoço da miliciana.

Yana colocou a arma no chão, levantou-se lentamente com os braços atrás das costas e, ao se voltar, viu Lady Tortura.

— Pensou que poderia me enganar, sérvia estúpida! — provocou a albanesa.

Considerando a condição em que se encontrava, Yana não podia se rebelar.

— O teu comandante é tão idiota assim de mandar uma novata como você para me pegar? — perguntou a torturadora. — Que humilhação! — continuou, algemando as mãos de Yana atrás das costas. — Mas não é possível que você esteja aqui sozinha. Cadê os outros? — inquiriu.

— Se você está se referindo ao teu amante, certamente está por perto, a essa altura comido por formigas — Yana ousou dizer, a fim de desestabilizar a inimiga.

Uma joelhada nas costas a derrubou no chão.

— Entre na casa — ordenou a albanesa.

Sob a ameaça do Kalashnikov, a sérvia se levantou do chão e, com as costas em frangalhos, cambaleou até o abrigo.

— Você não precisa mais disso — riu Lady Tortura, tirando os óculos de Yana e dando-lhe um chute que a fez voar direto para o sofá.

Amarrou os pés da miliciana. Com o rosto pressionado contra a almofada do sofá, Yana, com o canto do olho, vislumbrou a infame maleta azul.

Com um prazer sinistro estampado no rosto, Lady Tortura se aproximou da pequena mala. Os reflexos da luz natural nos objetos de metal revelaram uma coleção de alicates de vários tamanhos. Em seguida, pinças, e uma rica variedade de facas com lâminas que despertariam terror só de olhar para elas atrás de uma vitrine. E, por fim, uma massa de fios elétricos.

— Vamos ver o que é preciso para você falar — disse ela, enquanto seu olhar apreciava a ampla instrumentação. — Essa! — exclamou, brandindo uma faca de ponta muito afiada, que imediatamente aproximou da garganta da prisioneira.

— Eu pergunto uma última vez com boas maneiras: onde estão os outros? Quantos são? E quem está ciente da nossa posição?

Dominada pelo terror, Yana ficou muda. Lady Tortura a virou de frente e abriu a sua camisa militar, usando a faca para cortar o seu sutiã, liberando os seios. Queria ameaçá-la com um dos símbolos da sua feminilidade. A miliciana rezou para que Miro voltasse.

— Vamos ver se você vai continuar calada, sérvia idiota!

Inesperadamente, um forte soco atingiu o rosto de Yana. A miliciana sentiu uma dor forte no maxilar. Precisava pensar em como reverter aquela situação, quase irrecuperável. E, nas mãos da torturadora, apareceu outro objeto de metal aterrorizante.

Enquanto isso, não muito longe dali, Miro lutava com o corpulento guerrilheiro de sentinela, que tinha voltado à cachoeira para procurar o amante de Lady Tortura, já sumido da vista há algum tempo. Evitando atirar para não ser descoberto, Miro usou a coronha do rifle, acertando-o na cabeça. O guerrilheiro vacilou, mas não caiu. Quando o miliciano estava para dar o golpe final com o punhal, o guerrilheiro deu um chute no ombro de Miro, fazendo-o cair no chão.

Dentro do abrigo, Lady Tortura continuava a sua obra.

— Abre a boca, sua puta, sérvia maldita!

Yana resistiu, cerrando os dentes.

— Abre ou rasgo seus mamilos — ordenou, acertando Yana com uma saraivada de tapas no rosto, muito rápidos, para fazê-la abrir a boca.

Mas ela continuou apertando os lábios.

— Você é teimosa — disse, desagradavelmente surpresa.

Yana respondeu com um novo desafio:

— Anda logo e me mata, senão mato você com as minhas mãos.

— Não antes de experimentar o meu martelo — ameaçou Lady Tortura.

Diante do terror de ser estuprada novamente, Yana abriu a boca. Lady Tortura deslizou rapidamente um afastador bucal para dentro, instrumento dentário para manter a abertura da boca.

— Muito bem! — a algoz elogiou o seu comportamento.

Yana se preparou para a dor insuportável de ter dentes extraídos à força, sem anestesia. Pensou que preferia morrer a ficar reduzida a um monstro. Não sabia que seria vítima de algo ainda pior.

A pequena e diabólica mulher foi até a pia da cozinha e voltou com duas garrafas de água completamente cheias. Subiu sobre a sua vítima, cobriu o seu rosto, do nariz para baixo, com um lenço de pano, e foi jogando água na sua boca, mantida aberta forçadamente pelo afastador bucal. O lenço impedia que o líquido saísse de dentro da boca. Imediatamente, os olhos da soldada de milícia começaram a comunicar o desespero do sufocamento. O corpo de Yana tremia. Lady Tortura conhecia bem o seu ofício e, por isso, parou no meio da primeira garrafa. O afogamento, uma das torturas mais angustiantes, tinha de ser executado com precisão. Os riscos de matar a vítima eram enormes. Um torturador certamente não quer matar. Ao menos não rapidamente.

— Onde estão os outros? — ela perguntou novamente.
— E quantos são?

Yana se engasgou, desesperada. Como se emergisse das ondas de um mar revolto, ergueu as costas em busca de um fio de ar. A torturadora tirou o instrumento que mantinha a sua boca aberta e a deixou respirar.

— Quantos estão procurando por mim?

A mudez da miliciana a enfureceu e ela enfiou-lhe de novo o afastador bucal, repetindo o flagelo. Pensou em seu amante ferido, perdendo sangue na relva, e despejou mais meia garrafa de água com violência na boca da prisioneira. O autocontrole de Lady Tortura se dissolveu no fluxo de ressentimento. O rosto de sua vítima começou a mudar de cor e o corpo parou de respirar. Yana Milinić estava morrendo naquele sofá imundo. Finalmente encontrava o seu fim, não como havia imaginado, mas nas mãos de uma carnífice.

Porém, aquela morte iminente, ou já alcançada, provocou muito medo em Lady Tortura, que se viu sozinha, cercada de inimigos e sem refém para trocar. Virou o corpo da vítima para esvaziar a boca. Puxou-a de novo pra cima, esmagando o peito para trazê-la de volta à consciência.

— Acorda! Acorda!

Fez a respiração artificial, fechando o nariz e soprando ar naquela boca ainda escancarada pelo metal. Yana continuava imóvel.

— Acorda, puta!

Tomada pela agonia, reiniciou a operação. Finalmente, um jato de água espumosa saiu dos lábios da miliciana, que tossiu, respirou fundo e abriu os olhos.

Lady Tortura então a puxou para cima, deixando-a sentada no sofá, esperando que ela recuperasse a cor.

— Quantos são e de onde vêm?

Yana nem teve forças para falar. A cabeça deslizou para o peito, ainda respirava com dificuldade. Se aquilo era a morte, ela não tinha gostado.

— Quantos? — rugiu novamente.

Yana respondeu com uma voz fraca:

— Duas equipes.

— Sim, mas quantos já estão aqui?

A miliciana ergueu a cabeça, respirou fundo e respondeu:

— Dez.

— Então por que não vêm te resgatar?

— Não sei… é uma boa pergunta — ironizou Yana, mesmo que muito abatida.

— Você tá mentindo! — Lady Tortura gritou, desmascarando o seu jogo.

Vendo que nenhum de seus companheiros voltava da cascata, decidiu escolher métodos de tortura mais fortes. Desamarrou os pés da sua presa e, mantendo-a sob a mira do Kalashnikov, tentou movê-la. Yana, no entanto, prevendo uma oportunidade de se libertar, fingiu não conseguir se levantar. Lady Tortura ajudou-a a se levantar, empurrando-a com o busto contra a mesa de jantar, forçando-a a ficar com metade do corpo inclinado para frente.

— Não se mexa ou te encho de bala! — ordenou.

Foi então até a maleta e removeu um fundo duplo, atrás do qual apareceu uma dezena de martelos de diferentes tipos e tamanhos. Prevendo o êxito que derivaria das ferramentas, meticulosamente dispostas em ordem crescente, perdeu Yana de vista por alguns instantes. A miliciana, aproveitando aquele átimo de distração, e usando as suas habilidades infantis de contorcionista, abaixou-se e conseguiu passar a parte inferior das costas e glúteos entre os braços algemados, depois as coxas, as panturrilhas e um pé de cada vez. Embora ainda algemada, os seus braços estavam à sua frente, e ela poderia, portanto, permitir-se alguma liberdade de movimento.

Lady Tortura havia escolhido dois formatos diferentes do instrumento que deu a ela aquela notoriedade questionável. Já estava prestes a se voltar, quando Yana, apelando às poucas forças que ainda restavam, agarrou-a por trás do pescoço com a corrente das algemas. Comprimindo um joelho nas costas, puxou os pulsos para trás, apertando o pescoço mais fortemente, até fazê-la desmaiar.

Apoderou-se dos óculos, em cima da mesa de centro, das chaves das algemas, no bolso da albanesa, libertou as mãos e recuperou as armas. Para extravasar o seu ódio, agarrou uma cadeira de madeira e quebrou na cabeça da torturadora, dando-lhe uma série de chutes ferozes nos quadris e no peito.

— Toma isso, sua vadia horrorosa! — desabafou, levada pelo desejo de vingança.

A prisioneira abriu os olhos com um grito de dor, mas rapidamente perdeu a consciência.

Quando Lady Tortura voltou a si, estava deitada no colchão com a barriga para cima, os braços e os pés esticados e amarrados aos suportes da cama. E, diante dela, o vulto encolerizado da miliciana anunciando o seu fim.

* * *

O sol tinha se escondido completamente, deixando o refúgio de caça em uma penumbra que aumentava a incerteza das duas mulheres. Entreolhavam-se, ali naquela sala vazia, e não sabiam o que esperar das horas seguintes. Se havia algo que as unia, era a angústia pela vida de seus respectivos homens. Lady Tortura não tinha mais esperança de ver o seu amante vivo outra vez. E até a soldada de milícia estava começando a duvidar que Miro pudesse realmente voltar. No entanto, os papéis tinham se invertido e agora era Yana quem comandava o jogo.

— Vamos ver quem é essa mulher tão poderosa a ponto de incomodar dois esquadrões de soldados — disse em voz pausada. E acrescentou: — Você se divertiu com seus joguinhos, sua maldita?

Em silêncio, a torturadora tentava calcular os próximos lances. Não conhecia a condição de quem estava do outro lado. De carrasca, tinha virado vítima por uma distração imperdoável. E se culpava.

Yana tinha pressa. Corria o risco de que os companheiros da sua prisioneira chegassem a qualquer momento. A ideia de levar a albanesa consigo foi quase imediatamente descartada. Não teria sido fácil convencê-la a segui-la. Certamente, retardaria o retorno ao Comando. E matá-la ainda não era uma opção. A coisa mais urgente a fazer, disse a si mesma, era entender o que tinha acontecido com Miro. Sim, não podia continuar ali com aquela angústia que perturbava os seus sentidos, bloqueava o seu diafragma e quase a impedia de respirar.

Vigiou mais uma vez a presa e, após deixar Lady Tortura inofensiva na cabana, pegou o caminho que conduzia à cachoeira em busca do seu companheiro. Caminhava nervosamente, com as mãos trêmulas. E se Deus colocasse na sua frente o corpo de Miro, como uma punição? Não, nem por um momento podia pensar em tal eventualidade. Se fosse assim, o amante de Lady Tortura teria aparecido. Tentou mudar os pensamentos. Uma decisão difícil, labiríntica, tinha que ser tomada. O que fazer com Lady Tortura prisioneira, e como completar a missão com Miro. O comandante esperava notícias e ela não queria desapontá-lo.

Um trinado distante, como o de um pássaro migratório, a obrigou a se esconder, entrando furtivamente na vegetação. O som lhe soou familiar, mas não viu asas batendo em torno dela. O ruído foi se aproximando enquanto ela caminhava, taquicardíaca. Foi se tornando mais reconhecível, até Yana entender que aquele assovio era um sistema de comunicação secreto. Tentou repetir aquele sinal sonoro que havia estabelecido com Miro, mas não conseguia emiti-lo com a mesma clareza e a mesma força. Sim, era ele. Somente ele poderia imitar tão bem a natureza, pensou feliz. Ao vê-lo, minimizou a forte emoção que sentia.

— Graças a Deus! Fiquei preocupada que você não chegava.

Ele tinha sangue nos braços.

— Tive que resolver umas questões. Vamos voltar para o abrigo.

— Você tá machucado?

— Não é nada.

— E o amante de Lady Tortura? — perguntou a miliciana.

— Não vai mais nos incomodar. Ele tá bem escondido no mato.

— E o outro?

— Foi fazer companhia pra ele.

— Por que você ficou longe tanto tempo?

— Fui dar uma olhada em volta pra me certificar de que não havia nenhum deles na área. Também procurei na caverna, por segurança, mas não havia ninguém lá. Só ficaram armas e comida.

— Ah, eu tenho uma bela surpresa para você também. Mas deixe-me ver o teu braço — pediu, assim que chegaram à casa de caça.

Imediatamente seguida por Miro, Yana entrou no abrigo para buscar um antisséptico e foi surpreendida pelos gritos da prisioneira:

— Tenho que ir ao banheiro!

— Eu decido o que você fará e quando fará — respondeu a miliciana.

Miro de imediato propôs a solução para o problema:

— Vamos degolá-la aqui mesmo e sair daqui.

— Não, por favor, vamos pensar um pouco — Yana implorou.

Pegou o álcool e o algodão e arrastou Miro para fora do refúgio, para limpar as feridas no braço e no rosto.

— Eu gostaria de ficar um pouco a sós com aquela assassina. Se você me der uma mão, podemos resolver isso ainda mais rápido.

Sentaram-se à mesa e comeram juntos, uma lata cada um, e então Miro saiu pra vigiar a entrada da casa.

— Mas seja rápida — recomendou.

A prisioneira lançou um olhar tão odioso a Yana, que poderia tê-la reduzido a cinzas.

— Tá com fome? Vou trazer algo para você comer — disse Yana com falsa atenção.

Abriu outra lata de carne e a aproximou de Lady Tortura. Ocorreu-lhe que poderia atormentá-la fazendo com que ela desejasse a comida, mas se sentiu ridícula. A verdade era que não sabia o que fazer com aquela mulher que mantinha em cativeiro. Queria vingança, mas torturar a torturadora seria uma missão ainda mais difícil do que a ter encontrado. Pior do que a matar.

Yana não se sentia preparada tecnicamente. Não são coisas que se improvisam, pensou. Tocou a medalha de São Jorge, apertou-a entre os dedos e pediu apoio. Continuou a preencher o silêncio de Lady Tortura.

— Então, vadia, quem manda agora? — provocou Yana.

Lady Tortura riu.

— Mas você é só uma pobre miliciana!

— Pode ser, mas agora você está nas minhas mãos e eu posso fazer o que quiser com você — respondeu Yana, abrindo a maleta azul na frente da prisioneira.

Tentando parecer confiável aos olhos de quem fazia dessa prática o seu trabalho cotidiano, estudou os instrumentos com lentidão exagerada.

— Vamos ver o que tem aqui... sim, esse aqui pode servir — disse ela, pegando o maior alicate da fileira bem ordenada.

Sentando-se na base da cama, deslizou o objeto em um dos braços da albanesa, até tocar sua mão, e depois fez o mesmo com o outro braço. A prisioneira reagiu apertando os dedos, sacudindo impotente os braços e os pés amarrados.

— Deixe-me ir ao banheiro — gritou Lady Tortura.

— Cala a boca, cadela albanesa! — gritou Yana. — Fica quieta e não enche o saco!

Levantando-se, continuou:

— Você não entende que ninguém virá te salvar? Cala a boca, senão terei que fechar esse esgoto de boca. Não gosto de ouvir gritos histéricos.

A albanesa virou a cabeça para o outro lado e repetiu, já com mais calma:

— Eu quero ir ao banheiro.

— O que você faria no meu lugar? Você me deixaria ir ao banheiro? — perguntou Yana, tentando criar uma conversa. — Você sabia que, mesmo que agora você me diga onde estão os teus amigos, eu não dou a mínima? — desafiou.

— Duvido — Lady Tortura aceitou o desafio.

— Duvida? E duvida que eu possa cortar todos os seus lindos dedos afilados um a um, como você fez com tantos sérvios? Assassina! Covarde!

Yana tentava ostentar a onipotência que se reconhece nos algozes, mas soava falso. Para ela, e também para a criminosa que tanto incomodava o alto comando sérvio.

— Você é burra se pensa que para assustar basta sacudir um par de pinças — retrucou Lady Tortura, fitando a miliciana com a segurança de quem se sentia muito superior.

— Ah, sim? E o que mais precisa?

— A maldade tem que estar dentro de você.

— Cala a boca, vadia suja no cio! — Yana fugiu para a outra sala para não perder o controle. Era demais ter que tomar lição de uma sádica.

— Eu conheço a maldade — gritou Yana atrás dela, pensando no abandono da mãe.

O desprezo ferveu nos olhos de Lady Tortura.

— Você é só uma qualquer que jogaram aqui pra fazer coisas maiores do que você. É só alguém que veio para me matar, uma assassina que recebe ordens — definiu Lady Tortura, desvalorizando a missão da miliciana.

— E você? O que você pensa que é, torturando os sérvios? — perguntou Yana.

— Eu sou pérfida, isso é o que eu sou — disse exaltada, como se aquelas palavras lhe dessem dignidade.

Yana sentiu a raiva crescer em seu rosto. A prisioneira continuou a encará-la sem baixar o olhar.

— Eu conheço essa crueldade, muito bem. Já fui vítima dela — Yana continuou.

Com um gesto agressivo, arrancou os botões da camisa da sua vítima. Mais cedo, enquanto lutavam, Yana tinha visto algo parecido com uma tatuagem e queria ter certeza do que significava. Enfiou a mão direita dentro da camisa e puxou-a com força até descobrir o desenho, uma águia negra de duas cabeças ao lado do seio esquerdo, o símbolo que também aparece na bandeira albanesa.

— E isso, o que quer dizer?

— Chega de masturbação mental e me deixe ir ao banheiro, sua puta!

— Obrigada! Vou considerar como um elogio — respondeu a miliciana, cada vez mais irritada com a própria incapacidade de fazer a prisioneira sofrer.

Lady Tortura tentou ganhar tempo.

— Você queria ser como eu, mas, infelizmente, você não tem coragem nem habilidade.

— Diga-me, besta sanguinária, com quantos anos você começou a cortar os dedos das pessoas? — Yana perguntou.

— Antes que você virasse a vaca que você é — respondeu a prisioneira.

— Puta má! Agora eu sei o que você merece! Teu fim será lento e doloroso. Vou te fazer sofrer como você nunca imaginou — ameaçou, enfurecida.

— Mas você nem sabe por onde começar com as minhas ferramentas!

— Não sei por onde começar? Vou fazer você ficar quieta agora, você e a sua arrogância! — disse Yana, pegando uma mordaça e encerrando aquela conversa.

Precisava respirar, pensar rapidamente, porque as horas passariam com pressa. Tentou escutar dentro de si. A sua parte racional dizia que não seria capaz de se converter numa torturadora. Mas o que sentia, no seu íntimo, falava algo completamente diferente.

Uma ideia arrepiante lhe veio à cabeça e ela saiu à procura de Miro.

— Então? — ele perguntou.

— Preciso da sua ajuda — disse ela, explicando o seu plano.

Fumaram um cigarro. Em seguida, começaram os preparativos para tirar Lady Tortura do caminho para sempre, do Kosovo e da face da terra. Miro desamarrou os seus pulsos dos cantos da cabeceira da cama. Yana a algemou com os braços atrás das costas, exatamente como a albanesa tinha feito com ela.

Em seguida, desamarraram os pés.

— De joelhos! — ordenou Yana.

A prisioneira tentou escapar, mas Miro a impediu e Yana a forçou a se abaixar.

— De joelhos!

A albanesa obedeceu com a raiva que deturpava o seu rosto. Enquanto Miro a segurava, Yana enfiou uma grande mordaça em sua boca. Não haveria risco de que ela gritasse por socorro. Yana tinha aprendido que as pessoas violentas frequentemente mostram pouca resistência e nenhuma capacidade de suportar, cedendo muito antes dos outros. E que os inocentes gritam. Os culpados, não.

Tirou da mochila algo que, à primeira vista, parecia atípico para um torturador: um pente. Quando a miliciana começou a pentear os cabelos da vítima, fazendo um rabo de cavalo bem alto na cabeça, Lady Tortura sentiu um arrepio frio correr pelas costas e braços. Havia subestimado a sua rival.

Miro queria saber onde pôr a prisioneira. Continuava não muito satisfeito com a ideia de Yana.

— Vamos pendurá-la na maior árvore atrás da casa — Yana sugeriu.

— Vamos matá-la e acabar logo com isso — Miro propôs novamente, contrariado.

Yana nem lhe deu ouvidos. Mostrava-se completamente possuída pela ideia de oferecer àquela mulher um final exemplar, espetacular, um final digno de Lady Tortura. Mas sabia muito bem que o maior presente daria para si mesma, para aquela maldade que estava explodindo dentro dela.

A albanesa se debateu desesperadamente, como se tivesse percebido que aquela era a última chance de se rebelar. Foi bloqueada pelos braços de Miro. Yana a despiu e Miro a levou, nua, até a árvore com grandes galhos atrás da casa. Embora Yana mantivesse a arma apontada para a cabeça da prisioneira, ela tentou escapar novamente, recebendo um tapa que a fez rolar no chão. Miro amarrou seus pés outra vez. Yana entrou na casa e voltou carregando uma cadeira. O seu olhar doce e tristonho tinha se transformado, dando-lhe uma feição feroz. Estava obstinada naquele seu plano diabólico.

— Cuidado com o abismo, a borda é muito escorregadia! — recomendou a Miro.

A árvore, à beira do precipício, pendia para o vazio, como se o vento, ao longo de décadas, a tivesse curvado e ela estivesse prestes a desabar. Yana escolheu um galho forte para pendurar a sua vítima. A ampla copa não permitia que fossem vistos do outro lado do despenhadeiro.

O ritual monstruoso estava para começar.

Enquanto Miro levantava Lady Tortura, segurando-a pelas pernas, Yana subiu na cadeira e, com uma corda grossa, amarrou o rabo de cavalo de Lady ao galho robusto da árvore. A implacável albanesa foi pendurada pelos cabelos, permanecendo suspensa com os pés a vinte centímetros do chão. O couro cabeludo, que sustentava o seu peso, provocava-lhe uma dor insuportável.

Essa prática não era prevista na vasta coleção de tormentos que Lady Tortura havia imposto a tantos, embora tivesse ouvido histórias sobre ela. Abaixou os olhos para o chão e viu o abismo aos seus pés, ainda iluminado por algumas pinceladas de sol. A mordaça que pressionava a boca não foi capaz de segurar os sons incompreensíveis que emitia, como se implorasse por ajuda ou misericórdia. Mas ninguém ali poderia ouvi-la.

Miro continuou o ritual macabro, que exigia que os pés da vítima estivessem livres. Aproveitando a liberdade de movimentos, a albanesa tentou acertá-lo com chutes, mas foi imediatamente bloqueada por Yana, que agarrou suas pernas com força. Enquanto isso, com uma faca muito afiada, Miro fez os cortes técnicos na altura de seus tornozelos. O sangue começou a escorrer lentamente, cobrindo os dois pés da prisioneira.

Aquela tortura, de que Yana tinha ouvido falar como prática dos croatas na Segunda Guerra Mundial, o seu grupo também sabia impor aos inimigos.

— Vamos deixá-la aqui e ir embora — aconselhou Miro.

— E o que vamos dizer ao comandante? Que a deixamos viva? Vai descansar, eu fico aqui — disse Yana, quase fora de si.

O pôr do sol cobriu a paisagem com um tom de vermelho amaranto. Miro não se afastou. Com o fuzil pronto para qualquer imprevisto, ficou vigiando as duas mulheres. Uma delas ainda trêmula, pendurada na árvore nua e sangrando, deixava uma vida de atrocidades. A outra, que até aquela guerra nunca havia feito mal a ninguém que não fosse ela mesma, agora, sentada ao lado de um tronco, mantinha a sua vítima suspensa em um galho. E olhava para o nada. Não era aquela a sensação que imaginava sentir quando a missão chegasse ao fim.

A vítima continuou a lançar olhares cada vez mais desesperados, implorando pelo golpe de misericórdia. Yana apontou o fuzil para a sua cabeça e se preparou para encurtar aquele sofrimento. Miro, no entanto, a impediu.

— Você não pode fazer isso, vão nos ouvir!

Previa-se uma longa e desconfortante noite. Os dois se revezaram na guarda. Enquanto um dormia, cabia ao outro patrulhar as árvores, ouvir os ruídos da floresta e os gemidos sufocados daquela que tinha arrebatado tantos gritos humanos e reprimido tantas vidas. Mas isso não diminuía o vazio de Yana. Ao contrário, o aumentava. Com o passar das horas, os lamentos foram diminuindo até se calarem.

No meio da noite, quando Miro se apresentou para o seu turno, encontrou Yana sem vontade de falar.

— Será que ela morreu? — ele perguntou com um aceno de cabeça que apontava para a árvore.

— Não sei.

— Você está cansada, tenta dormir. Daqui a poucas horas, temos que ir embora daqui.

Quando o dia estava amanhecendo, Yana abriu os olhos e viu Miro tentando acordá-la. Correu até a árvore e se deparou com a cena horripilante. O corpo de

Lady Tortura tinha escorregado da pele, abaixado em quatro centímetros. Os olhos dela não estavam mais visíveis porque a pele do rosto havia se deslocado para cima. As sobrancelhas acabavam no início do couro cabeludo e os orifícios oculares, no meio da testa. Em volta dos tornozelos havia agora uma grossa faixa de carne viva, porque a pele das pernas também tinha sido puxada para cima com a força da gravidade do corpo, que o empurrava para baixo.

Essa imagem monstruosa chocou Yana profundamente, forçando-a a vomitar. Era atroz demais. Lembrou-se da assassina de Sarajevo com rosto de anjo, a torturadora sérvia-bósnia que, com apenas dezesseis anos, tinha cometido crimes horrendos durante a guerra da Bósnia.

Pensou em si mesma. Então, ela também, Yana Milinić, tinha se tornado uma sádica, uma besta. No fundo, a guerra também justificava isso.

Brandiu o punhal e rompeu a corda que mantinha Lady Tortura suspensa.

— Adeus! Te deixamos com as moscas verdes do Kosovo!

O corpo esfolado da torturadora albanesa, que dois esquadrões inteiros do exército sérvio perseguiram em vão, caiu no abismo. Seriam os javalis a se alimentar da carne daquela alma maligna.

A besta entrou na casa e, com uma tesoura encontrada entre os alicates de Lady Tortura, cortou os cabelos muito curtos.

Miro tentou impedi-la:

— O que você tá fazendo? Por que esse massacre?

Yana fugiu silenciosa, bestificada, algoz contra a sua própria vontade.

* * *

Os dias se passaram rapidamente depois do que aconteceu na floresta kosovar. Yana sentia que algo importante tinha mudado dentro dela, e não parecia nada feliz com isso. Não informou o Comando sobre os métodos de eliminação de Lady Tortura. Preferiu considerar como detalhe irrelevante. Queria continuar acreditando que aquela ação não passava de uma ordem bem executada. Goran ficou muito satisfeito ao encontrar a maleta azul em cima da sua escrivaninha, deixada como um presente.

Era noite quando uma das mais terríveis maldições da guerra, a diarreia, recaiu implacavelmente sobre Ivčo. E assim, o miliciano, que passou a noite sem sair do banheiro, se esqueceu de carregar as baterias do rádio. Na manhã seguinte, na hora da patrulha, não se apresentou ao chamado.

Branko ia na frente enquanto subiam um morro. Depois dele vinha Miro seguido por Yana, que tinha insistido pela posição de última da fila. Naquele dia, ela o observava com uma atenção especial. Não sabia se o que tinha acontecido no bosque, com Lady Tortura, mudaria a relação entre eles. O via andar com extrema segurança, desaparecendo nas curvas para reaparecer alguns segundos depois, quando a trilha se tornava reta novamente.

Foi numa dessas curvas que o grande pavor da soldada de milícia se tornou real. Yana sentiu uma mão pesada tapar a sua boca e o cano de um Kalashnikov pressionar a sua têmpora. Foi arrastada para fora da trilha. Uma voz ameaçadora, com um sotaque albanês, ordenou:

— Fica quieta ou te explodo o cérebro! Tira o dedo do gatilho, devagarinho!

A emboscada fez de Yana Milinić uma prisioneira do Exército de Libertação do Kosovo.

Um guerrilheiro kosovar a forçou a se ajoelhar enquanto outro a golpeava no estômago, antes de nocauteá-la com a coronha do fuzil. Yana perdeu a consciência por alguns instantes. Continuaram a atingi-la e ela sentiu a dor ficar muito aguda, quase insuportável. Foi tomada pela angústia de que Miro, já muitos passos à sua frente, não percebesse tão cedo a sua ausência. Capturada silenciosamente, sem que os seus amigos pudessem vir ao seu auxílio, naqueles poucos segundos, se viu condenada a uma morte diferente da que tanto desejou.

Uma lâmina de 25 centímetros pressionou perigosamente a sua artéria carótida, enquanto outro combatente tentava abaixar a sua calça. A miliciana lutou valentemente, mas não conseguiu evitar que ele se pusesse sobre ela. Podia aceitar quase tudo, mas não sofreria aquela brutalidade outra vez. Dentro dela cresceu um ódio que foi se tornando incontrolável. Repetia pra si mesma que não poderia permitir aquele ultraje pela segunda vez.

Atraído por um barulho, o terceiro guerrilheiro, que fazia a guarda, deu alguns passos em direção à trilha principal. O que segurava a faca deu um salto e o seguiu.

Ficou somente o combatente que estava sobre ela, quase conseguindo consumar o ato de violência, quando a reação de Yana o colocou fora do jogo. Como um animal selvagem, fora de qualquer controle, a miliciana mordeu o guerrilheiro na garganta com tanta ferocidade, que abriu a sua carótida, deixando ali um buraco. O sangue quente inundou o seu rosto. Os outros dois guerrilheiros se voltaram, mas uma rajada atingiu um deles. O segundo também caiu. Antes, porém, teve tempo de apontar o seu Kalashnikov para Miro que, ferido, apareceu detrás das árvores cambaleando, enquanto um véu negro caiu diante dos seus olhos. Atrás dele, uma rajada de Branko calou o último sobrevivente do grupo guerrilheiro que, com a garganta aberta, tentava se levantar.

Yana levantou a calça e correu para Miro. Estava inconsciente e perdia sangue na altura da barriga. Branko amparava a sua cabeça. Precisavam agir rapidamente. Yana estancou a forte hemorragia com faixas que tirou da mochila, pressionando com força. Era necessário transportá-lo ao hospital urgentemente, mas a ausência do rádio agravou muito a já difícil condição do miliciano.

Branko teria que ir a pé, correndo, buscar uma ambulância, enquanto Yana ficaria com o companheiro ferido. A solução não a convenceu. O sangue, bloqueado no momento, podia voltar a jorrar. Ao mesmo tempo que Branko buscaria ajuda, ela carregaria Miro até mais perto do lugar onde chegaria a ambulância. Cada minuto podia ser fatal.

Prepararam o indispensável. Yana tirou dois cinturões dos guerrilheiros mortos e os fechou formando duas circunferências, que foram postas sob as axilas de Miro. Seria carregado como uma mochila. Branko tirou a sua jaqueta e a colocou nas costas de Yana para protegê-la do peso que iria transportar. Juntos, levantaram Miro. Yana enfiou os braços nos dois cintos como se fossem alças de uma mochila e, assim, começou a arrastá-lo para baixo.

Branko saiu correndo a uma velocidade vertiginosa. Yana começou a sua via crucis, arrastando aquele corpo. As suas lágrimas se misturaram ao sangue do guerrilheiro kosovar, que estava começando a congelar em seu rosto. Eram lágrimas tão grossas que nublavam a visão. Rezou a São Jorge para salvar a vida de Miro. Também apelou para a sua última reserva de forças.

— Não me deixa, Miro!

O peso que carregava podia derrubá-la a qualquer momento. E ele talvez não resistisse. Tentou diminuir o passo para reduzir os riscos. Percebia os músculos das costas queimarem, tamanha a dor que sentia. Pensava outra vez no grande paradoxo de ter ido à guerra procurando a morte, de ter encontrado Miro, e de estar ali, naquele instante, a ponto de perdê-lo.

— Ai! — O grito dele a fez rir e chorar ao mesmo tempo. Estava vivo!

— Não fala, não se esforça, vou te levar ao hospital.

A descida com aquele corpo lesado, com obstáculos na terra, era a sua missão mais difícil.

— Fica acordado, por favor!

Apesar dos apelos contínuos, Miro desmaiou. A viagem extrema durou mais de duas horas. Ao ver a chegada do carro verde com a cruz vermelha, Yana chorou de cansaço e alívio. Miroslav foi colocado na maca e na ambulância militar, onde imediatamente lhe foi aplicada a máscara de oxigênio. Respirava. Yana soltou os cintos que a ajudaram a carregá-lo. As mãos sangravam, com as palmas quase sem pele. Nas clavículas, o atrito dos cintos deixou-a em carne viva. Se jogou ao solo por alguns instantes. Com grande esforço, ergueu-se e entrou na ambulância cheia de esperança.

* * *

Um frio úmido trazido por um forte vento invadiu a entrada do hospital militar de Gnjilane, gelando os braços de Yana Milinić. Miro tinha acabado de ser operado e ela esperava por notícias. Aquela mudança repentina de temperatura pareceu-lhe um presságio. Vivo ou morto que fosse, ela ficaria sozinha naquele cenário de guerra.

Mantinha a cabeça baixa dos vencidos, os olhos fixos nas palmas das mãos, nas chagas que se abriram carregando aquele corpo, que ainda ardiam como estigmas e que, aos olhos da miliciana, revelavam, sim, a sua coragem, mas também a sua imensa fragilidade e a sua total abnegação.

Branko a tinha acompanhado ao hospital e estava sentado ao seu lado. Um pesaroso Ivčo, ainda em mal estado, culpado de não ter recarregado as baterias do rádio, tinha se juntado a eles. Quando o médico finalmente se aproximou, Yana entrou em estado de choque.

— Teu parceiro conseguiu. Está fora de perigo. Vamos mandá-lo pra casa nos próximos dias.

A vida acabava ali para a miliciana. Aquela nova vida que tinha começado quando pisou no Kosovo e conheceu o homem que, em pouco tempo, quem sabe, desapareceria para sempre. A morte talvez não tivesse sido mais dura do que a sua volta para casa.

Autorizada pelo Comando, Yana voltou para saudá-lo antes da partida. Uma despedida rápida e formal.

— Obrigado — disse ele.

— Por quê?

— Por ter salvado a minha vida — disse Miro.

— Você salvou a minha também, e mais de uma vez — disse a miliciana em débito. E não se conteve: — Logo a gente se vê de novo, você não vai se livrar de mim — provocou com um sorriso.

— Yana, a guerra acabou para mim, estou voltando pra casa — respondeu, resignado.

— É um risco que eu já tinha calculado. Boa viagem — replicou Yana.

— Nunca vou te esquecer. Cuide-se — Miro se despediu com uma evidente tristeza.

A raiva se misturava à decepção. Acelerou o passo para deixar o hospital e sair da vida dele o mais rápido possível. Branko, que de novo a acompanhava, segurou o seu braço do lado de fora do portão, tentando fazê-la raciocinar.

— Estamos no meio de uma guerra. Não se deixe levar pelo sentimentalismo.

Yana libertou-se do amigo, oferecendo o corpo à rajada de vento frio, quase como se aquele sopro de gelo pudesse fazer o seu coração parar. Deixou que as lágrimas molhassem o seu rosto enquanto caminhava rápido, sem rumo. Lembrou-se de que na Vojvodina, nas cidades de planície onde os ventos se cruzavam com uma força incomum, o suicídio podia não ser considerado um pecado mortal. Naquela vasta esplanada, os cristãos ortodoxos que tiraram a própria vida foram perdoados pelo Patriarca. A sua Igreja só tolerou o gesto extremo, porque reconheceu que o vento causava danos terríveis ao cérebro. Infelizmente, Yana tinha nascido na parte montanhosa da Vojvodina, onde aquele vento não circulava, e para ela, valiam as regras do resto do mundo ortodoxo. Tinha escolhido ir à guerra para morrer e aquela despedida confirmava uma espécie de morte.

Uma hora depois, Branko a encontrou vagando pelas ruas de Gnjilane e a levou ao bar Radost. A *slivovica* queimou o seu estômago.

— Não sinto mais nada — desabafou.

— O tempo e a guerra vão te ajudar a esquecer — Branko a consolou.

O apoio do miliciano parecia sincero. Depois do conflito na Bósnia, ele também tinha perdido os seus afetos e nunca mais os reencontrou.

Os ferimentos em suas mãos, nas costas e nos ombros sararam rapidamente. Os outros, ela sabia, durariam para sempre. A mando de Miša, guiado pelo seu desejo de vingança, Dragan tomou o lugar de Miro ao lado de Yana. Uma decisão que ela não apreciou. Dragan, porém, não a incomodava mais como antes, suscitando agora apenas indiferença.

Voltou ao convívio do seu canto interior, no pátio do Repouso, ao cheiro do óleo de armas. Respirou aquele líquido espesso e nauseante, fechou os olhos e esqueceu.

IV

Depois da partida de Miro, o medo da traição, tão obstinado em área de guerra, começou a se insinuar nos pensamentos cotidianos da soldada de milícia. Farejava cada movimento, temendo que um de seus companheiros pudesse entregá-la ao inimigo. Não era a única a temer a perda de algo ou de alguém. Os soldados, especialmente sensíveis à possibilidade de infidelidade conjugal, brincavam sobre isso toda vez que um deles ia visitar a família com uma licença de quarenta e oito horas.

Naquele dia foi a vez de Nikola, que, antes de entrar no jipe, apontou o olhar para Branko.

— Oi, caro, quer que eu vá à tua casa levar algo pra tua mulher? — perguntou com cinismo.

— Não, obrigado, não há nenhuma necessidade — Branko riu.

Ria-se muito em zona de combate. Se não fossem aquelas brincadeiras, Yana pensava, teriam enlouquecido. Porque a guerra podia ser também muito tediosa.

O capitão Stevo apareceu no pátio, interrompendo o passatempo dos soldados.

— Todos em fila aqui na frente!

Sem aviso, o comandante Goran alcançou a formação e flagrou a diversão.

— Estamos de muito bom humor por aqui! — comentou.

Rapidamente se alinharam o melhor que podiam e ficaram em posição de sentido.

— Descansar! — E voltando-se a Yana: — Como está a minha soldada?

— Sempre bem, comandante.

Goran tinha chegado para sérios comunicados e imediatamente mudou o tom e o semblante.

Informações inesperadas do governo de Belgrado exigiam mudanças na estratégia dos grupos que operavam na sombra, como a Raposa Vermelha. A Otan estaria preparando um ataque via terra, no Kosovo, com tropas que logo entrariam através da fronteira com a Macedônia. Se a campanha aérea estava sendo devastadora, uma guerra terrestre teria causado, incomparavelmente, mais baixas.

— Tenho notícias muito importantes — o comandante iniciou em tom solene. — Vocês não poderão contar a ninguém o que começaremos a fazer a partir desta noite, nem mesmo às suas esposas.

Com calma meticulosa, quase estudada, Goran desvendou parte do plano de ação.

Ninguém disse nada. Entre os milicianos, correu o boato de que o comandante em chefe, o general Slobodan Milošević, havia ordenado novas operações fora do cenário oficial de guerra. Ou seja, de que queria atacar a Macedônia, que não estava em guerra contra ninguém. E caberia às Raposas executar essa missão. Afinal, os milicianos tinham ido ao Kosovo para fazer o trabalho sujo ao qual o exército regular não podia se submeter. E isso, Yana Milinić já tinha compreendido.

Desta vez, o bombardeio imprudente e altamente ilegal do território da Macedônia tinha sido ordenado a Goran diretamente por um coronel do Estado-Maior, braço direito de Milošević, que veio especialmente de Belgrado. E seria realizado com a ajuda de uma formação de reforço adicional. A Raposa Vermelha iria fazer aquela missão ultrassecreta com o apoio dos Boinas Pretas, um temido grupo sérvio conhecido por sua ausência de piedade e pela fome de limpeza étnica. Os Boinas Pretas costumavam ser muito ferozes, ainda mais do que os Marines americanos no tempo do Vietnã, Yana Milinić pensou com um arrepio. Tinha ouvido falar que possuíam habilidades de sobrevivência tais que, quando treinavam na floresta, eram capazes de se alimentar apenas de cobras e ratos.

— Eles conseguem voltar da guerra mais gordos do que antes! — Branko comentou com espanto.

Yana apertou as calças para medir quanto peso havia perdido desde que tinha posto os pés no Kosovo. Pelo menos oito quilos, calculou.

— Mesmo que operem em pequenos grupos, é muito difícil matar um Boina Preta — completou Branko.

O temeroso grupo havia se estabelecido como polícia secreta na Sérvia e como uma unidade de operações especiais contra o terrorismo. Essas figuras polêmicas, conhecidas como Serpentes, intrigavam as Raposas pela soberba e pela total falta de comunicação com eles. Yana observou que, ao contrário dos voluntários, os Boinas Pretas usavam coletes à prova de balas, e lembrou-se da explicação que tinha recebido quando perguntou por que as Raposas não os usavam.

— Para se mover mais rápido — disse um capitão do batalhão.

Não devia ser mentira, já que um colete pesava cerca de dez quilos.

Vinte Boinas Pretas estavam sendo esperados. Acompanhariam os milicianos em apenas um pequeno trecho do caminho, fato que por si só os fazia compreender o risco da missão.

A ordem dada pelo comandante Goran no dia anterior havia deixado todos bastante perplexos.

— Vocês terão que ir vestidos com roupas civis e usando documentos de kosovares.

As Raposas conheciam bem a técnica da despistagem, que consistia em usar os documentos do inimigo, e já tinham utilizado a estratégia em outras ações. Mas ninguém se atreveu a perguntar por que seria preciso vestir-se de civil. Para Yana, parecia muito evidente: havia o risco de alguém do grupo morrer em solo macedônio. Por isso, era necessário privá-lo da sua identidade, para que a imagem de Slobodan Milošević e do seu governo não fosse comprometida aos olhos da comunidade internacional.

A traição, que ela tanto temia, vinha da parte do Comando. Podia até aceitar ser sacrificada pela pátria, mas o que sentia como traição era a ordem de cancelar a identidade. A possibilidade daquele corpo que queria presentear à mãe acabar jogado em uma vala comum. Pior do que isso, completamente anônimo. Além da audácia, que normalmente exibia em situações semelhantes, Yana sentiu medo de não receber aquele reconhecimento póstumo de coragem e heroísmo.

Planejou um novo suicídio, mantendo a sua mente pronta para qualquer ocasião que se apresentasse. Vestiu calça jeans e escolheu uma camisa branca entre as saqueadas por seus companheiros em uma das casas. Finalizou com uma jaqueta jeans clara que a deixava mais bonita, iluminando os seus olhos.

Em um dos bolsos, pôs a carteira de identidade de uma mulher kosovar. No outro, o documento sérvio e o documento de registro militar. Não obstante seu senso de disciplina e respeito ao comandante, não teve dúvidas: era melhor desobedecer do que morrer no anonimato ou com um nome que não era o seu.

* * *

Uma das ações mais arriscadas ocorreu sob um céu de chumbo. Ao amanhecer, o caminhão militar partiu para a sua primeira missão altamente secreta: bombardear a Macedônia.

Sentados em duas fileiras de bancos, um soldado de frente para o outro, os voluntários da Raposa Vermelha, com rostos sonolentos e tensos, seguravam o fuzil na vertical, apoiado no chão, ao lado das mochilas repletas de cartuchos de morteiro. A bolsa de Yana continha uma dezena de granadas. Não sentia vontade de falar com ninguém. Apesar do jejum, naquela manhã sofria de náusea e de dor de dente, que pioraram quando o caminhão começou a escalar a montanha. Cada curva ampliava o seu desconforto.

Três horas e meia depois, a equipe saltou do veículo em um lugar montanhoso, perto da fronteira entre o Kosovo e a Macedônia, e se escondeu no mato. Só a chegada da noite daria o sinal para iniciar a caminhada e atacar um país que não estava em guerra contra eles.

Subiram o morro, a pé, cobertos por uma chuva incessante que atrapalhava tudo. Yana sentiu um frio violento, que a envolveu da cabeça aos pés. Não podiam avançar mais rápido. As granadas de morteiro que carregavam nas mochilas retardavam os movimentos, fazendo com que afundassem na lama. Os temíveis Boinas Pretas os acompanhavam. Dois deles pararam com o rádio, enquanto os outros seguiram para mostrar o caminho.

Chegando à Terra de Ninguém, a faixa neutra na fronteira entre nações em guerra, os homens da Unidade Especial, mudos e impenetráveis, cessaram a caminhada e, junto com o capitão Stevo, estabeleceram ali uma base de apoio.

Sem a habitual farda camuflada, que os tinha defendido da chuva e do vento durante todo o período, além de indicar o status de combatentes, os milicianos começaram a arrastar-se pelas terras inimigas com muito mais dificuldade. A lama penetrava pelas roupas comuns, colando na pele. Aquilo despertava, sobretudo em Yana, um sentimento de repulsa que se misturava à sensação de desorientação, de perda de coordenadas, que aquela noite escura produzia nela. Continuaram quase agachados, movendo-se com reserva, sob o peso das armas que logo seriam lançadas contra um alvo secreto para eles.

— É certamente algo grande — disse Branko.

— Quem sabe se algum dia vão nos dizer o que foi — acrescentou Ivčo.

Os sussurros de seus companheiros a fizeram imaginar que as suas granadas cairiam sobre alguma base militar americana ou da Otan ali na Macedônia, de onde as tropas inimigas deveriam sair para entrar no Kosovo, iniciando uma guerra terrestre. O trabalho da Raposa Vermelha era destruir as tropas antes que cruzassem a fronteira.

Não chovia mais quando se aproximaram do local designado para o lançamento. Ao longe, no alvo que seria atingido, viam-se as luzes acesas. Yana largou a mochila e começou a retirar as granadas. Todos os anéis das ogivas foram removidos para detoná-las o mais distante possível.

— Carregar!

— Fogo!

Os três grupos atiraram juntos. A ação durou cento e oitenta segundos, três minutos. Quando agarrou o binóculo de Branko, Yana viu dois homens de cueca escapando de uma casa quadrada que se assemelhava a um bunker. As luzes permitiam uma visão clara daquele prédio diferente de todos os outros. Parecia mesmo uma base militar.

Os milicianos começaram a sair velozmente dali, onde a reação, supostamente americana ou da Otan, logo seria desencadeada. Somente Yana decidiu não se mover. Mais uma vez, continuou deitada até que o grupo desaparecesse completamente. Então, se levantou, jogou fora o documento kosovar que levava num dos bolsos, deixando apenas os seus, verdadeiros, e esperou pela resposta do inimigo. Enfim tinha chegado a hora, e ela esperava que tudo acontecesse o mais rápido possível. Apertou uma medalha de São Jorge na mão direita, cruzou os braços na altura do peito e olhou para as imensas estrelas-satélites que brotavam no céu de Kosovo.

— Vocês podem ser mais fortes, mas o coração, temos nós!

* * *

A algazarra parecia vir de uma revoada de gaivotas enlouquecidas, sem harmonia, capazes de criar uma barreira de som ameaçadora para defender o seu território. Ainda era noite funda quando Yana Milinić arregalou os olhos e procurou as gaivotas voando sobre a sua cabeça. Demorou um pouco para entender que não tinha nada ali além do poderoso estrondo dos caças-bombardeiros. Não sabia se havia dormido ou perdido a consciência. Tocou seus braços e pernas: estava viva. A sua tentativa de morrer tinha fracassado mais uma vez. Nenhuma resposta do que acreditava ser uma base militar tinha vindo na direção dela. Em sua mente, talvez um pouco paranoica, era como se a outra parte, a Macedônia, não tivesse respondido às granadas sérvias para cancelar aquele ataque, para esconder a presença de soldados no seu território, prontos para invadir o Kosovo por terra.

Olhou em volta e não enxergou nada. Limpou os óculos sujos de lama. Se arrastou com os braços à frente, como um cego, tentando identificar os obstáculos. Se lembrou de que estava no topo de uma colina. Deitada na grama úmida, rolou o corpo dolorido e, com grande esforço, começou a descer o morro. Precisava escapar o mais rápido possível para não ser capturada. Deveria cruzar a fronteira e chegar à Terra de Ninguém. Aferrou-se às palavras do comandante, pronunciadas nos primeiros dias da guerra:

— Voltaremos todos pra casa, até os mortos.

Tinha certeza de que o grupo viria resgatá-la. Um animal, possivelmente um rato, passou por ela e desapareceu sob as folhas. De repente, um fedor de podridão a deteve. Era só uma galinha morta, velada por um coro de moscas, provavelmente verdes. Conseguiu conter o vômito. Sentiu o terreno plano e calculou que devia ser uma estrada de terra. Empurrou o corpo até sentir a inclinação do solo. Então, se jogou novamente para baixo, puxada pela força da inércia. Uma pedra interrompeu o trajeto descontrolado. Yana se chocou contra o tronco de uma árvore e desmaiou.

Recuperou a consciência meia hora depois. Já podia ver a luz do amanhecer. Sentia uma forte dor na cabeça e, quando levou a mão à testa, estava manchada de sangue. Ainda parcialmente atordoada, viu um buraco profundo no solo, talvez resultado do desenraizamento de alguns troncos, e decidiu não se arriscar a ser vista na luz do dia. Deslizou para dentro da cova. Permaneceu ali, impassível, morta-viva, esperando a sua sina.

* * *

Ao amanhecer, quando os milicianos se encontravam nos limites daquela faixa de terra deserta e fantasmagórica que separava a Macedônia do Kosovo, perceberam a ausência da soldada de milícia.

— Yana não está aqui! — avisou Branko.

— Como não? — perguntou o capitão.

— Ela deve ter se perdido, não voltou com os outros!

O capitão pediu o rádio aos Boinas Pretas e ligou para a base.

— Falta a soldada!

Depois do ataque, tinham corrido por quase uma hora na direção do ponto de onde haviam partido.

— Como teria se perdido? — Miša perguntou, preocupado e ao mesmo tempo desconfiado.

— Pode ter caído e quebrado o pé — ponderou Branko.

— Você a viu correr? — perguntou a Miša.

— Não. Achei que ela estivesse mais atrás.

Branko ouviu Miša discutir, em voz baixa, os detalhes da operação para recuperar Yana. Ainda era seu marido, e Branko sabia que a história de Yana com Miro tinha ferido o seu orgulho e que, além disso, o episódio da partida de Louban não havia sido bem digerido pela parte podre do grupo.

— O que vamos fazer? — perguntou Branko.

— Vamos esperar pelo capitão — disse Miša.

— Daqui a pouco vai amanhecer! Temos que voltar à estrada imediatamente — insistiu Branko.

— Vamos esperar pelo capitão — Miša repetiu secamente, apontando para o oficial que falava no rádio a poucos metros deles.

Enquanto espiava o céu através das folhagens com as quais tentava se cobrir em seu esconderijo improvisado, Yana Milinić pensava em como aquele buraco entre as árvores era adequado. Aquela cova a tinha esperado por muito tempo. No fim, poderia ser mesmo a sua tumba. Mas o comandante não a teria abandonado em terra inimiga. Seus companheiros logo voltariam e a resgatariam, pensou sonolenta. Por um momento, a imagem de Miro surgiu na sua frente e ela estreitou os olhos e adormeceu.

Quando um farfalhar a despertou e a trouxe de volta à realidade, ouviu passos nas folhas. Prendeu a respiração. A marcha foi ficando mais próxima. Yana ergueu a arma e viu uma pequena luz. Depois, uma arma apontada para ela.

— Não se mexe ou atiro — ordenou uma voz familiar.

— Estou com o dedo no gatilho — respondeu Yana.

— Cala a boca, vadia! Você quer morrer? Agora vou te dar uma mão.

Reconheceu a voz de Miša. Yana já esperava pela bala na cabeça quando uma outra voz imperiosa foi ouvida.

— Miša, quem está aí dentro?

Ele não se voltou. Mantinha a arma apontada para a miliciana dentro do buraco.

— É um assunto pessoal, capitão! — justificou-se.

— Em guerra não existem assuntos pessoais! Abaixe a arma que é melhor pra você!

Miša obedeceu e o capitão o mandou voltar na frente dos outros.

Branko e Ivčo se aproximaram da cova. Yana foi puxada e apoiada no ombro de seus companheiros. Ainda perdia sangue pela cabeça.

— Vamos voltar! Em breve estarão aqui!

A ordem do capitão apressou o retorno. O constrangimento de Yana era evidente. Tinha que encontrar uma desculpa plausível para explicar por que não havia fugido da Macedônia com o grupo.

A luz da manhã feriu os seus olhos. Yana protegeu a vista e concluiu, amargamente, que as balas não a queriam. Então desistiu, definitivamente, do seu plano de morrer.

* * *

Uma luz cegante entrou da claraboia, atingindo as suas córneas como uma arma de corte. Deitada na espreguiçadeira, Paola se moveu abruptamente, buscando proteger os olhos dos raios do sol. Baixou as pálpebras para relaxar na cadeira e sentir a massagem nos pés.

O estado emocional da fisioterapeuta, entretanto, se mostrou um obstáculo. Vivia o seu último dia naquela casa que a havia acolhido tão bem.

— Podemos retomar a nossa conversa? — perguntou Paola.

— Sim — respondeu após alguns momentos de hesitação.

Seu toque mudou de intensidade, como se aquela fosse a verdadeira resposta. Sem muito cuidado, empurrou o tecido do calcanhar até o centro da sola do pé esquerdo e parou em um ponto conectado ao coração.

— Isso dói! — Paola reclamou.

— Sinto muito — disse a terapeuta.

Ao diminuir a força dos dedos sobre o pé da paciente, percebeu dentro de si uma sensação que já identificava há algum tempo. A dor sentida por Paola não a desagradava. Ao contrário, conferia-lhe um certo prazer. Faltava só o sangue para fazê-la feliz. Não era a primeira vez que via a jornalista como inimiga. Aquela era a mesma emoção de quando, muitos anos antes, combatia contra os kosovares. Desde que Yana Milinić tinha começado as sessões de fisioterapia, as lembranças daquela guerra a precipitaram para uma angústia incurável. Era instintivo, se vingava calcando forte, no centro da planta do pé ou na parte externa, a glândula suprarrenal que ativa o cortisol e aumenta a adrenalina. Assim, fez com que a jornalista pagasse por cada pergunta, intrusiva ou não, por cada macabra curiosidade, por qualquer pedido direto ou transversal.

Yana continuava a sua luta para esquecer aquela experiência dramática. Havia concordado em contar a sua história, sem prever que teria trazido à tona toda a raiva acumulada durante uma vida inteira. Não conseguia mais dormir, chorava todas as noites e várias vezes pensou em desistir. Sentia uma desordem tamanha ao reabrir as feridas, que nem o significado do seu nome a consolava mais: Yana, perdoada por Deus. Mas o perdão de Deus não bastava para ela.

Quando a guerra acabou, oito meses depois, deixou a Sérvia e se mudou para o norte da Itália. Com um esforço extraordinário, obteve o diploma de fisioterapeuta. Nem parecia verdade que tinha conseguido reinventar uma vida. Evocar a experiência do Kosovo estava sendo muito doloroso, mas, de alguma forma, a estava ajudando a superar aquele passado.

— Por que você decidiu não se suicidar mais? Você realmente pensava em morrer?

A pergunta de Paola, embora extremamente motivada, incomodou Yana.

— Já te disse que durante toda a minha vida não desejei outra coisa além de morrer.

— Sim, mas não o fez. Por que, então, quando você realmente teve a chance, mudou de ideia?

— Por causa da guerra, que precisava de mim.

— Ou era você quem precisava da guerra?

Yana decidiu neutralizar a sua interlocutora pressionando os dedos na área do pé que controla os dez nervos cranianos. A pressão no hálux enviava estímulos diretamente para a hipófise, uma glândula cerebral capaz de causar sonolência. A massagista estava tentando deixar Paola inoperante. Já tinha criado problemas demais.

Com uma suave fricção, a acalmou até a quietude. Paola percebeu que não conseguia mais levantar as pálpebras e se deixou cair num sono rápido e incontrolável. Yana desfrutou do seu triunfo por dez minutos. Depois, a jornalista acordou e retomou os interrogatórios, que atormentavam ainda mais a ex-miliciana nos últimos meses.

— Você sabia que os pais de Milošević se suicidaram?

— Sim. E um tio também.

— Você acha que foram essas tragédias pessoais que o tornaram mais cruel? — Paola perguntou, também para testar a sua entrevistada.

Yana se calou. Sabia do mal que ele tinha provocado ao seu país. Continuou com a cabeça baixa e uma expressão hostil no rosto. Apertou a parte macia da planta do pé, onde ficavam as conexões com todos os órgãos internos. Pressionou com força, indo do calcanhar até os dedos de Paola.

— Ai, tenta se acalmar! — protestou a jornalista.

— Sinto muito.

Não foi suficiente para Yana Milinić. Queria tirá-la da cadeira. Trabalhou nos intestinos e no cólon no arco do pé. Depois, no sistema linfático, diretamente nas veias da perna, para encher a bexiga da jornalista e obter um momento de alívio. Queria mandá-la ao banheiro o mais rápido possível.

— Desculpa, tenho que ir ao banheiro — Paola a interrompeu após alguns minutos.

A fisioterapeuta se sentiu fora de perigo. Quando ficava nervosa demais, mudava de assunto, tentando evitar os detalhes sangrentos ou, ao menos, tentando adiá-los ao máximo.

— Quer uma xícara de chá verde? — Paola perguntou ao voltar.

Naqueles momentos, quando sentia a cordialidade da dona da casa com ela, Yana entregava as armas e espalhava uma espécie de bálsamo da indulgência, dos pés até os joelhos. Os movimentos de rotação ao redor da rótula proporcionavam relaxamento total. A ex-miliciana sabia ser doce e gentil quando se sentia segura, bem quista, e não oprimida pelo julgamento implacável dos outros. E, com Paola, também havia aprendido muito sobre a sua guerra.

O pé parecia completamente desinchado e os ligamentos, desinflamados. Missão cumprida. Retirou o excesso de óleo dos pés de Paola com papel absorvente. A massagem tinha chegado ao fim. Mas, ao seu relato, ainda faltavam pedaços de verdade.

— Miro tinha ido embora, você não queria mais morrer, que emoções ainda a guerra reservou pra você? Você viveu outras experiências daquela importância?

— Oh, sim, e como!

* * *

O vale todo florido com dentes-de-leão, que formavam grandes manchas amarelas, podia parecer intocado pela presença humana em um raio de vinte quilômetros, se não fosse por uma única casa que se projetava da vegetação, entre duas montanhas. Sob o sol, o telhado lançava reflexos cor de cobre. Aquela imagem de total isolamento tocou Yana em um ponto muito sensível para ela. Sentia-se tão isolada quanto aquela casa. Não sabia quem morava lá, ou o que esperar da ação que estava prestes a realizar. Nunca conheciam antecipadamente os objetivos do Comando. Quase nunca.

Com o visor de seu fuzil de precisão, Miša monitorava a situação de cima, sondando eventuais inimigos escondidos nas árvores. Quando observou a casa com o binóculo, viu dois homens armados que saíam de lá.

— Inimigos — alertou.

— Atiramos? — perguntou Nikola, apontando a metralhadora.

— Não, vamos esperar — decidiu o chefe.

Ninguém entendeu a decisão até que, alguns minutos depois, foi ouvido um tiro.

— *Sniper*!

A bala disparada de longe passou de raspão no grupo. Os dois inimigos voltaram rapidamente para a casa solitária.

— Merda! Foi o reflexo do vidro! Por que você moveu o fuzil assim? — Branko perguntou a Miša com raiva.

O sol tinha criado um reflexo nas lentes do fuzil. O inimigo, posicionado ao longe na frente deles, em linha reta, os descobriu.

— Ninguém se move! — sussurrou Miša, recuperando a autoridade.

— Como se fosse fácil se defender de um *sniper* — Yana murmurou, tentando ridicularizá-lo.

— Por que não?

— Porque são as pessoas mais pacientes que existem.

— E seremos ainda mais — respondeu Miša aborrecido.

Yana julgava possuir a mesma paciência de boi de um atirador de elite. Teria sido uma boa *sniper*, pensou, justamente pela precisão que a tarefa exige. Deitada no chão com os joelhos dobrados para esconder os pés, pois os atiradores identificam suas vítimas até mesmo por um pequeno fragmento do corpo, observava o tom lilás das violetas selvagens do campo e se divertia calculando os detalhes que poderiam comprometer a missão de um franco-atirador. O suor. O calor. Até o vento é capaz de desviar uma bala. Tudo no espaço circundante tem que ser levado em consideração, avaliou.

— Vamos atacar a casa — sugeriu Verko.

— Cale-se! — ordenou Miša, enquanto tentava inventar um plano para fazer o atirador inimigo perder o contato com eles.

A miliciana também sentia o impulso de atacar, mas não ousou contrariar o ex-marido.

Prepararam coberturas de folhas e arbustos para se camuflarem. Depois de um quarto de hora, Miša deu o sinal para deixar a posição com extrema cautela.

— Retirada!

Yana se escondeu atrás de um grupo de árvores, desta vez, não mais para morrer.

Com a paciência de um *sniper*, esperou. A espera tinha se transformado numa arma de combate, talvez a mais importante das estratégias, pensou. Manteve-se ali, como um eremita que faz o voto de silêncio. Aguardando o momento certo para voltar e encerrar as suas contas.

Desde a partida de Miro, algo tinha se quebrado dentro dela. Os fantasmas que mais de dois meses antes a tinham empurrado para aquele território sangrento reapareciam agora mais fortes.

Mas ela também se sentia mais forte. Depois do que tinha experimentado naquele último período, sentia-se diferente fisicamente e com a mente mais livre de culpas. O rancor e a raiva que havia acumulado e reprimido por tantos anos agora encontravam o caminho para explodir. Naquele instante, sentiu um intenso e inevitável desejo de matar.

Um barulho nos arbustos a fez, por um momento, temer que o seu plano falhasse. Reconheceu a voz de Verko, que sussurrava o seu nome. Miša tinha mandado o soldado procurá-la, enquanto o resto do grupo se apressou em deixar o território controlado pelo inimigo. Não demorou muito para que Yana convencesse o miliciano a segui-la naquele seu projeto alternativo de ataque. O desejo de sangue também superava as pulsões mais elevadas de Verko.

Assim que a luz da tarde começou a cair, os dois desceram em direção à casa solitária, iluminada apenas pelo crepúsculo. Ao saírem do bosque, avistaram a silhueta de um guerrilheiro que fazia a ronda a um passo da entrada. Um instante de distração, e puderam se aproximar sem ser vistos.

Yana atirou na cabeça do guerrilheiro. Ao mesmo tempo, com um chute, Verko abriu a porta e conseguiu atirar num segundo homem da vigilância. A miliciana, que já se encontrava no saguão de entrada, disparou uma rajada de balas ao redor e, ao fazê-lo, percebeu, atônita, que aquela casa parecia um pequeno hospital militar. Ou um local de tráfico de orgãos, pensou Yana. Mas já era tarde demais. Numa sala ao lado, esvaziou o carregador contra um enfermeiro em pé e três feridos deitados nos leitos. No segundo quarto, onde três outras camas estavam alinhadas, atirou nos doentes, um dos quais não tinha uma perna, perdida quiçá numa mina terrestre, ou sob as granadas que ela mesma ajudava a lançar. Outro chute e a porta da sala de cirurgia se abriu. O médico se escondeu atrás dos batentes da porta, esperando a chuva de tiros que atingiu o espaço vazio entre eles. Verko entrou atirando no médico e Yana dirigiu uma violenta rajada que matou o paciente sob anestesia na mesa de operação, com o estômago aberto. O único a não ver aquela barbárie. Lá atrás, agachado, o cirurgião tentou alcançar um Kalashnikov que descansava em uma prateleira próxima, mas o seu braço foi imediatamente atingido pelo fogo do fuzil, que em seguida lhe acertou a cabeça. Os dois milicianos não tinham intenção de deixar testemunhas para trás.

Reinou-se o silêncio medonho que sucede a um massacre. Quinze pessoas, entre guerrilheiros, ou prisioneiros que teriam os seus órgãos retirados, e a equipe médica, jaziam sem vida nos vários quartos do pequeno hospital. Rios de sangue corriam em grandes poças escarlates. Desta vez, o cheiro do plasma misturado ao de éter e desinfetante hospitalar não era capaz de acalmá-la.

Movida pela adrenalina daquele acerto de contas, e seguida pelo parceiro não menos excitado, deu início a uma corrida desordenada na escuridão da floresta.

Sabia que havia perdido a sua alma naquele ataque. Só quando tropeçou na raiz de uma árvore e caiu no chão, num lampejo de consciência, se deu conta de que ela, Yana Milinić — também ela —, tinha se tornado uma criminosa de guerra.

* * *

Helicópteros militares sérvios voavam tão perto um do outro que Yana fechou os olhos, temendo uma grande colisão. Contou quantos eram. Sete. Imaginou que transportassem soldados ou reservistas feridos para hospitais na Sérvia. Escondida no meio da vegetação esparsa, olhava atordoada. Tinha saído com Branko e Ivčo para uma patrulha duas horas antes, quando estourou o tumulto. Tiros em todas as direções, de fuzis e metralhadoras. A agitação durou seis ou sete minutos. Aquelas escaramuças eram sempre muito rápidas. Antes do início do tiroteio, os aviões de guerra tinham lançado dois mísseis, um dos quais se chocou contra uma rocha da colina onde os três milicianos avançavam, forçando-os a uma fuga apressada e confusa que os fez perder o senso de direção. Depois que a balbúrdia dos motores voadores se dissolveu, Yana, ainda deitada de bruços, procurou o amigo em voz baixa:

— Ei, Branko!

— Tô aqui!

— Vamos embora?

— Pra onde? — perguntou Ivčo.

O dever de propor a rota cabia ao mais experiente. Desorientado e sem o auxílio de um instrumento que indicasse os pontos cardeais, Branko levantou-se e procurou, na casca das árvores, uma espécie de planta bússola, um musgo que cresce sempre no lado norte do tronco, mas não a encontrou. A tensão aumentou entre os companheiros.

— Vamos para lá, porra! Mesmo que seja perigoso! — disse Ivčo, entrando em pânico.

Branko escolheu um caminho aberto, com um campo de visão mais amplo, aceitando o risco de que os guerrilheiros do ELK pudessem vê-los. O dia havia começado mal e tudo poderia acontecer.

Caminharam por horas em campos e estradas desertas, até que chegaram a um lugar completamente desconhecido, nos arredores de uma cidade esvaziada. Um pequeno bar, com a porta entreaberta, pareceu a única solução para matar a sede.

Um velho kosovar de aparência consternada que se encontrava atrás do balcão lia um livro bastante volumoso, com a capa em tecido vermelho.

— Uma *slivovica*! — Branko ordenou.

— Para mim, um pouco de água! — pediu Yana, que em seguida perguntou: — Que lugar é esse?

Nervoso e amedrontado, o homem apressou-se em servir a água e o destilado sem perder tempo em responder. Yana olhou para o título do livro sobre o balcão e não se conteve.

— Kanun!

Esse era o nome do antigo código albanês que continha todas as leis não escritas daquela sociedade desde a Idade Média. E estava aberto ali. O avô de Yana contava que, para os albaneses, até o ato da vingança era previsto naquele livro, da mesma forma que as leis no Código

Penal. Ali foram reunidas as regras que haviam guiado a sociedade albanesa no passado. Podia-se ler, inclusive, sobre os comportamentos mais estranhos, como o das virgens juradas, mulheres que viravam homens por vontade própria, para ajudar a família. Quando, em uma casa albanesa, um homem vinha a faltar e a família ficava sem uma fonte de renda, a mulher jurava aos parentes a mudança de sexo e passava a se vestir como homem, a se comportar como homem e a trabalhar em atividades puramente masculinas. Mas o que mais fascinava Yana, durante os relatos do avô, era que na intimidade da casa as virgens juradas continuavam a usar as roupas tradicionais femininas.

Era a primeira vez que Yana via aquele livro, e provou uma bela sensação. Acenou para Branko, que foi até o balcão.

— Olha o que achei!

O velho embranqueceu.

— O Kanun! Você conhece? — prosseguiu Yana.

— Sim.

— E você, Ivčo? — continuou a miliciana.

— Deixa eu ver!

Numa atitude truculenta, Ivčo pegou o livro, examinou todos os lados, arrancou algumas folhas e as rasgou em pedaços.

— Olha bem aqui, velho de merda! — disse, voltando-se para o assustado dono do bar.

— O que você tá fazendo? — Yana perguntou com indignação. — Você não sabe que este volume é ainda mais antigo que a chegada dos turcos?

— E sabe o que me importa? — reagiu Ivčo com desprezo. Ele nunca tinha ouvido falar em Kanun.

O kosovar tentou dar um passo em direção à porta atrás do balcão, mas Branko agarrou a faca:

— Aonde você vai, meu velho?

— Ele quer ver a lua! — provocou Ivčo.

Entre os paramilitares, isso significava puxar a cabeça para trás e oferecer a garganta pra ser cortada. Sob o efeito da *slivovica*, Ivčo mirou o pomo de Adão do kosovar, muito protuberante, parecendo-lhe um convite explícito para a faca. Mais sóbrio do que o amigo, Branko foi atrás do kosovar e o degolou. O velho morreu sem a menor reação. Permaneceu com os olhos abertos, embotados, com a mesma expressão de melancolia.

— É o próprio Kanun que prevê a punição de sangue como vingança — disse Branko, ironicamente, justificando-se com a amiga.

Yana observou tudo entristecida, enquanto o sangue escorria e a cabeça do velho tombava para o lado. No mesmo instante, sentiu o cheiro forte do sangue, mas não sabia se de fato aquele odor tinha se espalhado rapidamente ou se o que sentia era fruto da imagem do fluido vermelho, que a fazia lembrar de um cheiro que havia mantido aprisionado dentro dela por tantos anos.

Ivčo se serviu de mais uma cachaça sérvia, bebendo-a de uma só vez. Branko fez o mesmo, enquanto ela, que ia finalmente começar a beber a sua água, interrompeu o gesto alarmada ao ouvir um barulho vindo do fundo do bar.

— Cuidado! Tem alguém ali!

Com o fuzil apontado, chutou a porta atrás do balcão, que levava, talvez, a um escritório ou, mais provavelmente, à casa da família.

No primeiro quarto, que dava para um longo corredor, não tinha nada além de uma mala feita às pressas até a metade, com roupas íntimas, colocada sobre uma das duas camas de solteiro. Alguém estava se preparando para fugir.

Yana continuou a avançar e se viu diante de outra porta fechada. Um único chute foi o suficiente para abri-la. Deitada na cama, uma senhora idosa exibia um rosto doente. Não havia nenhum traço de terror em seus olhos, somente tristeza e piedade. Yana sentiu como uma bofetada. Tinha acabado de assistir à execução daquele que deveria ser o seu marido. À idosa também parecia não restar muito para viver. Fechou a porta com cuidado, como se não quisesse incomodá-la.

— Descansa tranquila, vovó!

Ouviu passos que a levaram a correr pelo corredor rumo aos fundos da casa. Alguém tentava escapar por ali.

— Pare ou atiro! — gritou Yana.

O fugitivo era uma mulher, que imediatamente parou de costas para a miliciana.

— Mãos para o alto! Vira o corpo devagar ou atiro!

A mulher obedeceu e se voltou muito lentamente. Então, foi como se o piso do corredor, com as suas tábuas soltas, fizesse tremer a casa inteira. Yana sentiu a cabeça rodar e a sua frequência cardíaca atingiu o limite da resistência. Não podia acreditar no que via. Parecia mesmo ela.

— Ilìria!

A muçulmana se esforçou para reconhecer a pessoa que apontava a arma contra ela. A farda camuflada e o cabelo muito curto a confundiram, mas a voz era a mesma da sua infância.

— Yana?

— Sim, sou eu.

Se olharam longa e profundamente. Para Yana, era a pior peça que a vida poderia pregar. Estava lá, pronta pra puxar o gatilho e fazer desaparecer aquela testemunha inoportuna.

Continuou a manter a arma apontada. Ilìria manteve as mãos levantadas. Nenhuma das duas ousou se mover. Yana tentou escutar dentro de si a resposta, mas ouviu a voz de Branko, que vinha de trás, com a arma apontada de forma ameaçadora.

— Yana, o que tá acontecendo?

— Nada. Espere por mim no bar.

— O que você tá fazendo? Tira essa vadia do caminho e vamos embora. Senão, deixa comigo!

— Fica longe, Branko! É uma coisa minha. Abaixa a arma e me espera lá no bar!

Yana falou com o companheiro sem mover o olhar da amiga muçulmana. Seu tom firme o convenceu.

— Ok, mas resolve isso rápido, temos que ir!

As duas mulheres continuaram ali, olhando uma pra outra, procurando o afeto e a cumplicidade de uma vida.

— Ilìria, onde está o teu marido?

— Foi procurar um médico para a mãe dele.

— Você tem uma arma?

— Não!

Talvez estivesse mentindo, mas para Yana aquilo não importava. Aquele encontro fazia ressurgir um passado que as últimas semanas tinham contribuído a soterrar ainda mais. A única amiga da infância e juventude, a fiel guardiã do seu segredo mais íntimo, estava ali, na sua frente, mal contendo as lágrimas. Yana também chorava, enredada naquela guerra da qual não sabia como se livrar.

— Não chora, Ilìria! Você é bonita demais pra chorar!

Ambas sorriram.

— Onde estão os teus pais? — Yana perguntou, já temendo a resposta.

— Estão mortos.

— Sinto muito. E a doceria?

— Foi incendiada.

Um mal-estar as envolveu. O fogo devia ter sido obra dos sérvios, pensou a miliciana.

Contemplou o véu que cobria os cabelos de Ilìria. Havia se tornado uma mulher verdadeiramente bonita, embora o sofrimento tivesse mudado alguns traços do seu rosto. Teriam ficado horas ali, as duas, chorando pelo imerecido destino.

— Desculpa, tenho que ir. É melhor que o teu marido não nos encontre aqui quando voltar.

— Senti muito a tua falta nesses anos — confessou Ilìria.

— Eu também. Adeus!

Jamais poderia ter puxado o gatilho. Aquela amiga era o único elo que ainda a mantinha presa a uma realidade não incrustada no mal. Yana voltou ao bar e, enquanto caminhava pelo estreito e comprido corredor, estranhamente familiar, pensou em como a guerra podia ser absurda. Havia tirado a sua única paixão verdadeira, e agora devolvia a única amiga a quem tinha confidenciado todos os seus sentimentos, os mais cruciantes e indizíveis.

No bar, os dois companheiros já tinham esvaziado a garrafa de *slivovica* quase por completo. O sangue do velho kosovar, sogro de Ilìria, tinha coberto as páginas do Kanun, e o inconfundível cheiro dominava todo o ambiente. Yana pegou a garrafa, levou-a à boca e deu um longo trago.

— Vamos embora, raça de bêbados de uma figa!

* * *

Uma notícia causou um efeito devastador naquela manhã insolitamente silenciosa, quase de verão, em que Yana se levantou mais cedo, sentindo uma inquietação que não sabia explicar. Não ouviu o estrondo odioso dos caças-bombardeiros, só o clamor alegre de alguns amáveis passarinhos.

Estava deitada no sofá do Repouso quando um fermento de vozes e ruídos a arrastou pra fora. O capitão Stevo, acompanhado de um suboficial, entrou na sala com uma expressão de grande decepção. O anúncio foi breve e chocante, como uma violenta punhalada pelas costas.

— A guerra acabou. Temos três dias pra sair daqui. Tudo deve ser concluído em setenta e duas horas, até a meia-noite de terça-feira. Entendeu? — disse o capitão.

— O que você está dizendo? — Yana perguntou desorientada.

— Acabou.

— Não pode ser! Não é verdade! — repetiu perdida.

O presidente da Sérvia, Slobodan Milošević, tinha se rendido. Encurralado pelos bombardeios, assinou o documento para a retirada total de todas as forças ofensivas presentes no Kosovo. Militares, milícias e a polícia sérvia. Yana, que o defendia com fidelidade, conseguia apenas, naquele instante, sentir um enorme desprezo por ele.

— Maldito!

Retirar-se significava, para ela, perder um território que considerava parte de seu passado, de sua vida. Mas, acima de tudo, sabia não ter nada para que voltar. A derrota caiu sobre ela com um misto de humilhação e abandono.

Os companheiros ouviram a conversa e desceram, estarrecidos.

— Que canalha! — Miša praguejou.

— Vamos sair e matar todos eles — gritou Ivčo.

— O presidente Milošević não teve outra escolha — defendeu o capitão. — Agora busquem os seus pertences, temos pouco tempo para deixar o Kosovo!

— E ir pra onde? — perguntou Yana, que via desaparecer, de repente, as referências que tinha conseguido construir nos últimos três meses.

— Vocês vão controlar a retirada das tropas e a evacuação dos civis. Peguem suas coisas, vocês têm que sair dessa base! Andem! — ordenou o capitão.

Yana pressentiu que os próximos três dias, os últimos ali, seriam os mais melancólicos da sua vida. Arrumou a mochila rapidamente. Recolheu as poucas coisas que tinha levado. Voltaria para a velha, insípida e insuportável vida de antes. Não. Não aceitaria essa sorte.

Desceu as escadas, pegou o fuzil e, sentando-se no sofá do Repouso, posicionou o cano sob o queixo para finalmente completar a verdadeira missão para a qual tinha se deslocado até o Kosovo. Ficou assim por muito tempo, enquanto os seus companheiros passavam na sua frente, lançando um olhar rápido para ela sem, no entanto, fazer nenhum gesto para tentar dissuadi-la. Na completa anarquia daquele vai e vem, percebia-se apenas uma grande indiferença. A capitulação não os unia mais como antes. As amizades frágeis e precipitadas, construídas entre as balas que explodiam, estavam prestes a desmoronar. Assim como o relacionamento com Miro, que rapidamente se desfez. Agora, todos voltavam a ser estranhos.

Com o dedo no gatilho, não conseguiu encontrar coragem para pressioná-lo. Não lhe restava outra alternativa que encontrar coragem para viver.

O espetáculo que se seguiu parecia uma paisagem infernal. Antes de abandonar o Repouso, os milicianos da Raposa Vermelha exprimiram toda a sua ira destruindo aquela casa. Cada um deles esvaziou todo o carregador de seu fuzil contra as paredes, em uma explosão ensurdecedora de tiros que parecia não ter fim. O terraço do andar de cima, com paredes de concreto armado, foi a parte mais difícil da estrutura a desabar. Os milicianos amarraram um cabo de aço a um trator e, com um rancor cada vez mais selvagem, literalmente arrancaram o andar superior. Quando todos os carregadores se esvaziaram, o Repouso foi incendiado.

Aquele inferno não agradou Yana. Assistiu indefesa à imensa fogueira enquanto numerosas lágrimas escorriam no seu rosto marcado por rugas que não existiam antes da sua chegada.

Com a base reduzida a um monte de entulho, os milicianos partiram para aquela nova e desconsolada missão, a última que ainda lhes restava cumprir.

A cavalo, a pé, de carro, a bordo de caminhões ou tratores, sérvios e kosovares de etnia sérvia começaram a ir embora, junto com as longas filas de soldados motorizados, tanques sobre rodas, carros blindados. Pressionados pelo tempo que iria se esgotar, os civis levavam só uma pequena parte dos seus bens.

De um pequeno morro, Yana contava os veículos que passavam e, junto com os outros milicianos, garantia a segurança da travessia aos que eram forçados a emigrar. Observando as caravanas dos que partiam, espantou-se com a quantidade de pessoas que ainda habitavam as cidades, que ela pensava estarem desertas. Pessoas que Yana nunca tinha visto durante a guerra.

Um bando de andorinhas, talvez partindo antecipadamente para o voo migratório rumo à África, apareceu ali, anunciando a estação quente. Yana imaginou onde teriam estado durante as bombas. Avistou a fila interminável de refugiados e voltou o olhar para o céu do Kosovo, acompanhando aquela coreografia livre, sem a imposição de fronteiras.

* * *

Um pôr do sol purpúreo calou Yana Milinić, imóvel diante daquela paisagem da retirada dos carros militares. As andorinhas tinham voado longe, deixando-a com a indagação que já a perseguia por algum tempo: qual o verdadeiro sentido de tudo aquilo? Sentia a urgência de fazer as contas das suas perdas, desde a família que se opôs à sua vida de soldada voluntária até as relações inesperadas que havia construído antes da guerra com aqueles que, depois do conflito, certamente se tornariam inimigos implacáveis.

Dez dias antes do fim das hostilidades, pelo menos vinte civis foram mortos em um bombardeio da Otan em Novi Pazar, na Sérvia central, na fronteira com o Kosovo. Yana Milinić mais uma vez amaldiçoou os líderes das potências estrangeiras. O inusitado foi que ela não se enfureceu pela morte de vítimas sérvias, mas temeu pelos turcos albaneses que tinha conhecido lá, seis anos antes, durante a guerra na Bósnia. E com os quais tinha estabelecido um forte vínculo de amizade.

Era o ano de 1993 e, tentando sobreviver como costureira no país bloqueado por sanções econômicas, ela encontrou, por telefone, um homem que vendia um tecido muito especial, produzido na Turquia. O *tetra platno*, usado para fraldas infantis, poderia representar uma virada nas suas finanças. Afinal, era um pano cem por cento de algodão, de qualidade e maciez superiores, muito absorvente e com tempos de secagem mais curtos. Do ponto de vista empresarial, talvez fosse uma aventura um tanto imprudente, porque teria que negociar com os adversários históricos.

Yana embarcou no ônibus que a levaria a Novi Pazar, um antigo centro de cultura e mercado para os produtos de Sanjacado, território em que, ao longo dos séculos, sérvios e otomanos se alternaram no poder.

Ao passar pela igreja cristã local, construída no século X, fez o sinal da cruz à maneira ortodoxa, com os três dedos de sua mão unidos. Viu o *hammam* local, com a estrutura típica dos banhos turcos do século XV.

Chegando ao endereço, encontrou três homens sentados em um bar turco. Depois de se apresentar e explicar o motivo da visita, recebeu uma oferta como resposta do proprietário, Admir.

— Você quer um refrigerante?

— Sim, obrigada.

Foi convidada a se sentar com os muçulmanos. A jovem cristã ortodoxa abriu a bolsa, tirou alguns maços de notas de valores baixos e os colocou sobre a mesa. Em seguida, tirou mais pacotes de dinheiro de dentro dos bolsos da jaqueta e da calça, colocando-os ao lado dos outros. Não satisfeita, empilhou aqueles maços de notas à sua frente, formando um monte de dinaros e marcos alemães. Como se estivesse na mesa de um cassino, colocou as mãos na montanha de dinheiro e a empurrou para o centro da mesa, sob o olhar surpreso dos três sujeitos.

Não foi o dinheiro que os impressionou. Na mesa não deveria ter mais do que o equivalente a duzentos marcos. Foi a bravata da sérvia que causou impacto nos presentes.

— Em troca desse dinheiro, gostaria de ter noventa metros de *tetra platno*.

Os três se estudaram por algum tempo, até que Admir resolveu contar o dinheiro. Pegou uma calculadora e fez os cálculos. Então, empurrou a montanha de dinheiro de volta para Yana.

— Muito pouco — respondeu ele.

Como se não tivesse escutado as suas palavras, ela pôs o dinheiro de volta ao centro da mesa.

— Para essa quantia, devo receber noventa metros de *tetra platno* — repetiu destemida.

Pegaram a calculadora de novo. Baixaram o preço, mas a oferta ainda não era aceitável. Empurraram o dinheiro de volta para ela. Fim do jogo.

Um deles perguntou:

— Não tinha um homem que pudesse ter vindo no seu lugar?

— Não.

E, pela terceira vez, Yana empurrou a pilha de dinheiro para os seus interlocutores. Precisava de noventa metros, tinha feito as contas com precisão. Revendendo as fraldas cortadas e costuradas, ganharia dez por cento. Sobreviver, naquela época, era tão penoso, que aquele pequeno percentual representava uma grande conquista.

— Para esse dinheiro, que é tudo o que tenho, necessito de noventa metros de tecido, nem um metro a menos.

— Se vê que você não se cansa facilmente — disse Admir, com simpatia.

O comentário do muçulmano pareceu-lhe um elogio. A sua irredutibilidade e sinceridade, e talvez até mesmo a ingenuidade de seu comportamento, a recompensaram. O turco, então, vendeu a ela os noventa metros de *tetra platno* pela soma que ela possuía. E fez muito mais. Levou-a para sua casa, onde Yana conheceu a sua esposa e filhos. Ele a convidou para almoçar e a acompanhou até a rodoviária, carregando ele mesmo os dois rolos de pano para fraldas.

Uma vez por mês, Yana voltava a Novi Pazar e era recebida como uma velha amiga da família. Até um ano antes, Admir ainda trabalhava como técnico na Tetra Platno, fábrica que tinha sido forçado a fechar, vítima da economia aniquilada. A mulher, Fatma, ensinava na escola primária. A casa deles era o ponto de encontro dos parentes e, se não fosse por uma pergunta incômoda que uma prima dele tinha feito a Yana, à queima-roupa, diria-se que Admir estava hospedando um dos seus.

— Você se casaria com um albanês? — perguntou a prima.

— Sim — respondeu Yana.

— Eu não me casaria com um sérvio. Nunca!

Yana enrubesceu, talvez porque também ela não escolheria um albanês como marido, mas não queria ser rude. Treze anos antes, na Suíça, tinha tido um namorado turco, paixão pela qual pagou amargamente, espancada pelo pai até que um fio de sangue lhe escapasse do ouvido.

Certa vez, foi a Novi Pazar para o Ramadã. Depois que o sol se pôs, um jantar inesquecível foi posto sobre a mesa: sopas, pãezinhos, uma espécie de tortelli de carne frito, maçãs recheadas e doces árabes. A hospitalidade dos muçulmanos era requintada e acolhedora. Entre eles, Yana se sentiu segura e compreendida.

Um pequeno acontecimento, ocorrido durante o jantar que encerrou o longo jejum islâmico, deixou-a completamente à vontade naquela família. A cruz ortodoxa da sua corrente de ouro saiu de dentro do vestido, ficando exposta no peito.

— Desculpem — disse Yana, abaixando a cabeça.

— Não precisa se desculpar — respondeu Admir. — Se você não respeita a tua religião, não pode respeitar a minha.

Em outra ocasião, as palavras um pouco formais do muçulmano a teriam irritado, mas, com a sua sinceridade, se sentiu aceita. Em toda a sua vida, nunca havia conhecido uma disponibilidade tão autêntica. Se um dia tivesse que se esconder, pensou, aceitaria sem hesitar a casa de um turco.

* * *

A gaivota fez uma decolagem vertical perfeita do telhado do Palazzo Braschi, empurrada pelo vento. De repente, mudou de trajetória e mergulhou em queda livre, deslizando sobre o terraço romano, provavelmente atraída por uma bandeja de sanduíches de atum siciliano. Paola e Yana continuavam a conversa, sentadas frente a frente. A ex-miliciana mostrou um traço de ressentimento na voz.

— Nós não perdemos a guerra — disse tristemente.

— Mas o Kosovo não pertence mais a vocês.

— Espero que não seja assim para sempre.

— Você realmente acredita que alguém desencadearia outra guerra pelo Kosovo?

— Acho que não, sofremos muito. Talvez até inutilmente.

— Outros jornalistas também procuraram você?

— Na Sérvia, sim, muitos.

— E então?

— A primeira pergunta que fizeram me desencorajou — disse Yana.

— Quantas pessoas você eliminou? — perguntou Paola.

— Sim.

— E o que você respondeu?

— Que a natureza do Kosovo era muito bela.

— Não quer dizer quantas pessoas você matou? — Paola continuou, mesmo sabendo que poderia irritá-la.

— Não é relevante — respondeu Yana.

— Como você viveu os dias da retirada?

— Como uma morte.

— A tua?

— A minha e a de toda a Sérvia.

* * *

Os saltos das botas militares rimbombaram pela rua deserta, com o passo despeitado por uma derrota difícil de suportar. Ao se aproximar de uma nova aldeia, o grupo Raposa Vermelha procedeu com mais cautela, pronto para responder a qualquer ataque. No centro da pequena praça, o minarete branco refletia os primeiros raios da manhã. Tudo parecia irremediavelmente vazio. Em tempos de paz, o canto harmonioso dos muezins estaria ressoando por todo o vale, com as convocações cotidianas para as cinco orações do dia. Mas a guerra também tinha imposto o seu terror às manifestações de fé.

Era quase dia nas montanhas do Kosovo. Os milicianos, talvez na sua última ação bárbara juntos, farejaram presença humana na diminuta mesquita, mesmo que, do lado de fora, não se visse nem mesmo um par de sapatos.

Decidiram invadir. Yana Milinić deduziu que os companheiros tivessem outra razão para entrar ali que não a busca por inimigos.

Em um canto do templo islâmico, um imã recitava o primeiro salá do dia. Com os joelhos dobrados, o corpo esticado para a frente e a cabeça apoiada no tapete de lã, agradecia a Alá pela retirada sérvia. Em menos de quarenta e oito horas, murmurou para si mesmo, as tropas de Milošević deixariam o Kosovo e o mal seria extirpado. O imã não tinha visto que Miša, o primeiro a tirar o afiado punhal, já se aproximava dele.

— Levanta, muçulmano!

O imã deu um pulo, procurando uma via de fuga, mas foi cercado pela faca dos outros soldados.

— Deixem-me em paz — pediu.

— Reza para o teu profeta! — Miša intimou com sarcasmo.

O muçulmano fechou os olhos. Era um homem de sessenta e poucos anos, a barba branca bem cuidada, o rosto marcado por rugas excessivas na testa. Miša o agarrou por trás e o forçou a ficar de joelhos. O ódio daqueles sérvios vencidos na guerra clamava por revanche. O imã, a última alma a restar naquela aldeia, pagaria por todos aqueles que tinham conseguido escapar. Miša cortou a sua garganta com um talho não particularmente profundo. Não queria deixá-lo morrer rapidamente.

Yana assistiu a tudo no limite do que poderia suportar. Não queria mais ver nenhuma crueldade. Deixou a mesquita como uma sonâmbula. Os milicianos voltavam com latas de gasolina e completaram aquela ação hedionda ateando fogo primeiro ao templo, convencidos da crença popular de que os muçulmanos nunca mais voltam aos lugares incendiados, e, em seguida, às casas ao redor e a toda a rua.

Do lado oposto da praça, Miša e Dragan exibiam um pacote de três mil marcos alemães encontrados nos canos da calefação da mesquita. Na primavera e no verão, tornavam-se o melhor esconderijo para dinheiro ou joias, e os milicianos sabiam disso. Era esse o motivo da invasão do templo muçulmano. Os seus companheiros não passavam de miseráveis assassinos e ladrões.

Mas e ela? Ela, que tinha chacinado aquilo que parecia ser um pequeno hospital militar, o que era? Yana se perguntou ao atravessar a praça da cidade desconhecida, ainda levando dentro de si as imagens do martírio do imã, dos seus olhos agonizantes, que aos poucos iam perdendo vida. Sentiu as pernas tremerem e não aguentou o toque irritante das botas batendo nervosamente contra a calçada. Das suas botas e das dos milicianos que vinham atrás dela. Queria fugir dali, correr e nunca mais parar.

Naquele instante, um tiro retumbou do outro lado da praça. Yana começou a correr na direção do disparo, e viu Dragan ainda com a arma apontada para um homem estendido no jardim de uma casa. Sacos de biscoito e arroz, que caíram da sacola que carregava, se espalharam ao seu redor.

Naquele exato instante, a esposa, assustada, foi até a porta. Uma segunda explosão de arma de fogo a liquidou na testa.

Aquela cena brutal, entretanto, não havia terminado. Enquanto Yana, na sua corrida desesperada, se aproximava, via agora uma menina que saía da casa e se dirigia até o corpo da mãe.

— Mamãe!

— Nããão! — Yana gritou com as forças que já a abandonavam.

A pequena testemunha olhou para Yana, depois para Dragan e Miša, mas mal teve tempo de memorizar aqueles rostos. Desta vez, foi Miša a sacar a pistola e a fulminá-la no peito.

— Nããão! — berrou Yana, chegando àquela monstruosa cena e precipitando-se sobre o corpo da menina, que tombou ao lado de uma roseira. Seus olhos, de um azul sombrio e desconfortado, estavam abertos.

— Meu Deus! — Yana caiu num choro convulsivo.

— Sai daí, Yana! Vamos embora! — disse o ex-marido.

— Que merda vocês fizeram? — os soluços a faziam tropeçar nas palavras.

— O que se faz com um inimigo — retrucou ele. — Agora sai daí!

— Não era um inimigo, era uma criança! — gritou, levantando-se e apontando o fuzil para ele. — Agora vou fazer o mesmo com você!

— Fica calma! — Miša abaixou o tom de voz enquanto levantava os braços.

— Você tem que pagar pelo que fez, seu monstro!

— Yana, escuta, abaixa a arma — Branko sussurrou se aproximando dela. — Não vale a pena. Deixa a menina pra lá! É uma albanesa! — acrescentou.

— Você também é um monstro, como os outros! — gritou Yana.

— Por quê? Você ainda tem a ilusão de não ter se tornado um?

Aquela acusação, atirada sobre a miliciana com a naturalidade de um insulto, a encurralou em um doloroso silêncio. Yana abaixou a arma em uma ruína moral e olhou novamente para a menina morta na grama. Devia ter sete anos, a mesma idade de quando, para ela, tinha começado a longa temporada de dor que acabaria ocupando toda a sua vida. Naquele exato instante, Yana também sentiu a sensação de escorregar rápido para o fim.

— Você sempre se sentiu melhor do que nós! — provocou Miša.

— Sim, me sinto melhor do que você! Não se mata uma criança! — soluçou.

E, voltando-se para Branko, repetiu, chocada:

— Vocês não podem matar uma menina assim! Não faz sentido!

— Mas o que você acha que a gente fazia quando você não estava junto? — Branko respondeu, perdendo o controle.

— Como você pensa que se faz a guerra? — acrescentou Ivčo.

— Você acha que Miro era um anjo? E você não fez o mesmo? Ou você faz de um jeito melhor? — Miša continuou.

Sim, era verdade. Embora tivesse ideia do que o grupo fazia quando ela não estava presente, não imaginava todas as atrocidades que seus companheiros eram capazes de cometer. Viveu a sua guerra paralela, dentro do seu mundo, do seu refúgio com o óleo de armas, dos seus planos frustrados e egoístas de acabar com uma vida que se resumia a uma sucessão de brutalidades e mentiras. Da mãe que fugiu covardemente ao pai prepotente e violento. E, apesar disso, ela o tinha seguido até a Suíça. Por quê? Fez essa pergunta inúmeras vezes a si mesma. No caos de um Kosovo que desmoronava diante dela, Yana obtinha, naquele momento, a resposta. Pela primeira vez, percebia também a sua culpa naquela imagem triste de si mesma, que a tinha forçado, repetidamente, a deixar-se enganar. Todos os homens a tinham traído. O pai prevaricador, os dois estranhos que a marcaram para sempre, os maridos com os quais se iludiu. Até mesmo Miro era outra miragem de amor. Estava tudo claro agora. O comandante Goran, o galante Goran com tons paternais que a escolheu para uma missão sem retorno. Ela, no entanto, havia voltado sã e salva, com a maleta de Lady Tortura como um troféu. Pensou em como tinha conseguido vencer aqueles que tentaram aniquilá-la até fisicamente. Mas a que preço? Até mesmo Slobodan Milošević. Homens que haviam colocado valores falsos em sua cabeça, slogans fáceis, um monte de propaganda à qual ela havia se rendido. Ingenuamente. Agora, sim, a guerra acabava também pra ela.

Olhou mais uma vez para o pequeno corpo abandonado no chão, que despertava em Yana um pouco da humanidade perdida. Mas talvez fosse tarde demais.

— Vai logo, estamos nos arriscando muito aqui! — gritou Branko.

Com a ajuda de Ivčo, Branko carregou os três corpos para dentro da casa e a incendiou. Saindo da aldeia, diminuíram o passo até o posto da guarda, ao longo da estrada para onde os sérvios estavam recuando, deixando o Kosovo para não mais voltar.

Perto dali, no segundo andar de um restaurante sérvio que havia sido fechado depois do conflito, os milicianos da Raposa Vermelha passariam as últimas horas em solo kosovar. Encontraram uma confusão armada ao chegar. O dono do prédio falava em tom alterado com um policial sérvio. Queria saber se a sua propriedade seria protegida da ira dos milicianos que a ocupariam.

— Se é para queimá-la, quero fazer isso com as minhas mãos, porque com as minhas mãos eu a construí — gritou, transtornado, para as Raposas.

— É contra a lei queimar as propriedades dos sérvios — disse o policial, deixando claro que as casas kosovares não eram defendidas pela mesma lei.

— Ninguém vai pôr fogo nessa casa — garantiu Miša.

Yana reconheceu os Capacetes Azuis, os militares das Forças de Manutenção da Paz da ONU, que tinham tomado toda a pista da esquerda. A partir dali, os franceses estariam no comando naquele pedaço do Kosovo.

A sua atenção foi desviada por um cumprimento:

— Olá, Milinić!

— Comandante — respondeu ela com menor entusiasmo.

Goran tirou uma minigarrafa de vodca do bolso da jaqueta e a ofereceu à sua soldada. Yana agarrou silenciosamente a bebida, a esvaziou de um gole, observando friamente o superior.

— Outra vodca?

— Quer me embebedar? — perguntou, aceitando a segunda garrafa.

— Como eu poderia? Você tem o mesmo nome da minha filha — confessou.

Então, pediu:

— Por favor, Milinić, só nos restam algumas horas.

Mostrando o diário que carregava, confidenciou em tom irônico.

— Estou me aposentando. Vou enterrar isso aqui. Não tenho a intenção de acabar em Haia.

— E por que deveria? — Yana perguntou sarcasticamente.

— Obrigado por tudo, Milinić — disse ele, beijando-a no rosto.

— Adeus, comandante.

* * *

A dificuldade de fazer separações, traço marcante da personalidade de Yana Milinić, podia transformar um gesto de adeus num ato lancinante para ela. Tinha sido sempre assim. Ali, no terraço romano, não conseguia esconder o desconforto por aquele último encontro com a jornalista a quem havia contado a sua vida.

No início, escondeu grande parte da sua experiência de guerra, uma parte que talvez tivesse sido removida involuntariamente de sua memória. Depois, quando as lembranças mais pungentes começaram a ressurgir dentro dela, a ex-miliciana as omitiu, deliberadamente, por medo de ser julgada. Nos últimos tempos, finalmente tinha começado a se abrir.

Agora que aquelas conversas chegavam ao fim, também se sentia aliviada de poder se livrar daquela biografia incômoda, que parecia não mais pertencer-lhe.

Sentaram-se à mesa, onde suculentas batatas cozidas com azeite as esperavam. Paola apoiou os pés no chão com confiança. Estava curada. Tentou retomar o que, durante muito tempo, tinha sido o costumeiro fluxo de conversas.

— Como foi a volta para casa?

— Depois que voltei do Kosovo, enfrentei uma segunda guerra, talvez pior. A economia da Sérvia estava completamente destruída. Todas as infraestruturas tinham ido ao chão. Pontes, estações de trem e centrais elétricas. Rodovias e estradas estaduais, hospitais e escolas. E o moral das pessoas também foi reduzido a zero.

— E como você sobreviveu?

— No começo, me mudei para nossa casa na zona rural, onde nasci e cresci. Recomecei da terra, voltando a cultivá-la. Consegui algumas cabras e um porco. Mas meu pai voltou da Suíça com uma nova mulher, e decidi que era melhor ir embora.

— Pra onde?

— Sem dinheiro e sem lugar para ficar, não demorei muito a acabar na rua.

— Como prostituta?

— Não! Tá maluca? Virei mendiga. Nas primeiras noites, implorei por uma cama. Mas depois de alguns dias, já dormia em papelão, comia o que encontrava na rua, remexia no lixo.

— Quanto tempo você resistiu assim?

— Nove meses. Um dia, uma amiga da minha família me viu na rua, me arrancou do banco que tinha virado o meu lar e me levou pra casa dela. Eu cheirava tão mal, que ela me pôs debaixo do chuveiro vestida, me despiu sob o jato de água. Me deu roupas limpas, cortou meu cabelo, depois fez uma sopa quente. Comi três pratos. Fiquei lá até que ela me arranjou um emprego como empregada doméstica, onde fiquei dois anos.

— Como você conseguiu entrar na Itália?

— Bem, foi cansativo... Mas logo arranjei trabalho no campo. Vinham nos buscar de madrugada, a mim e outras mulheres, e colhíamos frutas. Você não imagina os arranhões nos braços que você leva quando trabalha o dia inteiro numa macieira. Então, lentamente, as coisas foram melhorando e melhorando. Com a ajuda de uma instituição, consegui retomar os estudos e me formar.

Yana deu um longo suspiro, como se quisesse transmitir a ideia da exaustão daqueles primeiros anos em território italiano. Em seguida, caminhou até a outra parte do terraço para admirar a arquitetura da abóbada de Santa Inês, maravilhosamente perto. Paola entendeu que, ao se afastar, ela ainda tentava superar o constrangimento que aquelas memórias lhe causavam.

— Tenho que ir agora — anunciou Yana, dando alguns passos em direção à jornalista.

— Obrigada pelo tempo que você me dedicou e por me contar a tua guerra — Paola agradeceu, tocada.

Uma rajada de vento repentina, como as que atingiam as colinas do Kosovo, trouxe a ex-miliciana de volta à realidade daquela tarde romana, daquela sua vida, talvez sem possibilidade de redenção. Desceu as escadas pensando se, quem sabe, ainda haveria algo de bom reservado para ela.

Caminhando na praça Navona, ergueu os olhos para a arcada de Santa Inês que, minutos antes, quando estava no terraço, quase podia tocar com as mãos. A partir de então, aquela cúpula só poderia ser vista dali.

* * *

Em 14 de junho de 1999, às vinte e três horas e dez minutos, o grupo paramilitar Raposa Vermelha deixou o território do Kosovo, cinquenta minutos antes de o ultimato imposto à Sérvia expirar. O caminhão que levava os milicianos era o penúltimo veículo da fila. Atrás, viajava apenas o jipe do comandante Goran. Terminava desse modo a dramática aventura kosovar.

Faltavam poucos quilômetros para a fronteira entre Gnjilane e Bujanovac e, além do peso da derrota, de todas as derrotas, Yana Milinić, sentada na frente ao lado de Miša, sentia o cérebro queimar por um pensamento que não lhe dava trégua: queria obter o divórcio assim que voltasse para a pátria. Tendo sobrevivido às balas, deixava os campos de batalha diferente de quando tinha entrado. Sabia que, se a guerra é um vírus que se espalha, ela havia sido contaminada. Com dez quilos a menos e a pele suja e envelhecida, a sua imagem também tinha sido tranformada, além de ela ter perdido definitivamente a mania de lavar obsessivamente as mãos e o corpo.

As dúvidas se sobrepunham. Poderia se fazer respeitar sem um fuzil na mão? Diante da religião, sentia-se pecadora, culpada de ter voltado viva. Melhor não pensar.

Viu as luzes da cidade que estava deixando para trás e pensou no absurdo da guerra, em que todas as monstruosidades se tornam pura rotina.

Os americanos, os alemães, os britânicos, os italianos, todos os soldados das forças aliadas instalaram-se no território kosovar sob o nome de Kfor, Kosovo Force, um exército liderado pela Otan para favorecer o difícil restabelecimento da paz. O mundo não prestaria atenção ao que aconteceria imediatamente depois: a perseguição aos sérvios que continuaram vivendo nos enclaves dentro do Kosovo, com matanças e crueldades praticadas pelos guerrilheiros.

O caminhão dos milicianos chegou à fronteira. De longe, Yana observou, na penumbra, a casa onde ela e Miro se amaram, o único periodo em que se viu verdadeiramente livre. Sentiu uma fisgada atingir o seu coraçao endurecido, que nenhuma bala conseguiu penetrar. Fixou então a escuridão da noite, por um instante, e o caminhão já a tinha levado embora dali.

Aquele era, no entanto, para os kosovares e albaneses, um momento de alegria, uma festa de vitória, uma noite de celebrações sem fim. Os guerrilheiros do Exército de Libertação do Kosovo dispararam os seus Kalashnikov para o ar até o amanhecer. E, em breve, todos aqueles que tinham sido expulsos voltariam para casa.

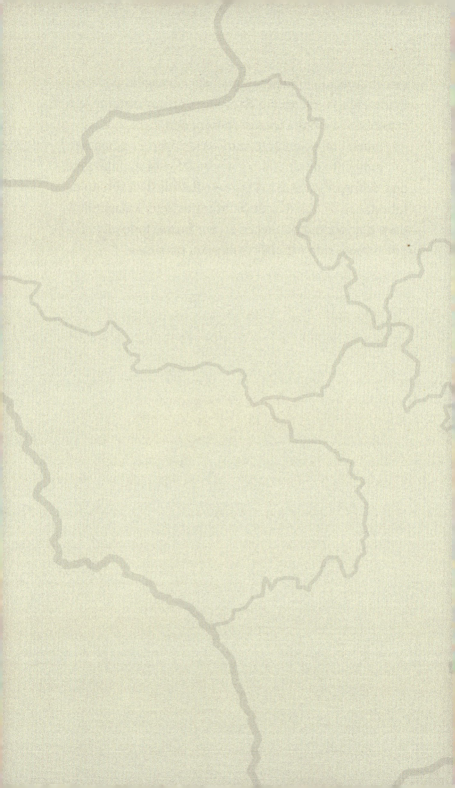

Este livro foi impresso pela Lis Gráfica, em
2021, para a HarperCollins Brasil. A fonte do
miolo é Minion Pro. O papel do miolo é pólen
soft $80g/m^2$ e o da capa é cartão $250g/m^2$.